# ロイストン事件

D・M・ディヴァイン

JN151571

「おま…る。たった今、きわめて重大と思われるあることがわかった。おまえの異母弟のデレクは——」勘当されて以来四年ぶりに実家に戻ったマークが見つけた、父パトリックの手紙の下書きは何を意味しているのか。当の父は死体となり新聞社で発見される。どうやら父はロイストン事件の再調査をしていたらしい。それは教師をめぐるスキャンダルで、弁護士として事件に関わったマークは、父の意向に逆らって弟を告発したために勘当されたのだった。父を殺した犯人を突き止めようと、マークの推理が始まる。巧手ディヴァインの第三長編。

登場人物

マーク・ロヴェル……………元弁護士
パトリック・ロヴェル………マークの父、弁護士
イローナ・ロヴェル…………マークの継母
デレク・ロヴェル……………マークの異母弟、新聞記者
ポール・ウィラード…………新聞社主
ルー・ウィラード……………ポールの長男
キャロル・ウィラード………ポールの長女
エヴァ・ウィラード…………ポールの次女
フランシス・チャールトン…マークの元婚約者
ジョージ・フレイム…………弁護士
シリア・フレイム……………ジョージの妻
ピーター・カートライト……弁護士
ヘクター・ロイストン………教師
パティー・ヤング……………売春婦
アーノルド・スレイド………主任警部

# ロイストン事件

D・M・ディヴァイン
野 中 千 恵 子 訳

創元推理文庫

# THE ROYSTON AFFAIR

by

D. M. Devine

1964

# ロイストン事件

# 第一章

列車から降りたとたんに彼女を見つけた。キャロルの蜂蜜色の金髪は人込みのなかでもよく目立つ。今夜、彼女は高価そうなスエードのジャケットと短いタイトスカートを身につけていた。

彼女もわたしを見たが、その目はちらとも止まらずに横にそれた。それからわたしに背を向け、壁のポスターを仔細《しさい》に眺めるふりをした。わたしは急行を下りた人びとの群れに混じって、リヴァーヘッド行きの電車が待っている北側の引込線のほうに歩いていった。

一瞬の後、予想どおり声がかかった。

「あら、マーク！　マーク・ロヴェルじゃないの！」

振り向くと、彼女がいた。ペンシルでていねいに描いた眉が驚きを装って上がっていた。

握手をしながら彼女は言った。「なんと、ここであなたに会うとはね。あれ以来三年になるかしら――」

「ほぼ四年だ」とわたしは答えた。

彼女に続いてディーゼル車に乗り込んだ。電車はこの乗換え駅とリヴァーヘッド間を折返し運転している。プラットホームの向こうでは急行が気ぜわしげにシューシューと音をたてていた。

「マーク、たばこある？」わたしがスーツケースを網棚に乗せるのも待たずに彼女は言った。たばこを取る彼女の指には大きな三つのダイヤモンド付きの指輪があった。でかしたぞ、デレク。

「こんなふうにあなたに会うとは、ほんと、驚いたわ」彼女は言った。

「よせよ、キャロル。ぼくを待ってたくせに、そうだろ」

彼女は笑ってなにか言ったが、そのことばは急行列車の鋭い警笛にかき消された。列車は駅をゆっくりと出ていき、明かりのついた窓がつぎつぎと行き過ぎるのをわたしたちは見送った。

キャロルはわたしの無言の問いかけを察して答えた。「あなたが来ることはデレクに聞いたの。放蕩《ほうとう》息子の帰還を最初に出迎えたかったのよ。リヴァーヘッドには赤絨緞《じゅうたん》が敷かれてるでしょうから、この乗換え駅まで出てきたの」

彼女が笑うと、ちょうど今のように、顔全体がぱっと輝く。キャロルはもともと平凡な顔だちで、鼻は大き過ぎ、口は広過ぎるのだが、それを金髪と肌で補っていた。それでも足りないという人は、キャロルがけっして隠そうとしないそのスタイルに目をやればよかった。

キャロルはウィラード家のなかでいちばん好ましい人物だった。のんきで、楽しいことが好きな彼女は、父親や、兄や、妹までもが取りつかれている、身を焼くような野心を持ち合わせていなかった。人びとは彼女を寄生虫と呼んだ。たしかに彼女はウィラード家の金でぜいたくに暮らし、生計のために働いたことがなかった。しかし彼女は活発で、陽気で、屈託がなく、人を害することがなかった。つまり、家族とは正反対だった。

キャロルが話したいというのは、たぶんデレクのことだろう。デレクの将来は、今やもっぱらキャロルの父、ポール・ウィラードにかかっているので、デレクがウィラードの娘と婚約したというニュースを聞いても、わたしは驚かなかった。デレクにとってその金は強い魅力だろう。

キャロルは話の要点に入った。「マーク、なぜ戻ってきたの？　デレクはとても気にしてるわ」

「きみをよこしたのは彼か？」

彼女は笑った。「ここに来たのが知れたら、彼にどやされちゃうわ。デレクはまだあなたのこと怒ってるわよ。法廷で弟をうそつきだの不正をしただのと言っておいて、弟がそれを笑って済ますわけはないでしょう？」

「弟でなく、異母弟だ」とわたしは正しく言い換えた。

電車がごとんと揺れて動き出した。キャロルはふたたび言った。

「あと数分しかないわ。まじめな話なの、マーク。なぜ戻ったの？」

「父から手紙が来たんだ」わたしは言った。「父が戻って来いと」

彼女はため息をついた。「デレクもそうじゃないかと言ってたわ。ねえ、マーク、あなたは――あのとき以来お父様を見てないでしょう?」

「ああ」

「お父様は昔のようじゃないわ。その――とても――」

彼女は口に出せないでいた。どうしていいかわからないときの彼女には、カナダ風のアクセントが強く出ることに気づいた。

「父の飲酒癖のことか?」

彼女は、ありがとう、と言うようにさっと笑顔を見せた。「知ってた? そうなの、ずいぶん飲んでらっしゃるの。でもそれだけじゃないの。妙な考えに取りつかれて――デレクが言うには――」またためらった。

「言うには?」

「あの、彼が言うには、お父様はロイストンの件についてあなたと考えを同じくするようになったんですって」

「それがどうして妙な考えなんだ?」

彼女は思いがけない激しさでわたしに食ってかかった。「いいこと、マーク。わたしはだれが正しくてだれが間違ってるかなんてどうでもいいの。そういうことは男たちが争えばいいんだわ。わたしが欲しいのは平和と静けさだけよ。でもわかってるのは、もしあなたがロイストン事件を掘り返すなら、パパがあなたをやっつけるってことよ。こっぴどくね。そしてだれもあなたを助けようとしないでしょう。あなたはリヴァーヘッドでは人気はないんだから。あなたは勝てないわ、マーク、ぜったい勝てないわ」

「それが心配?」

「デレクを失いたくないの」彼女はそっと言った。

電車はもうリヴァーヘッド周辺にさしかかっていた。ドッグレース場の煌煌《こうこう》としたライトを過ぎると運転手は警笛を鳴らし、電車はトンネルに入った。

キャロルの緊張が解けてきた。「あなたは憎らしいほど元気そうね。ラグビーのフロントロー・フォワードになれるくらい。体重を当ててみましょうか、一八〇ポンド?」

「そんなところだ。一、二ポンドの違いはあるけど一三ストーン(八二キロ)といえる」

「なるほど。それとその鼻。いつもそれについては訊《き》きたいと思ってたの。ラグビーで折ったの?」

「いや、軍隊のボクシングで。たった一度リングに出たときにね。相手はでかくて狂暴なアイルランド人だった」

「その相手に感謝しなくちゃ。折れた鼻って女性には効きめがあるのよ。女はそういうのに弱いの、知ってた? だからフランシスも——ねえ、ここにいるあいだにフランシスに会うつもりでしょ?」

わたしはむっとした。「フランシスとは四年前に別れたことは知ってるじゃないか。終わったことだ」

「フランシスは違うわよ。まだあなたを想う胸の火を絶やしてないわ。でもいつまでも待ってはいないでしょうけど。デッドリー・アーネスト《くそまじめ》が彼女にまつわりついてるから」

「デッドリー・アーネスト?」

「教師のアーネスト・ベイリスよ。子供たちはデッドリー・アーネストって呼んでるの。五百人の子供の目は確かだわ」

彼女は立ち上がった。駅に近づいた電車は速度を落とした。

「こっそり消えるわよ、マーク。歓迎委員会につかまりたくないから」ちょっとためらってから、訴えるように言った。「お願い、マーク、お父様の言いなりになってばかなことに首を突っ込まないで」

くるりと背を向けると、通路をドアのほうに歩いていき、わたしがプラットホームに降り立ったときにはもう、きびきびと改札口に向かっていた。見るものに彼女の姿態がいつも呼び起こすかすかな胸のときめきに気づいている様子もなく、ヒップを挑発的に揺らしながら。彼女は振り返らなかった。

…… ……

キャロルはひとつ間違っていた。歓迎委員会はなく、わたしを出迎えるものはだれもいなかった。

二台のタクシーは先客につかまっていた。わたしは別のタクシーを待つよりも歩くことにした。

ステーション・アヴェニューを下り、左に曲がってクランシー橋を渡る。さらに信号を左に急角度に折れてマーケット・ストリートに入る。目を閉じて、音と匂いだけをたよりにしても道はわかった。広場で夕刊を売るトム・ステイシーじいさんのやかましい呼び声、クラウン・バーからの甘酸っぱいビールの匂い、川船の哀調をおびた汽笛。

広場を斜めにつっきってコロンビア・ロードに入ると、ここは変わっていた。ウェアリングの店がついになくなって、その跡がピカピカに新しいスーパーマーケットになっていた。もっと先のインペリアルホテルは炭化した骨格が残っているだけだった。この火事のことは新聞で読んだ。しかしオケイシーの店やエンプレス・ダンスホールや、今はビンゴホールになったピート・パレスはまだ残っていた。フィッシュ・グリルの明るい窓からは椀型の帽子をかぶったシャツ姿の老パパ・パロンポが揚げ鍋にかがんでいるのが見えた。

これがわたしの町だ。わたしは帰ってきたのだ。


…… ……


戸口に出てきたのはイローナだった。

「おや、あなたなの、マーク」顔をのぞかせると、彼女は言った。顔を突き出して頬《ほお》にキスを受けてから、わたしを入れてくれた。

「屋根裏の寝室を用意したわ。あなたの前の部屋はデレクが使っているから――」

「父さんはどこです？」わたしは口をはさんだ。

答えるまでの間合いは、わたしの無作法を際立たせるにじゅうぶんな長さだった。これは彼女が昔から身につけているやり口だった。

「あなたのお父様は出かける用事があってね」あいかわらず声は穏やかだ。「終わりしだい戻られるでしょう」

「父さんも礼儀正しいことだ」わたしは言った。

イローナは皮肉を無視した。「お食事は済んだ？」

「汽車で済ませました」

「そう……それじゃ、スーツケースを開けたいでしょうから」

わたしたちは玄関ホールに立っていて、わたしはまだスーツケースをさげたままでいた。イローナは返事を待たずにキッチンに引っ込んだ。

最上階の寝室は以前デレクの部屋だったところで、彼の写真がまだあった。壁の大きい写真は――姉のケイが「小公子」と名づけた――イローナのお気に入りの写真だった。一〇歳のデレクは金色の巻き毛と天使のような顔で、学校の賞品授与式で何冊もの本を恭《うやうや》しく受け取っていた。小テーブルの上のはもっと最近のカラー写真で、初めて見るものだった。ここには、やせて禁欲的な顔、感受性の鋭そうな口、いまでも金色の髪、という成長した天使の顔があった。「これでわかるのは、カメラもうそをつくってことね」というケイの声が聞こえるような気がした。

ケイが今ここにいたらいいのに。継母のイローナに立ち向かえるのはケイだけだった。イローナのねじれた心の動き方がわかるのはケイだけだった。

階下に下りるとイローナの姿はなかった。居間は冷えていたが書斎には火が燃えていて、父のパイプタバコの香りが残っていた。机のそばの小テーブルにウイスキーが半分ほど入ったグラスがあった。

机には、父の事務所で見慣れた黒い箱ファイルの一つが載っていて、それには「ロイストン対リヴァーヘッド・トリビューン事件」のラベルがついていた。そのそばには父が自分の通信用に使っているピンクのフォルダーがあった。フォルダーは開いていて、見えたのは父のものとわかる判読しがたい筆跡でびっしり書き込んだフールスキャップ判の紙だった。「一九六三年一〇月一一日。D. L. との面談メモ」というタイトルで、わたしの目を引いたのは二、三行下の「ロイストン」の文字だった。

おかしいのは、父は記録をとったりファイルをしたりにはたいへん細かく気を使うのに、ほかの面ではだらしないことだった。書斎の床には書類や本が散らばっていた。ほかにも四つの箱ファイルがあり、椅子の下にはピンクのフォルダーがもう一つあった。それに本が――法律の専門書や判例集が――あらゆるところにあった。手近にある一冊を取り上げて見るとウインフィールドの不法行為についての本で、ページの端を折ってしるしにした箇所が十数か所もあった。見たところ、父の癖は相変わらずのようだ。「おいマーク」と父は怒って言ったものだ。「本を汚したからどうだと言うんだ？　なんてったって、これはわたしの本なんだから」

グラスからウイスキーを大きく一口飲んだ。そのとき、グラスが置いてあった紙に「マークへ」と書いてあるのが目にとまった。それは手紙というよりも、出さなかった手紙の下書きだった。

「マークへ」（とそれは書いてあった）「頑固な老人にとって、四年間の沈黙を破り自分が間違っていたと認めるのは、たやすいことではない。しかしそうしなければならぬ。おまえを不当に遇したことをすまないと思う。このことはおまえに会った折にもっと十分に伝えたいと思っている。マーク、おまえに会わねばならない。至急に。おまえの助けが要る。たった今、きわめて重大と思われるあることがわかった。

おまえの異母弟のデレクは――」そこで切れていた。

手紙は幾重にも赤線で消してあり、下のほうにはこれも赤で「冗長過ぎる」と父の手で書き加えられていた。

ポケットから実際に受け取った手紙を出してみた。それにはこうあった。

「マーク殿

即時帰宅されたい。重大事が起こり、助けが要る。到着の時間を打電乞う」

そしてただ「父」としるしてあった。謝罪のことばはない。

継母が書斎のドアに現われた。

「わたしは寝《やす》みます、マーク。火を絶やさないようにしてくださいよ。あなたのお父様はすぐ風邪をひくから」

これには我慢できなかった。

「息子の帰還を祝うもてなしはないんですか？　父さんとデレクは出かけているし、あなたは寝むと言う」

「すまないけど、マーク、わたしは疲れているの。近頃は調子が悪くて」

イローナの健康問題は父の心配の種だった。彼女は小柄でやせていて、か弱く見えた。たぶん昔は弱かったのだろう。でもケイはいつも、イローナの体質は馬並みだと言っていた。しかし今夜の彼女はたしかに疲れているようだった。それにめずらしく自信がないように見えた。ドアのあたりをうろうろして、その目はわたしがテーブルに戻そうとしていた手紙に注がれていた。

とうとう彼女は言った。「あなたのお父様は手紙でどのくらいのことを言いました？」

「ただ、重大事が起きてぼくの助けが要る、と」

彼女は関心をなくしたようにうなずき、おやすみと言って、行きかけた。わたしは彼女を呼び止めた。

「父の出かけた先を知らないんですか？」

「八時ごろ、だれかの電話を彼に取り次いだわ。ジョージ・フレイムのようだったけど。そのあとパトリックは、出かけなきゃ、と言い出したの」

「車で？」

「今は運転してないのよ。あなたは知ってたと思ったけど」

覚えていてしかるべきことだった。以前フレイムの手紙にそう書いてあったっけ。父は「飲酒運転」で免許停止になっていた。

「デレクはどうなんです？　どこにいるんですか？」

「キャロル・ウィラードをディナーに連れてったわ。二人が婚約したのは知ってるでしょう。あの子に出迎えを期待したって――」

「いえ、デレクにはなにも期待していません」

しかしディナーのデイトとは妙だった。八時ちょっと過ぎにキャロルは乗換え駅に来ていたのだから、二人は早いディナーにしたのかもしれない。それにしても、キャロルの服装はディナー・デイト用ではなかった。

イローナがいってしまうとわたしは火に石炭を加え、落ち着かなく歩き回って居間に行った。ここの空気は湿ってかび臭く、部屋はめったに使われないようだった。コンヴェクター・ヒーターをつけてピアノに近づいた。この小型グランドピアノはわたしの二一歳の誕生日に父が買ってくれたものだ。

座って、気ままにショパンのプレリュードを弾きはじめた。弾いてみるとピアノは、わたしが家を出て以来、調律も手入れもされていなかった。怒りがこみあげた。費用は持つからピアノを送ってくれないかという依頼は、わたしのほかの手紙同様、無視されていた。

家の静けさはわたしをあざけるかのようだった。これまで数年間、和解を求めてきたのだが実らなかった。それが突然、助けを求める父の手紙が届いた。即座にやってきたわたしを迎えたのは、うつろな無関心だった。

外のどこかで時計が鳴った。九時半だ。この沈黙にはもう我慢できなかった。わたしは帽子とコートをつかむと外に出て、玄関ドアを思いきり大きな音を立てて閉めた。それがイローナを起こしてしまえばいい、と思いながら。

# 第二章

ジョージ・フレイムは丘の上のヒル地区に住んでいた。彼だけの収入ではそれはできないことだったが、妻が金を持っていた。

近隣の家同様、彼の家も大きく、がっしりとして威厳があり、成功のシンボルだった。二エーカーほどもある大きな庭もついていた。前に見て以来家は増築されて、西側の切妻壁からサンルームらしい部屋が張り出していた。

三度ベルを鳴らしてやっと応答があった。鳴らし続けたのは、家の前面の窓のひとつにカーテン越しの明かりが見えたからなのだが、そうでなければ帰ってしまうところだった。

ドアが開いて、見慣れたずんぐりしたジョージ・フレイムの姿が現われた。

落ち着かない沈黙があった。わたしがわからないようだった。

「マークだよ」わたしは言った。「マーク・ロヴェルだ」

彼は一瞬身動きもせずにわたしを見つめた。それからわれにかえった。

「入れよ、マーク」彼は言った。「久しぶりだな」

ジョージ・フレイムは努力のすえ成功した。ドック作業員の息子だった彼は、学校で優秀な成績を上げたにもかかわらず、一四歳でドックで働きだした。一九三五年のことだ。戦争が始まるとＲＡＦ（英国空軍）に志願し、爆撃パイロットの訓練を受けた。一九四一年五月、彼と搭乗員はフランス沿岸上空で落下傘での脱出を余儀なくされ、戦争が終わるまでドイツの捕虜収容所ですごすことになった。

　彼が本を読み出したのはそこでだった。シェイクスピアからアガサ・クリスティまで、手に入るすべてのものをむさぼるように読んだ。収容所にいたべつの士官が、学外で学んだものが受けられるロンドンの法学士試験の準備をしていて、赤十字を通じて教科書を送ってもらっていた。これを読んだとたんに、ジョージは自分の適職がわかった。弁護士になろう。学校の卒業証書すら持たなかったにもかかわらず、戦争終結時には彼は法学士資格の最終試験を堂々と受けることができた。

　一九四五年八月、彼はカートライト・アンド・ロヴェル事務所を訪れて仕事を求めた。すでにリヴァーヘッドで二つの事務所を試したがだめになっていた。父は、経歴が自分と似たところがあるジョージを気に入って、その場で彼を雇った。シニア・パートナーであるカートライト少佐はブツブツ言ったが、まもなく彼も、この賭《か》けは当たりだと認めざるをえなかった。ジョージは、事務弁護士の資格を取るまえの五〇年代半ばには主任事務員になり、業務には欠かせないメンバーになっていた。

　彼の二度目の幸運は一九五六年にシリア・ハードスタッフと結婚したことだった。シリアはあり余る金を持つ配管工の親方の一人娘だった。この結婚が、妊娠したためのやむをえずの結果だといううわさもあって、事実シリアはその後まもなく流産した。しかし義理の父親は恨みに思うどころか、結婚の贈り物としてヒル地区に建つ高価な屋敷を与え、家具調度もそろえてやったということだ。

結婚がもたらした資金でジョージがチャンスをつかんだのは、わたしが事務所を去った一九五九年だった。彼はわたしの抜けたあとの事務所のパートナーの株を買いたいと申し出た。すでにほとんど活動しなくなっていたパートナーのカートライト少佐は今度も乗り気でなかったが、結局いやいや承諾した。なぜならジョージなしではやっていけないことは彼にもわかったから。

フレイムは野心的な男だった。とはいえ彼の場合は、自分の価値を知る者がそれを認められたいという野心だった。彼が求めたのは金ではなく、金がもたらしてくれるもの——人に尊敬され、社会的な地位を得ることだった。彼は「一兵卒から身を起こした」と好んで言い、それをたいへん誇りにしていた。

それに彼は、多くの野心家とは違い、なりふり構わぬところはなかった。自分がやったのではない仕事で手柄顔をすることはなかったし、おなじ理由で、自己の利益に障ることからは身を引いた。ロイストン事件では、わたしの同僚・友人のうちで彼だけがわたしの意見に与《くみ》し、父と少佐にはっきりとそう言った。しかし彼は現実主義者だった。亀裂が避けがたくなり、わたしが去らねばならないことがはっきりすると、同調して辞職したりはしなかった。彼はそらぞらしい身ぶりなどする男ではなかった。わたしたちの仲は壊れず、わたしが南部に移ってからも彼とは定期的に文通があった。

世間の評判では、フレイムはリヴァーヘッド一の有能な弁護士だった。彼にはすべての資質が備わっていた。法律の総合的知識、長い重労働に耐える体力、記憶力の良さ。なによりもいのは、人びとと人びとが抱える問題に心からの関心を示すことだった。カートライト少佐は彼のことを、センスがない、とよく意地悪を言ったが、これはジョージがうわべだけの洗練を身につけようとしなかったり、その声から北部の生《なま》の激しさを落とそうとしないことを指していた。

ジョージは今でも広く、しかし見境なく、読んでいた。思いもかけないことについてのあらゆる情報を溜め込んでいた。そうかと思うと、教育を受けた者ならふつうに通用することを知らなかったりした。それは彼の経歴と、正規の教育を受けなかったことからくる短所だった。

彼の趣味は簡素なものだった。ビールとパイプを好み、地元のフットボールチームのサポーターだった。彼が人びとに伝えたい自分の像とは、おのれのルーツをわきまえて、気取らない、どこまでも慎み深い人物だった。しかしこの肖像は正直そのままとはいえないだろう。なぜなら、もし彼がそれだけの人間だったらここまで出世はしなかっただろうから。しかしこの像はひとつの点で正確だった。彼は仕事を楽しみ、余暇を楽しむ、幸せな男だった。

しかし今夜はちょっと調子がおかしかった。戸口で挨拶した彼の声でそれに気づいた。まもなくほかにも徴候が見えた。

彼は書斎に案内した。ここが父の書斎と唯一似ているのは、小テーブルにウイスキーの入ったグラスが置いてあったことだ。ボトルと水差しがそばにあった。部屋そのものは非の打ち所なく整頓されていた。敷きつめたグリーンの絨緞《じゅうたん》、黄色のダマスク織りのカーテン、ガラス戸つきクルミ材の書棚、これもクルミ材の美しい机。セントラル・ヒーティングなのに炉に白熱する電気の火は余分なものに見えた。部屋は熱過ぎた。

ジョージはわたしのためにグラスを取り出した。

「長くはいられない」わたしは言った。「父がいるかと思って寄ってみただけなんだ」

彼は酒を注いだ。

「いや、マーク、今夜は彼を見ていない」彼の豊かな深い声と急ぐ様子もない話し方は、人をほっとさせる鎮静効果があった。彼は、はやっている医者が患者に接するときのような対応をした。

「イローナが言うには――」とわたしは話しはじめた。

「たしかにそのとおり。わたしは今夜早くパトリックに電話した。彼は、出かけなければならないと言ったが、どこへとは言わなかった。きみを駅に出迎えに行かれないで、彼はがっかりしてたよ」

ジョージがわたしとの話のなかで、父のクリスチャンネームを使ったのは初めてだった。彼はそれを意識的にやり、わたしは、下級事務員から出世してパトリック・ロヴェルと同格のパートナーになった彼のプライドを察した。

彼は話題を変えて、メイプルフォードでのわたしの仕事のことを尋ねた。わたしは話しながら彼を観察した。背は五フィート一〇、ひきしまった体軀《たいく》、がっしりした肩と腕。金髪は以前よりも後退したが、健康的な肌の色つやと目の輝きでまだ年よりも若く見える。では、彼のどこがおかしいと感じたのだろう？

彼はぴりぴりしていた。それだった。椅子の上でたえず体を動かし、脚を何度も組み替えた。同じことを二度訊《き》いてきたとき、彼が上の空でいるのがわかった。

「あれはなんだ？」彼はとつぜん叫んだ。

わたしにはなにも聞こえなかった。

しばらく黙って二人で耳を傾けていたが、「風だったんだろう」と彼は気まずそうに釈明した。

彼はグラスをまた満たすと、大きく一口飲んだ。

「いつもは強い酒はやらないんだが」ウイスキーのボトルを指した。「わたしが飲むのは、きみも知ってるように、ビールだ。イギリスのうまいビールだ。しかし今夜は仕事でくたくたになって帰ってきて、強いものが少し欲しかった」

「じゃあ、今日は試合に行ったんじゃなかったのか？」

「今シーズン、ローヴァースを見てないんだ。忙し過ぎて。土曜の午後も毎週オフィスにいるよ」

それで話は彼の仕事のことになった。ジョージが事務所をほとんど一人で切り盛りしていることがわかった。カートライト少佐は今でも毎日出てきて、一時間か二時間を過ごすが、ただぶらぶら歩き回ってみんなのじゃまをするだけだ。かつては事務所の大黒柱だった父はますます仕事をしなくなっていた。そのうえここひと月は主任事務員が入院していた。

ジョージに父のことを尋ねてみた。なにかあったのか？　なぜ父は仕事を怠けているのか？

「会ってみたほうがいいよ、マーク」彼は言った。「きみに自分で判断してもらいたい。言えるのは、彼は今のことよりも過去に関心を注いでるってことだ」

「ロイストン事件のことか？」

彼は目を細めた。

「わかったか？　そうなんだ。あの事件について彼はおもしろい理論を立てていて、それを検証しようとしてる」

外で車のドアがバタンと閉まった。ジョージはさっと立ち上がると、窓に行った。カーテンを引いて外を覗《のぞ》き、それから椅子に戻った。

彼がこんなに緊張し、落ち着かないのを見たのは初めてだった。彼はなにかを待っていた。それともだれかを。

「シリアはどうしてる？」とつぜん問いかけた。

彼はびくっとし、グラスを持つ指の関節が白くなった。

「出ている」彼はぶっきらぼうに言ったが、こうつけ加えた。「土曜はいつも出かけるんだ。メイドが夜は休みの日だから」

メイドが休みの日に妻が家にいるのを期待するほうがおかしい、と言いたげな口調だった。

わたしがリヴァーヘッドを出たころのジョージの手紙は、シリアのことばかりだった。しかしここ二年間、彼女のことにはめったに触れていない。なにかまずいことになったのか、とわたしは懸念していた。今、それが確かめられた。

　ジョージはもう一杯とすすめたが、ことわった。

「家に戻らないと。今頃は父も戻っているだろう」

「帰りに彼のクラブに寄ってみるといい。彼はいつも最後はあそこに行くから」

「でもジョージ、まさか今夜はいないよ。ぼくが帰るのを待っていたんだから」

「そうかな。ともかく寄ってみたら」

　わたしが帰るのでジョージはほっとしたようだった。五〇ヤードほど下ってふり返ると、彼はまだポーチに立っていた。

∴　∴

　ネルソン・アヴェニューを曲がってリベラル・クラブに向かった。外でためらっているとドアが開いて、恰幅のいい男がオーバーコートのボタンをかけながら階段を下りてきた。

だれだかわかった。事務弁護士のハーヴェイ・スコットだ。

呼びかけると彼は立ち止まって、縁なしめがねの向こうから近視の人特有の覗き方をした。

「マーク・ロヴェルです」わたしは言った。

「やあ！　きみか、きみか！」握手したわたしの手を熱意を込めて上下に振った。「今朝家内と話してたんだよ、『マーク・ロヴェルが帰ってくる』ってね。そうか、帰ってきたか。これは一杯飲まなくては」

彼は向きを変えるとわたしをせかして階段を上がらせた。

「父はクラブにいますか？」わたしは訊いた。

心なしか、わずかに誠意を欠いた声で彼は言った。「どうかな、今夜はパトリックはいないと思うよ。でも見てみよう」

スイングドアを抜け、廊下を通って喫煙室に入った。四角い、天井の高い部屋で、格式よりも居心地のよさに重きを置いたしつらえだった。暖炉には丸太が燃え、二組のブリッジが進行中だった。火のそばには三、四人の男が座って談笑していて、離れて座った一人は雑誌を読んでいた。たばこの煙が青くただよっていた。

「マーク・ロヴェルだ」スコットはだれにともなく部屋じゅうに呼びかけた。「パトリックの息子だ。みんな、覚えているだろう。彼は今、ええと、メイプルフォードの法律顧問兼書記官で、そうだね？」

「ええ、メイプルフォードです。でも副書記官です」わたしは言った。

いくつかの頭がこちらを向き、挨拶をつぶやくのが聞こえた。しかしわたしはなにかよそよそしさを感じた。キャロル・ウィラードが「あなたはリヴァーヘッドでは人気がないから」と言ったのを思い出した。彼女は正しかったようだ。

「ロヴェルは、今夜父親が来たかどうか知りたいそうだ」スコットは続けた。みなが頭を振り、ブリッジの人たちはゲームに戻った。

「それなら」とわたしはスコットに言った。「ぼくは家に戻らないと」

「それはないよ、きみ。まだ早いし、それに――」彼は声を落とした。「きみに相談したいことがある。だから、なんにしようか、スコッチ？」

「わかりました」わたしはしぶしぶ承諾した。「でも、ほんの――」

「わかった、わかった。一〇分だけ。約束する」彼は歩いていってベルを押した。

スコットが飲み物の手配をしているあいだ、ひとりで読み物をしていた男が立ち上がってわたしの方にやって来た。

彼は前ぶれもなく言った。「今夜きみのおやじさんを見たよ」

男は背が高く、少し猫背で、やせた血色の悪い顔に意志の強そうなあごをしていた。かなり若く、二四、五歳を越えてはいない。彼を知るはずはなかったが、カナダのアクセントがヒントになった。

「ルー・ウィラードだね」わたしは言った。

「そうだ。ええと、ぼくは八時一五分にドック・ストリートを車で来たんだが、そのときおやじさんが反対方向に忍び足で歩いていくのを見たよ」

「ドックの方に？」

「ああ。ちょっとおかしい、と思ったよ」

ハーヴェイ・スコットが戻ってきた。

「こんばんは、ウィラード」スコットは冷たく挨拶し、それからわたしに言った。「さあ！

われわれの飲み物が来たぞ」

スコットはそっけなくうなずいてウィラードを追い払うと、給仕に指図してブリッジの連中から遠い隅のテーブルをとった。ウィラードはわたしに冷笑をなげると、前かがみに歩いてドアから出ていった。

席につくとスコットは、「わたしは紳士をきどる俗物ではないつもりだが」と事実に反したことを言った。「それにしてもあんな有象無象《うぞうむぞう》が入ってくるようじゃ、このクラブはどうなるんだろうね」

「彼は父親とトリビューンをやっているんでしょう?」

「そうだ。うわさでは彼が影の実力者だそうだ。腹心の手先《エミナンス・グリーズ》ってやつか?」彼は勿体《もったい》をつけてちょっと笑うと、続けて言った。「しかしわたしとしてはそうは思わないな。彼の父親はとりわけ強い男だから、まさかあんな間抜けの自由にさせたりはしないだろう」

彼は声をひそめると、共謀者のように身を寄せてきた。「実を言うとロヴェル、話したいというのはそのポール・ウィラードのことなんだ。彼のことをやり過ぎだと感じているものが何人かいる」

「数年前に彼を処罰する機会があったのに、あなたはそれをしなかった」

「ロイストンの件でか? たしかに、あのときもっと断固とした態度をとるべきだったかもしれない。しかし当然のことだが、わたしはあの事件で勝とうとは思わなかった。関心がなかったんだ。勝つ見込みはわずかしかないと思った。法律はだれに対しても同じだと人は言うが、きみやわたしはそんなのはたわごとだと知っている。ロイストンのような下劣なやつが法廷に出たら、さいころの目は不利に出るんだ。とくに陪審がいる場合はね」

わたしはなにも言わなかったが、彼の意見に同意したわけではなかった。スコットはその事件でロイストンの事務弁護を担当したのだが、やる気を見せず、わたしは裁判の結果について彼を責めた。彼が雇った法廷弁護士は三流で、きちんと説明を受けていなかった。だから相手側に、ロイストンの私生活についての筋違いなスキャンダルをたっぷり証拠として提出するのを許してしまった。その結果ロイストンは、法的には（有罪になりようがなかったので）無罪を勝ち取ったものの、裁定された損害賠償金は雀の涙ほどだった。ウィラードとトリビューンは道徳的に勝利したのだ。

こうなったのはハーヴェイ・スコットがロイストンを個人的に嫌ったせいだ、とわたしは考えていた。教師という職業の面汚しだったロイストンを、だれだって高く評価するわけにはいかない。それでも彼は中傷を受けたのだから、依頼者にベストをつくすのはスコットの義務だったはずだ。

「それにロヴェル」スコットは言っていた。「言わせてもらえば、きみの介入もあまり役に立たなかったね」

それは控えめな発言だった。わたしの決断でした証言はロイストンを助けなかったばかりか、わたしの経歴を中断させ、おまけにフィアンセを失わせた。

「しかしだな」彼は続けた。「あれは過去の話だ。問題は現在さ。トリビューンが最近なにをやってるか、聞いているだろう？」

「市議会について書いた一連の記事をフレイムが送ってくれました。強烈な内容ですが起訴はできないでしょう。役所を容認する人たちは、新聞が多少気に入らないことを書いても我慢しなきゃならないのでは」

「たしかに。しかし役所を支持しない人たちはどうなんだ？　きのうのトリビューンの老プレスコットについての記事を読んでみろよ。恥辱以外のなにものでもない。彼についての汚《けが》らわしい話を掘り起こして、ひどい恥さらしだ。こうしたことにはストップをかけなきゃならない」

トリビューンの最近の企画は、「われらが法の番人たち」と題した週に一度のシリーズらしかった。治安判事と警察の上層部を紹介したあと、今は地元の名のある弁護士たちに移っていた。ダドリー・プレスコットの記事はその三回目だった。

いったい、格好つけ《スケルトン》スコットはなにを隠しているんだろう、とわたしは思った。なぜなら、彼が心配しているのは自分の評判だけであるのはわかっていたから。スコットはなによりも体面を重んじ、尊大でうぬぼれが強く、いくらか退屈で、かなりの俗物だった。

「スコット、なぜぼくにそんな話を？　ぼくになにができるんです？」

「もちろんきみは、こうした記事をだれが書いてるか、知ってるね？」彼は言った。

「デレクだと言うんですか？」

「そのとおりだよ。きみが戻ってくると聞いたとき、われわれ有志が考えたのは、こうした記事の語調を和らげるさせるのにきみの影響力を使えないかということだった」

そういう件でデレクに影響を与えられると考えること自体のばからしさにわたしは笑ってしまった。

「わたしの聞き込みによれば」とスコットは平静に言った。「きみの腹違いの弟はいまだに、きみの意見にかなり尊敬を払っているということだし。しかしそれだけじゃない。ある人たちは、彼が情報をどこで得ているか知りたがっている。彼には、目当ての人が固く守っているはずの秘密、アー、とくに不潔なできごとを知る方法があるらしいんだ。彼の情報源はなんなのだ？　きみが見つけてくれるとありがたい」

「なぜ父に訊かないんです？　ぼくなどより父のほうがずっとデレクに信頼されてます」

彼はせかせかと手を振った。「きみきみ、言いたくはないがね、父上は過去の人だよ。彼は過去に生きている、かわいそうに」

# 第三章

帰宅したのは一一時一五分だった。離れたところにあるガレージにだれかが車を入れていた。デレクにちがいない。

玄関前で待っていると、まもなく聞き慣れた早い、軽い足音がして、家の脇から彼が現われた。わたしを見てちょっと立ちどまり、それからゆっくり近づいてきた。

わたしは黙っていた。デレク次第で態度を決めよう。

「ようこそわが家へ、異母兄様」彼は言った。ことばに込めた皮肉は彼独特のものだった。

「いったいどうして、ひとりで夜の散歩を？」鍵を差し込みながら彼は続けた。「もう父親といるのに厭《あ》きたのかな？」

「父とはまだ会ってない。着いたときにはいなかった」

鍵を回す手が一瞬止まった。それからドアを開けるとホールの明かりのスイッチを入れ、すばやく書斎を、そして居間をのぞいた。

「まだ戻ってないようだな。きっとクラブで引き止められているんだ」

「クラブにはいない。今行ってきたところだ」

「いない？　じゃあ行きつけのほかの店かな」腕の時計をちらりと見た。「それでも彼はシンデレラみたいに一二時にはいつも家に帰ってくるよ。かまうことはない、待ってるあいだに一杯やろうじゃないか」

彼はオックスフォード仕込みの気どったゆっくりした話し方を今でもしていた。学生風のしつこい冗談を交えて、絶えずくだらないことをしゃべったが、それに惑わされてはならなかった。ペンを持たせれば彼は別人になり、なめらかで辛辣《しんらつ》な文章を書いた。彼がトリビューンに書く記事はしばしば嫌われこそすれ、軽んじられることはなかった。

わたしたちは書斎へ行った。わたしが火をかきたてるあいだにデレクは飲み物をつくった。

「マーク、ソーダか水か?」

「水を。ウイスキーはあまり濃くなく」

デレクはジンになにかを入れた。

彼の頬《ほお》は紅潮し、目は輝いていた。こういう様子がなにを意味するか、わたしは知っていた。少しは飲んだかもしれないが、酔っているのではない。興奮し、気分が浮き立っている。なにかがうまくいき、自負心が満たされたのだ。

彼はコートを脱ぐと椅子に投げかけた。下にはディナー・ジャケットを着ていた。

「キャロルとディナーだと思ったが」わたしは言った。

しかしデレクはいつものように言葉の調子に敏感に反応した。

「罠《わな》にかけようとしたな、マーク。きみらしくないぞ。いや、ぼくは最後の瞬間に彼女をすっぽかすはめになった。『汝《なれ》を愛するはやまやまなれど、それより愛するは仕事（リチャード・ラヴレースの詩句のもじり）』ってね。ぼくは御主人といっしょだったんだ」

「ポール・ウィラードと？」

「然り。いうなれば二者で協議をしてたのさ」

わたしはハーヴェイ・スコットのことばを思い出して、言った。「つぎはどの弁護士をやっつけるかを協議してたのか」

「とんでもない！　ぼくにはそんな重責は務まらないと思われてるよ。弁護士の息子だから、ぼくには強い利害関係があるんだそうで」

もしそれが、ウィラードがデレクに相談をかけない理由だとしたら、ウィラードは間違っていた。法曹界を攻撃するのが新聞の方針となったら、身内を気づかってデレクが攻撃をやめることなどなかっただろうから。つまるところ、それがデレクの最大の欠陥だった。彼には確固たる信念や自分の主義主張がなかった。彼は言われるままに書いた。

時間がたつごとに、父の不在を不審に思うわたしの気持ちは心配に傾いていった。

「父さんがどこにいるか、本当に知らないのか？」わたしは言った。デレクが頭を振ったので、さらに言った。「ルー・ウィラードが八時過ぎにドック・ストリートを下っていく父さんを見た。いったいどこに向かっていたんだろう？」

デレクはグラスを取ろうと横を向いたが、その前に彼の目にちらと驚きが走ったのをわたしは見逃さなかった。

彼が答えないので、わたしはしつこく言った。「いつも行く店を知ってると言ったね。どこに――」そのとき思い出した。トリビューーンの社屋はマリーン・プレイスとドック・ストリートの角にある。

「デレク、きみは今夜ずっとポール・ウィラードといっしょだったのか?」わたしは訊《き》いた。

するとデレクは怒りだした。「いいか、心配ならそういうくだらん尋問をするまえに警察へ行ったらどうなんだ」

「なるほど、そうしよう」

しかし出かけようとすると彼はわたしを止めた。

「せっかちはよせよ、マーク」なだめるような声で言った。「まだ一二時前だ。言っただろう――彼はシンデレラ・タイムを守るんだ」

「どうも気になる。彼はイローナにはすぐ戻ると言った。それにぼくが来るのはわかってた」

「ああ、でも一度酔っ払うと……とにかく、兄上が胸を痛めていると言うなら、捜索隊を繰り出そうじゃないか。ふたりで、道路をパトロールするんだ。彼はどっかで伸びてるかもしれない。以前にも、ぼくが良きサマリヤ人を演じて彼を家に連れ帰ったこともあるし」

…　…

湿っぽい霧雨《きりさめ》が降るなか、デレクは車をバックで道路に出した。えび茶色のモリス・オクスフォードで、まだ新しく、走行計は七千マイルまでいっていない。

彼の運転は上達していなかった。絶えず不安そうにワイパーで窓をぬぐい、濃い霧のなかを走っているかのように前方を覗《のぞ》き見た。暗くなってからの運転は好きではなかったことを思い出した。彼は視力が弱いのに、見え坊でめがねをかけなかった。

セント・ヴィンセント・ストリートに入ると、公会堂の時計が鳴りはじめ、同時に街路灯が一本置きの灯を残して、消えた。デレクはヘッドライトをつけた。

「魔法使いの出る時間だ。シンデレラの外出許可時間は過ぎてしまったな」彼は言った。

「まずドック・ストリートへ行ってくれ」わたしは言った。「トリビューンにいないか、見てみよう」ヘッドライトがつくとデレクはスピードを上げた。わたしは歩道に目をこらしていたが、まもなく抗議の声をあげた。

「モンテカルロ・ラリーじゃないんだぞ。こんなに早くては見つけられないよ」

「ごめん」彼は上の空で返事をすると、ちょっと速度を落とした。

トリビューンの社屋は、ドック・ストリートを三分の二ほど下った、マリーン・プレイスとの交差点にある。建物はがっしりした特徴のない長方形で、一八九〇年頃建てられて以来六〇年以上も変わっていない。ポール・ウィラードは一九五七年にトリビューンを買うと、社屋の正面にあたるマリーン・プレイス側を張り替えて、入口の上に大きなネオンサインを掲げた。ほかの三方から見る建物は、相変わらず煤《すす》けた倉庫のように見えた。

デレクは道の反対側に車を止めた。

「ウィラードはあそこだ」彼は言ったがその声は不安そうだった。

ドック・ストリート側には二つのドアがあった。一つは昔からある商売用の出入り口で、物品が搬入され、毎晩新聞を積んだバンが出ていった。小さいほうのドアは、ウィラードが設けた自分用の続き部屋に道路から直接出入りするために作られた。

今夜、そのドアの右手上の窓の明かりがついていた。ドック・ストリート側の壁面で明かりがついているのはそこだけだった。

わたしは車のドアを開けて、言った。「行ってウィラードと話してくる」

「だめだ」デレクは鋭く言った。

「なぜ?」

彼は落ちつかない様子で忍び笑いをした。「あの人はじゃまされるのを好まない。彼があそこを何のために使ってるのか、知らないのか?」

「察しはつく。それでも今夜はじゃましなきゃならない。ウィラードは父さんが今夜早く来たかどうか知ってるだろうし、ことによると今もいっしょかもしれないんだから」

デレクはまたくすくす笑った。「そうとは思えないね」彼は言った。

車を出て、道を渡った。少し後からデレクもついてきた。

ドック・ストリートはガス灯の照明があるのだが、真夜中を過ぎた今、火力を落とした緑色の微光が浮かび上がらせているのは、たった一つ小さな矩形《くけい》の黄色い灯を包み込んだトリビューンの建物の黒々とした輪郭だった。あたりには人影はなかった。土曜の夜の酔っ払いにも遅過ぎる時間だった。

雨はまだ降っていた。港の方角の空が明るいのと、ウインチのゴロゴロいう音で、夜間勤務で荷積みか荷下ろしが進行中なのがわかった。ほかに聞こえるのはわたしたちの足音だけだった。

ベルを押したがだれも答えない。

「彼はときどき寝入ってしまうんだ」とデレクが言った。

「そのようだね」わたしはそっけなく言って、またベルを押した。

トリビューンの社屋にあるウィラードの続き部屋のことは、これまでずっと公然のスキャンダルだった。ウィラードはほとんど習慣のように毎晩遅く、翌朝の新聞の組版が版盤に固定されるころになると、やってきた。刷り上がった一枚は、建物内にある彼の部屋の鍵のかかったドアの下に差し込まれるのが常だった。これを彼は調べ、赤インクで批評を、指示を、説教を、(そしてときたま) ほめ言葉を、書き込んだ。こうすることで彼は本物の新聞界の大物になった気でいた。

しかしこの部屋の使いみちはそれだけではなかった。ポール・ウィラードは五〇代でも精力的な男だった。妻の死後 (たぶんそれ以前からも)、ひっきりなしに次々と情婦をもった。二人の娘が住む自宅に連れ込む気はなかったので、ほかの場所を見つけなければならなかった。トリビューン社内にある彼の部屋に寝椅子があるのはそういうわけだった。仕事が忙しいのでときどきオフィスに泊まらなければならない、という表向きの言い訳を信じるものはだれもいなかった。

三度目のベルを鳴らしても答がないので、ドアを試してみた。鍵はかかっていず、わたしはドアを押し開けた。

おぼろげに見えたのは急な石段で、上にはガラスをはめ込んだドアがあった。電灯のスイッチを探りあて、押してみたが灯はつかなかった。しかたなく暗がりを手探りで上っていった。デレクはいやいやついてきた。

上ったところにベルはなく、わたしはガラスをたたいた。今度も返事はない。

「戻ろう」デレクが不安げにささやいた。

しかしわたしはもっと強く入口をたたいた。

なかで明かりがつき、ガラス入りのドアがさっと開いた。

「なにをやってるんだ」怒った声が叫んだ。

ポール・ウィラードは大きな男で、戸口いっぱいをふさいでいた。わたしを見知らぬ様子でじっと見つめ、それから後ろに立っているデレクに気づいた。

「どういうことなんだ、デレク」少し声を和らげて彼は言った。「わかってるはずだ、こんな――」

「マークは父のことを心配してるんです」デレクが言った。「まだ家に戻らないので。聞いたんですけど、父は――」

しかしウィラードは聞いていなかった。ふたたびわたしをじっと見ると、今度はわかったらしかった。

「マーク・ロヴェルか！　ちくしょう！　ずうずうしいにも程がある！　出てけ、さもないと蹴落とすぞ」

戸を閉めようとしたが、デレクが急いで口をはさんだ。

「ここへ来たのはぼくの考えで、おわかりでしょう、ぼくは――」

ウィラードの顔つきが変わった。

「あれはなんだ?」だみ声で言った。彼はわたしたちの向こう、階段の下を見つめていた。

わたしは振り向いた。戸口からの明かりが、開いたままの下のドアのすぐ内側、ややドアよりのところにある、黒っぽい塊《かたまり》を照らしていた。わたしが頭を動かすと、塊の一部から影がとれて、手の白い指先が現われた。

ウィラードはわたしたちを押しのけると階段を走り下りた。デレクとわたしが従った。ウィラードはスイッチを押し、明かりがつかないので罵声《ばせい》を発した。それから動かない姿にかがみ込んだ。

「なんと!」彼は叫んだ。「パトリック・ロヴェルだ」

わたしもそれを予測していた。

彼は続けた。「すっかり死んでる。冷たい」

「心臓発作だ」デレクがつぶやいた。

ウィラードは身を起こした。

「心臓発作だって?」抑えた声で言った。「これをそう言うのかも知れんが、ばかでかいナイフが突き刺さってるよ」

われわれは階段を下りたところに立っていた。道路からドアを入ってすぐのこの場所は、壁と壁との間をちょっと引っ込めて広くしてあり、コートをかけるための釘が並んでいた。父はここに横たわっていた。顔を下に、左手はねじれて体の下にあり、右手を伸ばしていた。頭と両肩と右手だけが上からの明かりではっきり見え、下半身はドアの後ろのくぼみにあって影になっていた。だが近づいて覗くと、左肩の下から長くて薄い刃が突き出ているのが見えた。完全に死んでいた。

ショックは思いがけない方向に人を動かす。わたしの場合、とっさに生じたのは、細部を克明に見ようという意識だった。伸ばした手の白い指にギザギザの古い傷跡を見た。最初の戦争から持ち帰った傷だ。体のそばにパイプを――お気に入りの古いブライアーを――見た。めがねも。片方のガラスが砕けていた。死体の下から、赤いしみが石の床に滲《し》みでているのを見た。

これらはすべて一瞬のことで、父が死んだ、父が殺された、という肝心の事実をはっきり認識するまえのことだった。

「上の部屋に電話はありますね？」わたしはウィラードに訊いた。

彼はうなずくと向きを変え、重い足取りで階段を上っていった。デレクは身動きもせず、茫然自失の体で父親を見下ろしている。

「デレク」わたしは静かに言った。「上に行こう。ここでできることはもうない」

彼は答えなかった。

「デレク」ふたたび声をかけて彼の腕に触れた。彼は激しくわたしを振り払った。

「ちくしょう」彼は叫んだ。「あんたが帰ってこなければこんなことにはならなかったんだ」

しかし今度は向き直ってわたしについて来た。

階段の上のドアを入ると広い事務所だった。寄せ木の床にはカーペットはなく、家具は実用一点張りのものだった。大きなスチール製のデスク、スチールパイプの椅子が数脚、金属製のファイル・キャビネットが二本、同じく金属製の本棚。さえない灰色の水性塗料を塗った壁を二、三枚の小さな版画が和らげていた。

向こうのつき当たりのドアは、この建物の主要部分、トリビューンのオフィスに通じているらしかった。右側の壁にもうひとつドアがあって、これがウィラードの第二の部屋に行くものに違いない。通りから見えたのはその部屋の明かりだった。

ウィラードはすでに電話中だった。

「――ドック・ストリートのわたしの個人オフィスだ、正面入口でなく。そうだ」彼は受話器を置いた。

「さて」ほとんど間も置かずに彼はわたしたちに言った。「早急にやるべきことがある」

彼は立って行くと、右手のドアを開け、「パティー！」と呼びかけた。

ぴったりした黒のセーターに赤いジーンズの女が部屋に入ってきた。青白い、不機嫌そうな顔をして、黒い髪の毛を肩まで降ろしている。以前どこかで会った顔だが、どこだか思い出せなかった。

「おまえはコートを持って帰るんだ」ウィラードは言ったが、冷たい言い方ではなかった。

「事故があってな。もうすぐお巡りが来る。おまえが巻き込まれることはない」

「この人はここにいるべきだと思います」わたしははっきり言った。

ウィラードのこめかみの血管が怒りでピクピクした。

「だれもおまえの意見など聞いとらん」彼は言いはじめたが、そこで思い直した。「ことによると、そうかも知れん。彼女が役に立つこともある。女を楽しませてるおれが、なんで……。よし、ベイビー、その辺に座っておとなしくしてろ」手を振って彼女を追いやると、デレクのほうを向いた。

「さて、デレク、時間を調整しとこう。あいつらにちょっとでも隙を見せたら、なにを言ってねじ曲げるんだから。さあ、おまえは今夜、何時にここに来た?」

デレクは椅子にだらしなく沈み込んだまま、頭も上げなかった。

ウィラードがこぶしでデスクを激しくたたくと、デレクの頭はぴくりと上がった。

「よく聞くんだ、若造」にらみつけながら言った。「おまえは今夜、七時二五分にわたしの家に来た。わかったか? 七時二五分だ。そしてわれわれは一一時にいっしょに家を出た。わたしはここでおまえの車を降り、おまえは家まで帰っていった。いいか?」

デレクの顔があまりにも青白いので、気を失うのではないかと思った。しかし彼は無言でうなずいた。こんなときにもウィラードへの従属の習慣は守られていた。

ウィラードはうなるように言った。「それじゃ、お手並み拝見だ、若いの」

ウィラードはあくびをして耳を搔いた。ベルトから腹をせり出して座っている彼は、動物のように見えた。以前わたしが見たときよりも体にたるみが出て、顔つきも下品になっていた。しかし彼は今でも非常に力のある男だった。それはシャツの下で波打っている前腕の筋肉を見てもわかった。

窓にいたパティーが呼びかけた。「警察の車がきたわよ」つぎの瞬間、階段を上ってくる足音が聞こえた。

そのとき、ウィラードは愕然《がくぜん》としたように机の上の書類をかきまわしはじめた。

「パティー」彼はどなった。「おまえ、ここをいじくりまわして、おれの――」

ドアにノックの音がした。

「あんたの、なに？」パティーが訊いた。

ウィラードはこわい顔をした。「なんでもない」彼はつぶやいた。

# 第四章

制服の警官が二人、まず到着した。それから若い巡査部長がやってきた。まもなく部屋は写真係、指紋係、警察医といった人たちでいっぱいになった。一二時四五分ごろ、主任警部のスレイドが姿を現わした。

一九五六年にギャングのマンゾーニ一味を衆目のうちにはなばなしくやっつけて、アーノルド・スレイドはみずからの成功の基を築いた。リヴァーヘッドで強硬・冷酷といえば、スレイドにつきものの言葉だった。しかし彼は強いと同時に聡明で、機略と想像力に富み、競争相手からつねに頭ひとつ抜きんでていた。大柄で、今では頭が白くなりかけているがまだハンサムで、従われるのに慣れている人の落ち着きと自信にあふれていた。

しかしわたしは彼が好きではなかった。彼とは過去に一戦を交えたことがあり、彼の反面を見ていたのだ。彼はうぬぼれが強く、自分に反対するものを我慢できなかった。それに彼は慈悲の心に欠けていた。

スレイドが到着すると、この場のテンポが変わった。われわれに質問していた巡査部長はノートを閉じて上司である彼とひそひそ話を交わすと、つつましく脇に引っ込み、立ちん坊に徹した。

スレイドはデレクとわたしに悔みのことばを述べた。

「お母さんはどうしますか」彼はデレクに訊《き》いた。「今お知らせしたほうが？」

デレクはぼんやりと彼を見返した。

「朝にしましょう」わたしは言った。「今起こしてもどうしようもない」

スレイドはうなずくとウィラードに向かって言った。

「隣の部屋を使っていいですか？　一人ずつ訊きたいんだが」

ウィラードはしぶしぶ承知したがこうつけ加えた。「夜じゅうここに足止めじゃないだろうね」

「できるかぎり早く済ませますよ」スレイドは冷たい笑顔で言った。「まずご婦人から。ミス・ヤング？」

パトリシア・ヤング！　そうだった！　ロイストン裁判で証人席の彼女を見ていた。あのときは髪が短く、こんなに黒い色ではなかった。

ウィラードはわたしを観察していた。スレイドと女が行ってドアが閉まると、彼はにやっと笑って言った。

「そうだよ、あの小娘だ。頭は悪いが……でも人の気をそそる女だ。ロイストンのじいさんは思ったより趣味が良かったんだ」

ロイストン事件の争点は、ヘクター・ロイストンが自分を誘惑しようとした、というパトリシア・ヤングの申し立てだった。しかし今、ウィラードがわたしをけしかけて論争に誘い込もうとしても、わたしにはその気はなかった。

わたしは父のことを考えていた。なぜ父との仲がこじれたのだろうと考えていた。もっと努力して父を味方に引き込んでいたら、こんなことは起こらなかったのではないか、と考えた。突然の死のあとには、しばしば自責の念がやってくるものだ。

父とわたしには、二人の関係をうまくやっていく下地はじゅうぶんあった。なぜなら、父にはわたしが賞賛してやまない美徳——勇気、清廉、誠実、気取りのなさ——が備わっていたから。彼の短所はたいへん人間的なものだった。短気、ちょっと頑固なところ、自分が理解しないことをすぐ軽蔑する、などだ。しかし父との間には、わたしが子供のころから窮屈な感じがあった。

パトリック・ロヴェルは一八九八年、アイルランド人のプロテスタントの両親のもとにロンドンデリーで生まれた。父親がロンドンで下級官吏の職を得てイングランドに移住したのは彼が九歳のときだったが、彼は終生アイルランドの豊かななまりを失わなかった。学校ではよく出来て、勅許会計士事務所に見習いとして入った。しかし戦争が始まって、年齢に達すると、彼はすぐ兵役に志願した。

一九一七年、フランスで、彼はカートライト少佐（当時は大尉）を巻き込んだなにか英雄的な行為にかかわった。父はそのことについて話そうとしなかったが、少佐はいつも、自分が生きているのはロヴェル軍曹のおかげだ、と言っていた。とにかくカートライトは彼を気に入り、戦争が終わると、リヴァーヘッドで父親とやっている法律事務所に加わらないかと誘った。父は一九二四年に事務弁護士の資格を取り、その一〇年後少佐の父親が亡くなった際にパートナーシップを手に入れた。

そのころにはすでにパトリックは二人の子を抱えたやもめだった。彼は一九二六年に地元の医者の娘、マーガレット・カウアンと結婚し、一九二八年に姉のケイが生まれた。二年後、マーガレットはわたしの出産で死んだ。

父が再婚したのはわたしが四歳のときだった。二度目の妻になったイローナ・ヘンドリクスは校長の娘で、リヴァプール大学の現代語学科の卒業生だった。当時彼女はリヴァーヘッド公立図書館の副司書だった。イローナが何か月も父を待たせたあげく、父が事務所にパートナーシップを申し入れたその日に結婚を承諾したのはいかにもイローナらしい、とケイはよく言っていた。

イローナは抜け目なく計算高い、感情に動かされない女で、ケイは初めから彼女を嫌った。わたしはそれほど人を見る目がなく、物事を額面どおりに受け入れていた。イローナの継子《ままこ》たちの扱いぶりは、うわべは非の打ちどころがなかった。しかしそこには温かさが欠けていた。デレクは一九三六年のクリスマスの日に生まれた。彼は早熟な子供で、神童といってもいいくらいだった。ケイとわたしは食事も着るものも与えられ、物質的にはけっして悪い扱いを受けてはいなかった。それでも、今振り返ってみると、そういう早い時期から、イローナだけでなく父にとっても、デレクは中心的な存在だった。

しかし戦争が始まって、わたしが一二歳か一三歳になると、イローナの継子に対する無関心は積極的な敵意に変わりはじめた。しばらくの間、わたしは罪は自分にあると思い、わたしのしたことでなにが彼女を怒らせたのかと考えつづけた。ケイはそんな思い違いはしなかった。彼女は問題の元はなにかを判定した。イローナは嫉妬していたのだ。

この頃にはデレクは学校に入り、いまだに年齢にしては異例の知能を見せていた。しかし彼は元気な子供ではなく、人気もなかった。母親が努力したにもかかわらず、彼には同じ年頃の友達ができなかった。そして彼にはもう一つの欠点があった。彼は音痴だった。この頃ケイの声が注目されはじめた。ケイはまだ一五歳だったが、すでに公立中等学校の音楽教師はケイに歌手になるためのレッスンを考えたらどうかと勧めていた。そしてもっと低い段階ではあるが、わたしがピアノの才能を見せはじめていた。

そのとき以来イローナは、われわれ二人に対して巧妙な作戦行動を開始した。われわれのやることをわざと取り違え、われわれの成績を過小評価し、われわれの自信をくじいた。それはケイよりもわたしに効果があった。ケイはその策略を見抜いて同じようなお返しをしたが、わたしの年齢ではそれだけの自信はなく、姉のようにその罪をイローナのせいにする余裕はなかった。

傷跡がこれほどに残ったのは、イローナの影響力が父にまで及んだからだった。人の性格判断が苦手だった父は、すっかり彼女に取り込まれた。ときどき思うのだが、父は無意識のうちに母の死をわたしのせいにしていたのではないだろうか。父がわたしといてすっかり寛《くつろ》ぐことがなかったのは、おそらくそのせいだろう。だがケイの解釈も正しいかもしれない。二度目の妻は長い年月をかけて、計画的に父の心にわたしに対する偏見を植えつけた、という解釈だ。

父がわたしよりもデレクの方を好むとは奇妙なことだった。デレクは才気あるインテリで、洗練されているが底の浅い、普通なら父がまさに反感を覚えるタイプだ。わたしはどちらかというと父に似た性格だった。しかしわたしが父の仕事に加わっても、壁は壊れなかった。父は仕事の上ではわたしの判断を重んじるようになったが、ひとりの人間としてのわたしを信用することはなく、よそよそしかった。父にとってもわたしにとっても、イローナは強過ぎた。

わたしが法廷に立って腹違いの弟を偽証と証拠隠滅の罪で告発したとき、父との関係がそれ以上よくなる望みはついになくなった。それはわかっていても、父の反応の猛々しさにわたしはびっくりした。その日、法廷を出ると父が待っていた。いつもの、ちょっと小さ過ぎる背広を着て、無帽で（父は帽子をかぶったことがなかった）、わずかに残った白髪を風になびかせていた父のがっしりした姿がまだ目に浮かぶ。父の顔は怒りで紫色にゆがみ、声は震えていた。父は二つのことしか言わなかった。まず、一連の言うをはばかることばでわたしをどう思っているかを告げた。つぎに、リヴァーヘッドを出て二度と帰るな、と言った。それが生きている父を見た最後だった。

あとになってよく考えるのは、父の非難の激しさこそ彼の胸中の葛藤を表していたのではないか、ということだ。父は心のなかでデレクに疑いを持っていたからこそ、それを突きとめたわたしに腹を立てたのではないか。わたしはそう考えたかった。それに、今夜書斎で見つけた出されなかった手紙は、父がついにわたしが正しかったと認めたことを告げていた。

それはいくらかの慰めになったが、それ以上ではなかった。わたしは四年前に自分がとった立場を悔やんではいなかった。ああするより仕方がなかった。そうではなくて、わたしが間違っていたのはそれ以前のことだ。わたしはイローナと闘うべきだった。彼女の思うままにさせるべきではなかった。いつかは父の目が開いて、イローナとデレクをありのままに見るときが来るだろう、そうすればわたしとの障壁はなくなるだろう、とこれまでずっと望んできた。しかし今となってはそんなことは起こらない。父は死んだ。もう間に合わなかった。

…　…

ドアが開いて女が出てきた。どのくらい入っていたのだろう。わたしは時間の感覚を失っていた。

デレクはまだ頭をたれたまま座っていた。ずっと動かないでいたようだ。ウィラードは葉巻を吸いながら、トリビューンのクロスワードパズルを埋めていた。

パティーはセーターとジーンズの上にコートをはおっていた。気取って部屋を横切りながら、ウィラードににっと笑いかけた。

「ボスが帰ってもいいって言ったわよ」ドアのそばに立っている巡査に言った。彼女の声はちょっとハスキーで、なかなかいい感じだった。

「そうだ、ミス・ヤングを車で送るように言ってやれ、アダムソン」あとから出てきたスレイド主任警部が言った。

「あらまあ！　午前一時に馬車でお見送りとはね」ドアを抜けながらパティーははしゃいで言い、階段を下りていった。

ウィラードは小声でなにかつぶやいた。

「つぎはロヴェルさん、お願いします」スレイドが言った。わたしが立ち上がると、「いやいや、すみませんがデレク・ロヴェル氏から」と言いたした。

そのとき巡査部長が近づいて彼の耳元でなにかささやいた。スレイドは眉をひそめた。

「動かすなというのに、あとでわたしが――」そして、失礼、とつぶやくと出ていった。

彼は一〇分間座をはずした。下のドアのあたりで話し声が聞こえたと思うと、まもなくスレイドは二階に戻ってきた。外では、右往左往する足音、ドアがバタンと閉まる音、また別のドアの閉まる音、車のエンジンがブルブルいってかかり、走り去っていく音がした。

ウィラードがあくびをして言った。「パトリックを死体置場に連れてったな。あわれなやつ」

デレクは立ち上がり、主任警部のあとについて奥の部屋に行った。機械人形のような歩き方で、顔は青白く、無表情だった。

「あいつは神経が参っちまうぞ」ウィラードは言った。

スレイドがまたドアを開けて、巡査部長に来るように呼びかけた。部屋にはアダムソン巡査とウィラードとわたしが残された。

ウィラードはクロスワードをうんざりしたように放り出した。

「あのばかたれを雇ってるのはなんのためだと思ってるんだ」彼は言った。「このカギのいくつかは、くそみたいな生き字引野郎じゃなきゃ解けやしない。いいか、こうだ。『オランダの名人の牧歌的な声』だと。へっ！　世間一般の人がこんなのに答えられると思うか！」世間一般の人というのがウィラードの理想とするトリビューンの読者だった。そして世間一般の人の意見や趣味は、ウィラードの意見や趣味とぴったり同じなのだった。

彼は葉巻を吸い、匂いが部屋に満ちた。

「そう、あわれなやつだ」父のことに戻って彼はふたたび言った。「いい終わり方とは言えんな」

ウィラードは見かけほど平気ではないのかもしれない、とわたしは思った。彼に疑いがかかることは確実だった。父がウィラードを訪ねるつもりでなかったら、なぜここまで来ることがあろうか。

「おれのナイフだったことは知ってるだろう」まるでわたしが考えたことを口に出したかのように、ウィラードが言った。

「あなたのナイフ?」

「そうさ。まるで銃剣みたいにとがった、スチール製のペーパーナイフだ。下のあそこはやたら暗かったからわからなかった。でもおれの机にあれがないと気がついたとたんに、わかったよ」

「しかしどうして――」

「そこだ、それなんだ。この部屋の鍵はかかってたし、道路側のドアだって。とすると――」

「今夜道路側のドアに鍵はかかっていなかった。デレクとぼくはすぐ上がってこられた」

「おれがパティーのために開けておいたんだ。あいつは鍵を持ってないからね。しかしおれがここにいないときはドアはいつも閉まってる。だとするとパトリックはどうやって入り込んだんだ？　彼を殺したやつはどうやって内側に入ったんだ？」

彼はにやっと笑ってつけ加えた。「ラッキーなことに、おれにはアリバイがある、だろ？」

「アリバイ？　でもあなたは一一時から女が着くまではここにひとりでいた、そうじゃありませんか？」

「いいか、若いの、おれはこれまでいくつも死体を見てきたんだ。パトリックが一一時よりずっと前にくたばったのはたしかだよ。巡査さん、そうだろ？」

彼はとつぜんアダムソン巡査の方にくるりと身体を回した。巡査は顔を赤くしたが答えなかった。

「ああ！　そうか、坊や。耳は開いても口は閉じとけ、そうすりゃいつかはスレイド主任警部みたいになれるってわけか」

彼はわたしに向き直った。「スレイドはこのアリバイを崩すのに必死になるだろうな。デレクは言ったことを曲げないと思うか？」

「もしそれが真実なら、曲げない」

ウィラードはまたにやりとした。「真実？　冗談じゃない！　おまえの弟はおれの命じることを言うんだよ。そのために給料をもらってるんだから。とはいっても」と、巡査の手前つけ加えた。「今回はほんとうのことだが」

　ウィラードはしゃべりたい気分らしかった。

「これが鍵だ」キーホルダーを取り出して、イェール錠の鍵を見せて言った。「これまでおれのポケットから出たことはない」

「それが道路側のドアの鍵ですか？」わたしは訊いた。

「兼用で、上のここの鍵でもある」

「鍵はそれひとつだけ？」

「いや、そうでなく……もうひとつある」

「だれが持ってるんです？」

「ある友達さ」彼は言って、ウインクした。「そっち方面から手に入れたということはまずないだろう」

　つまり、今の情婦だ。パティーはただの浮気の相手らしい。

「それと」と彼は続けた。「パトリックをどうやってここにつれ込んだんだろう？　おれは招待しなかった。それに、おれ以外のものの招待だったら、彼も用心したはずだ」彼は肩をすくめた。「やれやれ！　いずれははっきりするだろうが、それまではスレイドがやっきになっておれに罪を着せようとするだろうな。まえがあるとそんなもんだよ」

　最後の言及はウィラードの性格と見解を理解する手がかりだった。彼は、二〇年代の末にリヴァプールの刑務所で服役したことを、機会があれば自慢――自慢としか言いようがないのだが——していた。詳しいことは語らなかったが、どうやら暴行らしい。

そのためにかえって彼は、並の人から抜きんでることができた。出所するともとの自動車修理工の職には戻らず、カナダへ移民したのだ。不景気の時期をカナダで放浪して、やれる仕事はなんでもやり、ときには飢える寸前までいった。

大きな転機がきたのは一九三五年、トロントの軽工業会社に入ったときだった。ボスの注目を得て作業マネージャーに昇進し、一九三七年にボスの娘と結婚した。義理の父親が戦争直前に亡くなると、彼はこの事業の全権を握った。

気力と能力を駆使し、臆面なく自己宣伝をやり、情け容赦もなくライバルを切り捨てて、彼はある飛行機部品の独占契約を政府と結んだ。事業は一〇倍に拡張し、終戦時には金持ちになっていた。彼は一九五七年に会社を売り払うと、息子と二人の娘を連れてイギリスに戻ってきた。妻は数年前に死んでいた。

ウィラードはカナダでの歳月のことをめったに話さなかったので、わたしの得た情報は現在トロントの近くにすんでいるケイからのものだった。ウィラードにとってカナダは幕間《まくあい》であり、必要悪にすぎなかった。彼はふしぎなほどカナダに染まらなかった。アクセントや言い回しでさえ、頑としてイングランド北部のままを通していた。

だから財をなした後、五〇歳にして生国に戻ったのは彼らしいことだった。彼がリヴァーヘッドを選んだのは、地元の日刊紙が売りに出されていたからだと推定される。トリビューンは長年にわたって赤字を出していた。編集長はかなりの年配の怠慢な人で、新聞は三〇年代のゆったりした、やや退屈な紙面と文体から一歩も出ようとしなかった。その時代錯誤ぶりには地元の人さえ軽蔑を覚えるようになった。南部に住む社主たちはほとんど関心を持たなかった。彼らにとって、新聞はほかの多くの投資のうちのひとつにすぎなかったから。気が滅入るような決算報告がつづいたあげく、彼らは赤字の元を断つために新聞を売りに出した。

ウィラードはすべてを変えた。編集長と何人かのスタッフを首にし、これまでとはまったく異なる種類の新しい人材を導入した。デレクにチャンスがきた。アイディアと、それを表現する手段に恵まれた、大学をでたばかりの若者が二、三人採用されたのだ。（なんといっても地方新聞なので）ローカル・ニュースに重点が置かれたものの、チャリティー・バザーについて、あるいは名も知らぬリヴァーヘッドの花嫁の新婚旅行の晴れ着についての長々しい記述を読まされることはもはやなかった。全体の記事がより鋭く、より簡潔になった。二年のうちに部数はほぼ倍増した。それに加えて広告収入の増大をはかったのが功を奏して、新聞はまもなく赤字を脱した。

これは予測できたことだった。普通のビジネス効率で臨めばトリビューンが儲かることは、財務のすご腕でなくてもわかることだった。われわれが驚いたのは、ウィラードが新聞に課した政治的偏向だった。あまりにも左寄りだったのだ。

この事情は社主の経歴と気性を見れば説明がついた。ウィラードがそれを自慢しているにもかかわらず、刑務所で刑期をつとめたことは彼にとって心に焼き印を押されるような経験だった。彼は生涯、体制に対して——つまり政府や公務員や法律や、教会にさえ——恨みを抱いた。

とくに法律に対する恨みは深かった。警察に手荒く扱われたと苦情を言う人があったりしようものなら、トリビューンはトップ全段抜きの見出しをつけ、なおその上に社説で書いた。自身はワンマンの資本家であるポール・ウィラードが、底辺の恵まれない人びとにそのような心優しい気づかいを公言するとは皮肉なことだった。

人びとはそうした猛烈な非難の記事に慣れてきた。記事は、おおかたは問題を大げさに扱い過ぎていたが、メリットがないこともなかった。しかし、ヘクター・ロイストンへの攻撃はまったく異なる次元のものだった。ロイストンは体制の柱たる人物ではなく、地元の実業中等学校の科学の教師であり、リヴァーヘッドの人びとのなかでもとりわけ目立たない男だった。その記事は、この地の教育機関を扱ったシリーズの三回目だった。これまでの二つは、パーク校——リヴァーヘッド郊外のお嬢さん学校——と公立中等学校を地味に学究的に評価したものだったので、三回目がこのように抑制を取りはらった毒のあるものだとは予想もつかなかった。だれもが、書いたのはデレクだが書かせたのはウィラードだと思った。実際、ウィラードもそれを否定しなかった。なぜそんなことをしたのだろう、とわたしはしばしば考えた。たしかにウィラードはどうにか罰を受けずに済んだ。しかしそれは恐ろしいほど危険なことだった。それに、彼らしくないことだった。ロイストン攻撃は、ウィラードがトリビューンで始めた「暴露もの路線」の極端な例にすぎない、と人びとは言った。しかしこの場合それは当たらなかった。ロイストンには、トリビューンが常習的に攻撃をしかけるたぐいの権威はなかったのだから。それに、これまでウィラードは名誉毀損罪にはそれなりの用心をしてきたのに、ここで名誉毀損の訴訟を招いてしまった。

わたしは以前ウィラードに、なんであの記事を書いたのかと尋ねたことがある。それはわれわれの事務所がその訴訟で彼の代理をしたときのことで、その後いくつかの事実を見つけたためにわたしがその担当から降りるまえの話だ。返ってきた答はまっきりしないものだった。彼は、ひとのことにかまうな、という意味のことをもっと上品でない言い方で言っただけだった。

彼が今夜、いつになくおしゃべりで愛想がいいので、わたしはふと、同じ質問をしてみた。

彼の表情は急に曇った。

「いいか、ロヴェル」彼は言った。「その件によけいな口出しはするな。おまえのおやじさんが知りたがりやになった結果がどうなったか、見るがいい」

「ということは――？」

「おれはなにも言っとらん。おまえに警告してる。それだけだ。警告だ。わかったか？」

そのとき巡査部長がドアをさっと開けた。

「失礼します」動揺を見せまいとしながら、言った。「ブランデーかウイスキーかなにか、ありませんか？　ロヴェル氏の具合が良くないので」

ウィラードは椅子から立ち上がると、足音をたててドアの方に行った。彼はこわい顔をしていた。

「ひどい拷問じゃないか」怒ってつぶやいた。「彼がどんな状態かわかっていたのに、半時間以上もそこで痛めつけたんだな。どえらいスキャンダルだ。ちくしょう！　ここだけで済ませはしないからな」

# 第五章

デレクは気絶したのだった。スレイドは彼を床に仰向けにして、カラーとネクタイをゆるめていた。デレクはもう回復しかけていた。

その部屋は居間風に居心地よくしつらえてあった。壁紙、カーペットと小型の敷物、カーテン、ひじ掛け椅子、テレビ。カクテル・キャビネットらしきものまであった。寝椅子は壁につけて目立たないようにしてあった。暖炉には石炭の火が燃えていた。

ウィラードは部屋を横切ってキャビネットの方へ行き、それを開けた。やはりカクテル・キャビネットだった。ボトルとグラスを取り出した。

「スコッチだ」彼は言った。「ブランデーはない。あんなもの飲まんからな」

グラスにウイスキーを少し注ぐと、デレクに近寄った。デレクは弱々しい声を発して、体を起こそうとしていた。スレイドが腕でデレクの頭を支え、ウィラードがグラスを差し出した。

「さあ、若いの。これを飲めばエンジンがかかるぞ」

デレクは一口、二口すすり、ごくりと飲み込み、むせた。頰《ほお》にかすかに色が戻った。ほどなく彼は椅子に座れるほどに回復した。

「申し訳ありません」彼はつぶやいた。「どうなったのか、わからない。こんなことは初めてです」

「よくわかりますよ」スレイドは礼儀正しく言った。「今夜はひどいショックを受けたのだから」

そうは言ってもスレイドの顔にはいら立ちが見えた。彼はすぐにつけ加えた。「じつのところ、ほとんど終わったんですが、あと一つか二つだけ質問があるんです。もし大丈夫なら――」

「いや、だめだ！　それはいけない！」ウィラードが口をはさんだ。「こいつにはもうじゅうぶん過ぎる」

二人は敵対してにらみ合った。ウィラードとスレイド、どちらも手ごわい相手だ。最初に目を伏せたのはスレイドだった。

「あなたの言うとおりでしょう」彼は穏やかに言った。「そうだな、帰って寝《やす》んだほうがいい、ロヴェルさん。車をいいつけましょう」

「ぼくの車が外にあります」デレクが言った。

「そうしないほうが――」スレイドは言いはじめた。

「彼を家まで送ろう」わたしが口をはさんだ。

警部はわたしを推し量るように見た。

「それよりもあなたと話がしたいんだが」彼は言った。

「戻ってきますよ。ウィラード氏にも質問することがあるでしょう。出ているあいだにそちらを先にしたらいい」

スレイドはそれでもおもしろくなさそうだった。

「そうだな」彼はゆっくりと言った。「たしかに、ウィラード氏には質問がある。しかし――」そこで決心がついたようだった。「よろしい。弟さんを送っていきなさい。だが長くはならないように」

明らかにスレイドは、自分が決定権を行使できなかったのが気に入らなかった。しかし察するところ彼は、トリビューンでの逆宣伝を恐れ、ウィラードに非難の口実を与えないために精一杯の努力をしているようだった。


…　…


外の入口には制服の警官が二人いた。父の遺体は運んだあとだったが、横たわっていたところの石の床には黒いしみが見えた。階段の上の明かりは今はついていた。

外は雨が止み、風が出ていた。ドア近くには警察の車が横づけになり、その後ろに、殺害事件があるとかけつける、黒い「殺人バス」が止まっていた。ドックのほうからはまだウインチのひびきが聞こえていた。

わたしたちは道路を渡り、デレクの車に向かった。

「運転できるよ。もうだいじょうぶだ」彼は言った。

しかしわたしが運転席に座ると、それ以上言わなかった。彼は横に乗り込み、エンジン・キーを渡した。

マリーン・プレイスを曲がり、真っ暗で音もないトリビューンの建物の正面を通り過ぎた。犯人はうまい夜を選んだ。土曜の夜でなかったら、トリビューンのオフィスは遅くまで忙しく人が群れ、ドック・ストリート側の入口もたえず出入りがある。人に見られずにウィラードの続き部屋に入ったり出たりするチャンスは少なかっただろう。けれども土曜なら、殺人者の秘密は保たれる可能性はあった。

デレクは車のなかでは口をきかなかった。しかしわたしが門の外に車を止めると、うめくように言った。

「どうしよう！　母さんが起きてる」

階下の窓のひとつに明かりがついていた。

「しばらくここにいよう」彼は言った。「まだ顔を合わせたくない」

わたしはエンジンを切り、彼にたばこを勧めた。

マッチの火は、絶望と恐れを浮かべた彼の顔を照らし出した。

「なにをこわがっているんだ？」わたしは訊《き》いた。彼の顔は父親の死によるショック以上のものを表していた。

デレクの悲劇は、そのたぐいまれな知能と容貌に釣り合うだけの道徳観念を持ち合わせていないことだった。これは彼の母親のせいだった。母親は彼が子供のころから、大事なのは「これは正しいか」ではなく「これは自分の得になるか」をまず考えることだ、と言い聞かせた。彼に良心がまったくなかったら、もっと幸せでいられたかもしれない。しかし彼は子供のころでさえ、人生には母親の人生観には含まれない、それ以上のものがあるのではないかという疑念に駆られて落ち着かなかった。それは彼のほとんど単調ともいえる成功の味に水をさすものだった。奇妙なことにわたしはデレクを、学校での出来の良さや家でわたしの地位を奪ったことも含めて、うらやましいとは思わなかった。おぼろげながらわたしは、デレクをうらやむべき存在としてではなく、哀れむべきものとして理解していた。

学業では彼は野心家だった。オックスフォード大学ベイリオル校の公開スカラシップを勝ち得、そこの人文学課程の学位試験では一等賞をもらった。彼には器用に言葉を駆使する才があり、オックスフォードで『アイシス』の編集委員になった。このとき彼はジャーナリズムで身を立てようと決心した。

いつものように彼はついていた。デレクがオックスフォードを出て戻ったとき、ポール・ウィラードはリヴァーヘッド・トリビューンの再編成をしていて、即座にデレクを雇い入れたのだ。デレクは、ウィラードがまさに求めていた賢い若い知識人だった。彼は早速責任ある仕事に投入され、結婚式や葬式や地元の会合など、普通なら見習いとしてやる退屈な骨折り仕事をやらないで済んだ。彼はしばしば社説を書いたし、「今週の人物紹介」もやった。まもなく彼だけの風刺欄を与えられた。加えてときどきは、地元の学校シリーズのような特別任務もこなした。

トリビューンでのデレクの仕事は高く評価された。彼は才気縦横の風刺家で、洗練された言葉でとびきりの毒舌をふるった。人びとがすぐに見抜けなかったのは、デレクが、引きずり降ろしたものの代わりに提供する建設的なものをなにひとつ持たなかったことだ。さらに彼は、目の前に置かれる標的がなんであれ、それを無差別に攻撃した。彼は確固とした自分の価値観を持たなかった。彼の読者にはこれはわからなかった。なぜなら目標を設定するのはポール・ウィラードで、確固とした方針を持っているのはウィラードだったからだ。

しかしデレクは自分のうちにあるこの欠陥に気づいていて、それについて悩んでいた。ウィラードに支配されていることも悩みの種だった。新任の編集長は、ニュースの扱いでは自由裁量を許されていたが、デレクの担当分野に関しては名目上の権限を持つだけだった。そこではウィラードみずからが方針を定め、ときにはデレクが使う資料まで用意した。デレクは反抗したいと思ったが、ボスの非難を恐れる気持ちを克服できるほどに強い感情を抱く問題に出会ったことがなかった。いちばんそれに近い気持ちになったのは、ロイストンについての記事だった。このときはウィラードはもう少しでデレクを追いつめるところだった。

わたしはデレクに憎しみは持っていなかった。哀れみだけを感じていた。だから今夜彼の窮状を見て、わたしの保護本能はふたたび呼び起こされた。

「なにがまずいのか、話してくれ、デレク」わたしはもう一度言った。

彼はため息をついた。「スレイドは、父さんをナイフで刺したのはポール・ウィラードだと思っている」

「そうなのか?」

「おお! 知るもんか。あるいは、とも思えるが……ああ、なんてひどいことになったんだ」

たばこを吸うために間を置いてから、またつづけた。「スレイドは同じ質問を何度も何度も繰り返した。今夜ウィラードの家に何時に行ったのか、どのくらいいたのか、なにを話したのか、なにを食べたのか、なぜディナー・ジャケットを着ているのか。繰り返し、繰り返し訊かれて、そのうちに部屋がぐるぐる回りだした」

「そのとき気を失った?」

「そうだ」

「なぜウィラードを護らなければならないんだ、デレク?」

彼がすぐ返事をしないので、質問を繰り返した。

「ウィラードを護ってはいない」彼の声はほとんど聞こえないくらい小さかった。

わたしたちはしばらくだまってたばこを吸った。それからわたしは静かに尋ねた。

「デレク、今夜はどこにいたんだ?　実際にいたのはどこなんだ?」

それはとっさに試みた突きだったが、失敗だった。彼は座り直し、気取った言い方を取り戻して答えた。「マーク、兄上のしつこさは警部に負けないようだ。ぼくは、雇い主であり将来の義理の父であるポール・ウィラードを午後七時二五分ちょうどに訪ね、一一時ちょうどまで彼といっしょにいたよ……それでは、レディのところへ参ろうか?」

⁂

イローナはガウンとスリッパの姿で書斎にいて、床にちらばった本や書類をつぎつぎに拾い集めていた。

「母さん――」デレクは気づかいを見せながら言いはじめた。

「わかってます」彼女は冷静に言った。「一時に目が覚めてだれもいないのがわかって、警察に電話したんです。なにかが起きたことはわかってました」

彼女はそのまま片づけを続けた。どんな気持ちでいるのか、判断することはできなかった。悲しみを気丈に抑制しているのか？　それとも無関心か？　両方かもしれない。

「寝《やす》みなさい、デレク」強い口調で言った。「具合が悪そうよ」

二人の関係は愛憎を分かち合う奇妙なものだった。イローナの生活はデレクを中心にして回っていたとはいえ、彼女は息子の気骨のなさを無念に思う苦い気持ちを、彼女自身からも、息子にも、偽り隠すことができなかった。その天賦の才能をもってしてもデレクにはトップに上るだけのものがないことを、彼女は心中でわかっていたのだと思う。いっぽうデレクは、独占的な親に対してふつう子が抱く、相反して揺れ動く感情を持っていた。

「ぼくは戻らないと」わたしは言った。「警部が待って――」

「いえ、そのまま、マーク。話があります」彼女は振り向いて、まだドアのところでうろうろしているデレクを見ると、いら立った声を上げた。「さあ！　ベッドへ行きなさい、デレク！　真っ青じゃないの。わたしの睡眠薬を一粒飲むのよ」

デレクが部屋から出ていくやいなや、彼女はいつもの、温かみのない切り口上で言った。

「さて、なにがあったんです？　電話では彼が死んだとしか言わなかったわ。行って会うこともだめだって」

わたしは知っていることを話した。

「それで、だれがやったんです?」彼女は訊いた。「あなたなら知ってるでしょう」

わたしは首を振った。

「ジョージ・フレイムですよ。あの男は信用ならなかった」

イローナはこんな乱暴な推測をする人ではなかったので、わたしは彼女がなにを心配しているのかわかった。まもなくそれは出てきた。

「デレクは疑われていないでしょうね?」

「と思います。デレクは一晩中ポール・ウィラードといたと言ってますから」

はっと驚いたのを彼女は隠しきれなかった。

「それで、ウィラードはそれを裏づけた?」彼女は訊いた。

「ええ」

彼女が知りたかったのはそれだけだった。

「また出かけるなら、鍵を持って出て」彼女は言った。「玄関ホールのテーブルの上にあります。おやすみ、マーク」

義母のまったくの無関心には我慢できなかった。

「あなたには、父さんの死がなんでもないんですか? イローナ」わたしは怒って言った。

彼女は冷たくわたしを見て、言った。「あなたがわたしを非難する立場にいるとは思えませんけどね。あなたはここ四年間彼と暮らしていなかった。二日に一晩はだらしなく酔っ払って家に連れてこられた彼を見てないでしょう。でも彼をそんなにしたのはあなたなんですよ。あなたのしたことで、彼は立ち直れなくなったんです。良心というものを持ってもらいたいもんだわ」

すでにわたしは自分の言葉を悔いていた。イローナと言い合うのが間違っていたのだ。勝てるわけがない。

…　…

ドック・ストリートに戻ると、ポール・ウィラードはスレイド主任警部と奥の部屋にまだこもっていて、疲れたようすのアダムソン巡査があくびをかみ殺していた。

待っていると、ウィラードの怒った響く声と、主任警部のもっと低い抑えた口調が聞こえてきた。面談は不意に終わり、ドアがさっと開くと、ウィラードが外のオフィスに荒々しく出てきた。

「残りの質問は適当に始末しとけ。おれはもうたくさんだ」彼はうなった。しかし引きぎわのせりふを言うチャンスは逃してしまった。コートと帽子を取りに、もう一度奥の部屋へ戻らなければならなかったのだ。スレイドは彼を引き止めようとはしなかった。

ウィラードが行ってしまうと、警部は言った。「ああ、戻られましたか、ロヴェルさん。弟さんはいかがですか」

彼に追い立てられるようにしてわたしは居間に入った。火はもう小さくなっていたが部屋はまだ暖かかった。居心地のいい部屋で、ただの見せかけでない、住み慣らされた風情《ふぜい》があった。スレイドとわたしは暖炉の前のひじ掛け椅子に座り、フリント巡査部長はノートをひざに窓際の席についた。

スレイドはまず、わたしがリヴァーヘッドに戻ってきた理由を尋ねた。父の手紙を見せると、彼は読み、がっかりしたような声を出した。

「彼があなたに手紙を書いたことはわかってたんです」彼は言った。「会いたいわけをきちんと書いてあるかと思った」

父の書斎で見つけた捨てられた下書きのことは言わなかった。なんとなく、デレクを護らなければならない、という気がしたからだ。

けれども、さしあたり護ってもらう必要があるのはデレクではないようだった。警察はどうやら、わたしの父が近頃ロイストン事件への関心を新たにしていたことを知っていた。

「率直に言って」とスレイドは言った。「父上はなにか重要なことを見つけ、それをあなたに話そうとした。それを止めるために殺されたのではないかとわれわれは考えているのです」

今までのところポール・ウィラードの名は出てこなかったが、それはやってきつつあった。

スレイドは続けた。「今夜ここに警察が着く直前に、ウィラード氏とあなたの弟さんとの間で話し合いがあったと了解してますが、覚えておられますか?」

「ええ」

「あなたの記憶ではそれはどういうものでした？」

「デレクは今夜ウィラード邸にいました。二人は、デレクの着いた時間と出た時間を思い出そうとしていました。ウィラードは時間をきちんと押えることが大事だと考えていた」

警部はため息をついた。「もう一人の証人はその会話にやや違った印象をもってますよ。彼女の見たところではウィラード氏は——まあ、あけすけに言えば——アリバイを作っていた、つまり、あなたの弟さんに言うべきことを教えていた、というんです。その点についてご意見は？」

それじゃあ、パティーはウィラードを裏切ったな。彼が知ったら、彼女はどうなることか。

「そのように聞こえたかもしれませんね」とわたしは譲歩した。「でも、ここに着くずっと前にデレクは、夜じゅうポール・ウィラードといたと言いました。だからもし不正なアリバイがあったとしたら、それはもっと早くに決めてあったんでしょう」

スレイドは初めて少し動揺したように見えた。

「それは確かなことで？」

「ええ」

「ともかく」と彼は言った。「それは重要じゃない。アリバイが偽であるなら、それをでっちあげたのが八時だろうと真夜中だろうと——先月だろうと関係ない」

「父は何時に死んだんですか？」

彼はためらっていたが、肩をすくめると、言った。「七時半から一〇時の間だが——これは外側の限度で、もっと絞れば八時と九時半のあいだです」

ウィラードの言ったことは正しかった。父はウィラードが一一時にここに着くずっと前に死んでいた。

警部は今度は、デレクとわたしが真夜中少し過ぎにトリビューンの建物に着いたときのことを尋ねた。死体を見つけたときのことを話していると、彼はわたしを止めた。

「さて、答えるまえによく考えてくださいよ。ウィラード氏の態度をどう見ましたか？　自然でしたか？　どうぞありのままを。彼の反応は、自分のところの階段で死体を見つけた人がふつうとるような態度でしたか？」

特別注意を払って見ていたわけでもない人が自然にふるまっていたかどうか、思い出して答えろというのは難しい注文だった。ポール・ウィラードの場合はいっそう難しかった。なぜなら彼は鋼鉄のような神経の持ち主だったから。わたしはスレイドに、変わったことはなにも気づかなかった、としか言えなかった。

「よろしい、つづけて」スレイドは言った。

しかしそう言ったと同時にまたわたしを止めた。

「ウィラード氏が父上の死体にかがみ込んでいた、と言いましたね？　どのくらい近づきましたか？　手で触れましたか？」

「わたしは彼の背中を見ていたし、薄暗い明かりだったから、わかりませんでした」

「なるほど、ではこう言ったらどうでしょう。たとえば、かがんだときにナイフをつかんだ、とウィラード氏が言ったとしたら、あなたは驚きますか？」

わたしは考えてみた。「いいえ、驚きません。でも、指紋のことを考えておられるんでしたら、いいですか、あれは彼のナイフなんですよ」

スレイドは嘆息した。「手紙を開封するのと人を刺すのでは、ナイフの持ち方が違いますがね……まあいいでしょう。ご協力を感謝します、ロヴェルさん。もっと正式な供述を明日いただきます。それでは――ところでどこにお泊まりで？　義理のお母さんのところ？」

わたしはうなずいた。

スレイドはドアまで送ってきた。階段のてっぺんで別れようとしたとき、階段の明かりはさっきまで故障だったのか、訊いてみた。

彼はいやな顔をした。質問をされるのを好まなかったのだ。それでもていねいに答えた。

「ソケットに電球がなかったんですよ――気がつかなかったですか？　ウィラード氏によると前の晩はあって、ちゃんとついたそうですがね。考えると妙ですな。一〇〇ワットの電球が欲しくて盗むやつがいるとはね」

　　　　　　　・・・

家に向かって車を走らせながら、わたしはなぜウィラードの立場を弁護したんだろう、と考えた。スレイドは、ウィラードが犯人だと考えていた。それは面談の間じゅうスレイドの言動にそれとなく現われていた。アリバイがなかったらとっくにウィラードを逮捕していただろう、という印象だった。

スレイドも人間だから、長年新聞紙上で警察に反抗する運動を展開しているポール・ウィラードにはある種の悪意を抱いていただろう。それに、警察の上層部を紹介した最近のシリーズでは、スレイドも個人攻撃の標的だったかもしれない。

しかし、たとえスレイドが人よりも虚栄心が強く、批判記事には人一倍敏感であったにせよ、彼ほど経験を積んだものが偏見によって判断を曇らされることはないだろう。ウィラードが有罪なら、じゅうぶんな理由がなければならない。

ウィラードに不利な事情とはなんだろう？　父はトリビューン社のウィラードの個人部屋に出かけ、いつもは鍵がかかっている道路側のドアから入った。父はナイフで刺されたが、そのナイフは——これも施錠されたドアの向こうにある——ウィラードの部屋の机にあったものだ。そしてナイフにはウィラードの指紋があった。

動機もあった。父がロイストン事件をふたたび調べているのは知られていた。なんであれ、新たな事実で損害を受けるのは、どう見てもポール・ウィラードだった。たしかに、警察がウィラードを疑うのは当然だった。

しかしわたしとしては納得できなかった。ポール・ウィラードはへまをやる男ではない。彼が人を殺したなら、死体を彼だけが入れる場所に残したりはしないだろう。しかも自分の指紋のついた自分のナイフを突き立てたまま。

それではなぜ、うそのアリバイを言ったんだ？　あれがうそだったのは確かだ。デレクの言動は、彼がうそをついていると認めたも同然だった。

死体を見つけたあと、ウィラードは懸命に努力して、デレクが一晩中彼といたことにした。そうしたのは、彼が自分を護るためだと考えるのが自然だった。しかしそうだろうか？　もっと不吉な解釈もあり得る、と思い当たった。ウィラードがデレクを護っているとしたら？

考えるのもいやなことだったが、きれいに忘れてしまうこともできなかった。デレクは警察の尋問中に気を失った。その後もまだ心配な状態だ。しかしその前、今夜初めて会ったときの彼の態度は、はたして正常だっただろうか？　いや、正常ではなかった。振り返って考えてみるとそう言わざるを得ない。興奮し、大得意ではしゃいでいた。普通ではなかった。病理心理学でわたしの知る限りの知識では、心の平衡を失って自分の父親を殺すほどの人は、その行為の直後は興奮と高揚を示すが、後になると恐れと自責の念が出てくるのではないだろうか。

ほかにもヒントはあった。わたしが戻ることでデレクが動揺している、というキャロル・ウィラードのことば。イローナが事件のことを聞くや「警察はデレクを疑っているのか」と心配したこと。わたしが最初に不安になってデレクに父の所在を尋ねたとき、デレクがかっと怒って、「くだらん尋問をする」と詰め寄ったこと。これらはみな、些細《ささい》なことだったが、積み重なれば大きかった。とりわけわたしは、父が書いたが出さなかった手紙を思い出していた。

「……たった今、きわめて重大と思われるあることがわかった。おまえの異母弟のデレクは――」

車を入れてから玄関の鍵を開けていたとき、ふと思いついた。デレクがウィラードの部屋と階段に入れたかもしれない、その方法がわかったのだ。

……

三時一五分、家の中は静かだ。静かで、階段下のグランドファーザー時計の規則正しいコチコチいう音だけが聞こえた。子供のころの記憶を呼び覚ます音だ。ふとんをかぶって懐中電灯でこっそり本を読んだこと。乳様突起炎の疑いでベッドにいて、時計のコチコチいう音で気が狂いそうになったっけ。ケイといっしょに階段のいちばん下の段に座り、半分本気で逃げ出す計画をたてたこと。

玄関ホールのテーブルの電話の脇に鍵を戻しながら、わたしはケイのことを考えた。ケイに知らせなければ。電報を送ればいい。あるいはイローナがもう送ったか。そうならいいが、送ったとも思えない。

でもなぜ電報を？　直接電話したらどうだろう？　イギリスの午前三時一五分は、カナダでは遅くはない。むしょうにケイの声が聞きたかった。わたしは受話器を取った。

二〇分でつながった。予想していたように、ケイは冷静に知らせを聞いた。ショックを呑《の》み込み、落ち着くのに数分をかけてから、彼女は質問をはじめた。ケイにはなんであれ隠し事はできなかった。わたし以上にわたしを知っているからだ。今夜も話し終わると彼女は鋭く言った。「なにを隠してるの、マーク」

「なにも」わたしの答を彼女は無視した。

「デレクのこと?」

三千マイルのかなたからわたしの心を読んでいるようで、うす気味悪かった。

わたしが答えないでいると、彼女は続けた。

「デレクをかばうことはないわ。イローナにまかせなさい、それが彼女の仕事なんだから。それに、今度ばかりは彼に保護はいらないわ。デレクは殺人者じゃないもの」

電話がカリカリいったので、切れたかと思ったら、すぐにさっきと同じ、大きな、はっきりした彼女の声が戻ってきた。

「いいこと、マーク。わたしは行きません——お葬式のことよ。三人子供がいては無理だわ。でもあなたをあてにしてるわ。だれであれ、必ず犯人をつかまえて」

「警察が——」

「ええ、ええ。でもあなたが助けてあげられるでしょう。ここ数か月、父さんがなにをしてたか、見つけなさい。いつもの父さんのようじゃなかったわ。父さんはあまり言わなかったけど、もらった手紙で察しがついたの。なにかで悩んでたのよ。ひどくね。それがなんなのか、見つけて、マーク」

「わかった」わたしは言った。すぐ言うことをきいたほうが簡単だ。ケイは頑固で、たいてい最後には自分の言い分を通すのだから。彼女は生まれながらの統率者で、元気いっぱいで、人のためになることをした。ケイのことをあまりにも率直で狭量だと思う人もいたが、真実を言われると居心地の悪い人はどこにもいるものだ。

「フランシスは元気?」ケイは訊いた。

「彼女には会ってない」

「あきれた、マーク、いつになったら分別を取り戻すの? まあ、いいわ、わたしの知ったことじゃない。でもいずれにせよ、彼女に父さんのことを話してみて。フランシスは父さんと会ってたわ。なにか知ってるかもしれない」

「イローナによろしくね」彼女はそっけなくつけ加えた。それから温かみを込めて言った。「気をつけるのよ、あんた。また電話で経過を聞くわ。じゃあね」

　電話は切れた。

# 第六章

一月の、寒々とした日曜の朝のリヴァーヘッド。寝室の窓からの眺めは見慣れたものだった。遠く右手には工場の煙突と、幾重にも連なる特徴のない赤煉瓦の家々。造船所のクレーンが、煙るような霧雨《きりさめ》をとおしてぼんやり見える。前景には博物館、美術館、それにいくつかの教会。五つの教会すべてが石を投げれば届く距離にあることから、うちは宗教に取り巻かれてる、と父はよく言っていた。そのなかでいちばん大きい聖ステパノ教会はうちの門の真向かいだ。

時計は九時半で、わたしはひげ剃り、入浴、着替えを済ませていたが、階下にいって一日を始める気分になれないでいた。家のなかには人の動く気配もなかった。

電話が鳴り、止まり、また鳴った。わたしは下に駆け降りたが、遅かった。相手はもう切ったあとだった。急に空腹を覚えた。

台所でベーコンと卵を調理するなんて、まるで昔のようだった。日曜の朝はいつも、ベーコンと卵とトーストとコーヒーの朝食を父と二人でとった。

わたしが作るあいだ、父は鏡の前に立ち、顔じゅうを石けんの泡だらけにして、開いたかみそりを入念にあてていた。そうしながらいつも、数少ない歌のレパートリーのひとつ——たいていた「モリー・マローン」か「ロンドンデリー・エア」だったが——をハミングした。そういうときの二人には、ほかのどんなときよりも緊張がなかった。イローナはめったに現われないし、デレクはいたためしがなかった。彼はいつも新聞の日曜版を抱えて正午までベッドにいた。

「料理の匂いがすると思ったら」その声に驚いて、くるりと振り向いた。ガウンを着たイローナが責めるようにわたしをにらんでいた。

「少し食べますか？」わたしは訊《き》いた。

彼女は顔をしかめた。「こんなときによく食べられること」

イローナは冷蔵庫に行くと、フルーツジュースを一杯注いでちょっと口をつけた。

「今朝はデレクはどうです？　彼を見ましたか？」わたしは訊いた。

「下りてくるときはまだ眠ってたわ」イローナは答え、パーコレーターに目をやった。

「そのコーヒーが出来たら、彼に一杯持っていくわ。それからマーク、いいですか、今日はデレクをそっとしておくように。だれにも会いませんから。わかったわね。彼は疲れてます。ベッドにいなければ」

スレイド主任警部なら一言ある場面だな、とわたしは思った。しかしなにも言わなかった。わたしだって今はデレクに会う気はなかった。

朝食を終えないうちに最初の訪問客が来た。イローナはデレクと二階にいるので、わたしがドアに行った。カートライト少佐だった。

少佐は新しい状況に適応するのに手間取った。彼はイローナとデレクに述べる悔やみのことばを練習してきたに違いない。代わりにわたしが出たので、彼はことばを失った。

「ごていねいにお出かけいただきまして、少佐」わたしは言った。「どうぞお入りください」

「ああ！　そうだ、マーク。そう、そう、たしかに」握手をしてから、彼を居間に案内した。

彼はもう七〇を過ぎているのだが、いまだに体はしゃんとして、服装には細心の注意を払っていた。今朝、グレイの外套を脱ぐと現われたのは、上品なピンストライプのダークスーツで、ずぼんの折りめは手の切れるよう、白いシルクのシャツに黒の蝶ネクタイだった。靴はいつもながらのピカピカだ。

その白髪は今では薄くなっているが、一本一本が撫でつけられて定位置にあった。これも白くなった口ひげは軍人らしい厳密さで刈り込まれていた。

ちっとも変わっていない、と最初わたしは思った。しかし彼の顔を近々と見ると、角《つの》ぶちめがねの向こうの目はどんよりし、皮膚は頬骨《ほおぼね》に張り付いていた。彼もとうとう年齢に追いつかれたのだ。

ピーター・カートライトはリヴァーヘッドの成功した事務弁護士の一人息子で、二流のパブリック・スクールを経てオックスフォードのクイーンズ・カレッジで学んだ。第一次世界大戦で二度負傷し、殊勲報告書に名前が載った。戦争が楽しかったので、正規兵として軍隊にとどまりたかったのだが、ソンムの戦い以来体内に残っている弾丸は平時の軍隊でも危険を生じやすいと裁定された。つぎに選んだ植民地勤務からも、同じ理由ではずされた。そこで彼は、しかたなく《フォート・ド・ミュー》父親の法律稼業に加わった。資格は戦争前にとっていた。

植民省が少佐をはねつけたのは残念なことだった。なぜなら少佐は、少し厳格すぎる規律を忠実に守り、こわいものなしの自信を持ち、専門家や知的職業を軽んじるという、当時の植民地勤務にもっとも望ましい資質をもっていたのだから。しかしこうした資質は法律を職業とするときにはあまり長所とはならなかった。彼はたしかに事務弁護士の資格をもっていたが、彼の学んだ法律は一九一四年以前のものだった。そして彼はその後の展開に追いつく努力をなにもしなかった。彼がよしとするのは常識をとおすやり方だった。彼はよく言ったものだ。本質的でないものは切り捨てるんだ、そうすれば複雑極まる法律問題も簡単な条件に還元されるから、それに法律の基本原理をすんなり当てはめればよい、と。堂々たる見解だが、往々にしてそれは法律ではなかった。彼の言う「本質的でないもの」をそのとおりに受け取る法律家はまずいなかっただろう。

　結果を見ればカートライトが正しいのがわかる、という人がいるかもしれない。事務所での四〇年で彼がおかした事実上の失敗（父はそれを、少佐《メイジャー》にかけて大《メイジャー》失敗と呼んでいた）はたった二つだった。一つは遺言に関するもので、これは法廷で争われた結果、勝った。もう一つは、少佐のまったく見当違いの助言を信じたクライアントが警察を相手取って、不法な拘留に対する訴訟を起こしたことだった。どちらの場合も事務所にとっては悪い宣伝になった。少佐が言うように、四〇年で誤り二つは悪い成績ではない、かもしれない。しかし実際は、欠陥のある譲渡証書やあいまいな遺言書が作られても、それが法廷まで出てきて争われることはめったにないので、彼のミスのほとんどは幸いなことに気づかれないままになっていた。さらに、長年のあいだに少佐の同僚、とくに父は、少佐を補佐する術《すべ》を覚えて、決定的な間違いを防いだ。

わたしが事務所に加わった一九五三年には、少佐はだれもがまじめに取り合わないお飾りにすぎなくなっていた。わたしは彼とはうまくやっていた。ジョージ・フレイムのように少佐の気取りや時代後れの偏見にいら立つことはなかった。少佐は時代後れの人だったが、それなりに魅力的ともいえる人だった。

しかしわたしに対する彼の側の好意は、ロイストン事件でとったわたしの行動で消え去った。彼の規範では忠誠はつねに徳の第一位にくる。だからわたしが——異母弟はさておき——われわれのクライアントであるウィラードとトリビューン紙に公然と敵対したことは、規範に背く許しがたい罪だった。裁判の翌日、わたしが二、三の私物を取りにオフィスに戻ったとき、少佐はわたしを無視した。

彼はようやく、過去のことは水に流そうと思い決めたようだ。

「非常に悲しむべきことだ」と彼は言っていた。「きみの父上はすばらしい人だった。第一級の男だった」

父のことを言う彼の口調にはいまだに庇護者《ひご》を思わせるものがあった。将校と兵卒、雇い主と雇い人、保護者と庇護者——父が少佐のパートナーになってからも、少佐は無意識のうちに二人の関係をこうとらえていた。

「ほんのきのうのことだと考えると——」彼はつづけた。「パトリックとわしは——まことにつらいことだ。あれについては考えたくもない」

「少佐、なににについて？」わたしはうながした。

「さよう、いいかね、わしは彼にきついことを言わねばならなかった。厳しいことばを交わしたのはおそらく初めてだった。こうなるとはだれが――」

「なんについてのけんかだったんですか？」わたしは訊いた。

「けんかなどではない。ただわしが……」彼がその先を言わないうちに、イローナが現われた。

慣れた場面に戻った少佐は、悲しみにくれる未亡人に対する抑えた同情のことばを述べはじめた。イローナが悲しみなど感じていないかもしれないとは、思ってもみないようだった。しかしカートライトより洞察力のある人たちでも、彼女にはだまされた。とりすました、生気のない様子で、常識的な受け答えをする彼女を見て、人びとは彼女が普通の感情をもっていると思った。イローナをよく知れば、彼女を嫌いになる。しかしイローナとずっといっしょに暮らせば、彼女がわかるようになる。

挨拶のやりとりが済むとイローナは言った。

「夫は事務所から書類を持ち帰っていました。ファイルその他です。安全のために書斎に鍵をかけておきましたけど、カートライト少佐、戻す手配をお願いできますか？」

少佐は賛嘆を込めて彼女を見た。「明日の朝取りにこさせよう」彼は言った。

「そんなにすぐでなくても」とわたしは言った。「あの書類には興味があります。戻すまえに見たいな」

含みのある沈黙のあとで、イローナは冷静な声で尋ねた。「なぜです?」

「なぜならぼくは、父さんがなにを心配してたのか知りたい。なぜぼくを呼んだのか知りたい。書斎にはロイストンのファイルと父さんの個人用ファイルがあった。それに本も。それを調べてみたいんです。だから――」

「法律的にはどうなんでしょう、少佐?」イローナが口をはさんだ。

少佐は落ち着かない様子をみせた。

「言っときますけど、マーク、あの書類は事務所のものではないかしら。あなたがぶしつけに――」

「父さんはここ数年の間に遺言を変更しましたか?」わたしは訊いた。二人が答えないので、わたしはつづけた。「もし変えてないなら、遺言執行者はぼくです。彼の所有するどんな書類も、調べるのはぼくの責任です。もちろん、少佐、事務所に所属する書類を見つけたら、送り返しますよ」

イローナはふたたび法的見解を求めて少佐を見つめた。

カートライトは狼狽《ろうばい》した。継母とわたしのこのような衝突に巻き込まれるのを、彼は明らかにいやがっていた。それははしたないことだったから。

「そうだな、もちろん、マークが事実、執行人なら」と彼は譲歩して言った。「彼にはその権利がある。そうは言っても、マーク――」

「よし」わたしはぶっきらぼうに言った。「あとで鍵をもらいます、イローナ」

わたしはまだ怒っていた。書斎のドアに鍵をかけるとは、挑発的で侮辱的な仕業だ。「それからもうひとつ」わたしはつけ加えた。「書斎には警察を入れなければいけません。彼らはあの書類を見たがるでしょうから」

「警察に関係があることとは思えないけど」

イローナは本当にそう思っているのだろうか。もちろん、彼女はいつものようにデレクを守っているのだった。デレクについての意味深長な言及のある父の手紙の下書きをスレイドに見せたくないのだろう。それに、ほかにも危ない書類があるのかもしれない。

電話が鳴って、わたしがとりに行った。

電話の声はわたしが四年間忘れようとしていた声だった。それを聞いて体を走り抜けた衝撃で、忘れられなかったことがわかった。

「まあ！　マーク」フランシスは言った。「あなたがいるとは知らないで――そのつもりでは――」彼女は取り乱した。

「昨夜戻ったんだ」

「電話したのは、ニュースを聞いてとてもショックでしたとお義母《かあ》様に伝えようとしたの。恐ろしいことだわ。マーク――」

「義母《はは》と代わりますか？」

「いえいえ、その必要はないわ。電話した、とだけお伝えください」

切ろうとしたので、慌《あわ》てて口をはさんだ。

「フランシス、きみに話したいことがある。行ってもいいかな？」

うろたえた声が言った。「だめよ、マーク、おねがい。どうにもならないわ。わたしたちは終わったの。なんで今さら――」

「話したいのはぼくたちのことじゃない。父さんのことだ。ケイが、きみに会うようにと言った」

長い沈黙があった。やがて硬い声が言った。「いいでしょう。よかったら午前中にどうぞ。でも言っときますけど、マーク、時計を後戻りさせないように」

「わかった」約束したがそれを守れるかどうか、自信はなかった。

居間を覗《のぞ》いて、イローナに無愛想に言った。「出かけます。昼食に戻らないかもしれません」

彼女は口をすぼめたが返事はしなかった。少佐はわたしの別れの挨拶をことさらに無視した。わたしが彼のもうひとつの規範――目上の人を敬え――をも侵したからだ。

玄関を出ると、門のほうからキャロル・ウィラードが歩いてきた。彼女は悔やみのことばを述べてから、

「デレクはベッドだ。悲しみにうちひしがれてね。彼の母親は、彼はだれにも会わないと言ってるよ」

彼女は目を見開いて言った。「おやまあ！　今朝は荒れてるようね」立ち止まって、迷っていたが、訊いてきた。「ぜったい会わせてくれないと思う？」

わたしは肩をすくめた。「そのように聞こえたけど、なんなら試してみたら？」

キャロルはしばらくためらっていたが、やがて負けを認めた。「今は力関係を試すときじゃないようだわ」彼女は言った。「いつの日か、われら戦わん、ロヴェル夫人とわれは。だが今日のところは」

彼女は向きを変えると、わたしと門まで歩いた。

「キャロル」わたしは言った。「ゆうべきみはデレクとディナーのはずだった。彼はいつ断わったんだ、そしてなぜ？」

彼女は目を細めてわたしを見た。

「なぜ知りたいの？」

しかしわたしの返事を待たずにこう言った。

「パパが六時半に電話してきて、デレクと仕事のことで話があるって。それでディナー・デイトはなしになったの」

「デレクが自分でかけてきたんじゃなかったのか？」

彼女はとつぜん、にやっと笑った。

「デレクは女の扱いが得手じゃないのよ。謝まるなんて考えもしないの。わたしに連絡さえつければ、それがだれからであれ、もう済んだと思ってるのよ」

「だからきみは、代わりに乗換え駅にやってきてぼくに会ったのか？」

彼女はうなずいた。「父が彼と話し合うのはあなたのことだろうと思ったの。デレクはあなたが戻ってくると聞いて以来、追いつめられてたわ。だからわたし、あなたに挨拶しておいても無駄にはなるまいと思ったの」

「駅からまっすぐ家に帰った？」

「ええ」

「戻ったとき、デレクはきみのお父さんといたかい？」

彼女は一瞬ぽかんとしてわたしの顔を見たが、笑いだした。

「ねえ、あなた遅れてるわよ。わたしはもうパパとは住んでないわ。エランド・ロードに自分のアパートがあるの。パパのことを調べたいなら妹に聞かなきゃ。ほら、頭のいいほうのエヴァよ。でもいったいこれがなんの役に立つの？」

返事をしないうちに、グレイのジャガーがわれわれの立っている門のそばに止まり、ジョージ・フレイムが出てきた。

彼はこちらをぼんやりと見た。

「ご挨拶に来ただけなんだ、マーク」彼は言った。「たいへん不幸なことだ」わたしと握手し、「おはよう、ミス・ウィラード」と帽子を上げて、つけ加えた。

「帰るところですの」キャロルは言うと、背を向けてさっそうと歩き去った。

「魅力的な人だな」後ろ姿を見ながらジョージはほめた。それから気をとり直して言った。「ほんとになんと言っていいか、マーク……わたしがお父さんをどんなに好きだったか、知ってるだろう。彼にはたいへんお世話になった」

わたしたちは一、二分しんみりと話した。やがてジョージが尋ねた。「お義母《かあ》さんは――？」

「いますよ。少佐といっしょに」

「それなら、あとで出直そう。今週あのじいさんにはいやになるほど会ってるからな」フレイムとカートライトは憎み合っていた。

「ここはやけに湿気があるな」フレイムはつづけた。「きみはどっちへ向かうんだ、中か、外か?」

「フランシス・チャールトンに会いにいくところだ」

彼は眉を上げた。「今から? じゃあ乗れよ、送ろう」

ジョージは大きな車を器用に動かした。車は静かなエンジン音とともにコロンビア・ロードを走り、ミッドランド銀行を右折し、二分も行かないうちにグロヴナー・クレセントのフランシスのアパートの外に止まった。

グロヴナー・クレセントは、かつての華やかな時代の威厳と空間をまだどことなく残していた。もっとも公園の向こうに見える景色はもはや牧場や森ではなく、公営住宅の敷地とイーストバンク実業中学の巨大なガラスの建物だった。ジョージ王朝様式の優雅な家々はほとんどがアパートやオフィスに改造されていたが、家並はまだ建築上の統一を見せていて心地よかった。

フランシスのアパートは公園の門前の棟の、中ほどに近い上の階にあって、家の側面についている階段で上がる。

ジョージが車を止めたとき、その階段を下りてきた人がいた。

「あれがだれか、わかるか?」ジョージが注目して言った。「若いほうのウィラードだ――ほら、ポール・ウィラードの息子だよ」

しかしわたしは階段の上の踊り場にいる女しか見ていなかった。われわれの後ろでは車のドアが音をたてて閉まり、エンジンがうなりを上げ、ウィラードは走り去った。わたしはもう車から出ていて、ジョージと並んで立っていた。

彼女はジャガーに気づき、ゆっくり階段を下りてきた。

それでもわたしはフランシスをじっと見ていた。彼女はとてもゆっくりと近づいてきた。

「お会いしてうれしいわ、マーク」無関心な口調、握手もおざなりだ。「それにジョージも。お二人とも、どうぞ入って。コーヒーができてるわ」

ジョージの形ばかりの遠慮のことばを彼女はすぐにしりぞけた。「数が多いほうが安全」というわけだな、とわたしは思った。彼女はわたしと二人きりになりたくないのだ。

三人で彼女の家のほうに向かおうとしたとき、彼女はわたしの腕に手をかけ、少し温かみを込めて言った。「マーク、お父様のこと、本当にお気の毒に思います」

腕に置かれた彼女の左手をちらと見た。薬指に婚約の指輪はない。なんとなくほっとした。

# 第七章

フランシス・チャールトンはイーストバンク実業中学で家政科を教えて七年になる。ニュークロスに住む銀行員の二人娘の妹のほうで、リヴァプールで教育を受けた。イーストバンクは彼女の最初の勤め口だった。

彼女に会ったのは一九五七年だった。その年わたしは地元の映画愛好会の会長をしていて、フランシスは委員に選ばれた。とび色の髪と、明るい熱心な表情の、ほっそりした小柄な彼女に、わたしはたちまち引きつけられた。数か月のうちにわたしたちは婚約した。

フランシスといっしょにいるのは楽しかった。彼女はときには情熱的、ときには冗談を言い、人をじらした。たまにはふさぎこむこともあったが、すぐ機嫌を直した。教職には根っからの適性があった。子供が好きで、子供たちにはどこまでも辛抱強く接した。たいていのことには寛容だったが、残酷な行為、とくに子供に対する残酷な仕打ちを許さなかった。彼女がヘクター・ロイストンを忌み嫌ったのは、それが理由だった。

ロイストンはサディストだった。だがイーストバンク中学では体罰は奨励されていなかったから、暴力を振るいはしなかった。彼は毎年、クラスに出た最初の日に、その年度をとおして彼があざけりの対象とする二、三人を選んだ。いつも皆より弱く、人気者になりそうもない子

――彼はそういう子を選ぶ確かな目をもっていた。その後は、ロイストンは持てる限りの残忍さで着々と順序立てて彼らをあざけり、侮辱し、いじめるのだった。クラスメートたちは、子供のもつ無意識の残酷さで、先生にこびるようにあざけりの合唱に加わった。

もちろんうわさが立ち、ときには親から苦情が出た。しかしこの種の告発は、実態をつかむのがとても難しかった。それぞれの出来事はひとつを取り上げてみると、取るに足らない小事に思われた。それにロイストンの業績考査記録はよいものだったので、不適格を言い立てることもできなかった。そんなわけで専制体制はじゃまされることなく続いた。トリビューンの記事が出るまでは。

それは爆弾だった。記事は、イーストバンク校の概観と銘打っていたが、記事の半分以上は「ある科学教師」を激しく非難するもので、文脈からロイストンであることはすぐわかった。彼の残虐さのいろいろな例が上げてあった。どもる子供をどのようにまねするか、肉体的特徴を常習的にあざけること、与える罰が不公平で気まぐれなこと。クラスの女生徒の何人かと過度に親しい、とも書いてあった。そして最後は、彼が最近その中の一人を誘惑しようとした、という露骨な記事で終わっていた。

ロイストンとしては名誉毀損で訴えるほかに仕様がなかった。彼は、記事の筆者としてデレクを、トリビューンの社主としてポール・ウィラードを告訴した。告訴された側としては記事の正当性を裏づけることで防戦することにした。二人は、それほど重要でない罪状については、イーストバンク校の幾人かの生徒と卒業生に頼んで、それを実証させる用意をした。一方モイラ・マッケンドリックという少女が、学校の体育館でロイストンにいやらしいふるまいをされそうになったと証言するはずだった。

しかし裁判が始まる一週間前になって女生徒マッケンドリックはおじけづいた。彼女の話が空想にすぎなかったのかどうか、それはわからない。しかしとにかく彼女は、もし証人として引き出されるなら、襲われたことを否定するつもりだ、とはっきり言った。ウィラードは慌《あわ》てなかった。二日のうちに彼は、同じ話を証言する用意のある別の少女を見つけた。それがパトリシア・ヤングで、当時一五歳だった。

しかし、ウィラードは平気の平左でも、デレクはそうはいかなかった。彼の良心への負担はあまりにも大き過ぎた。ある夜、一杯か二杯飲んだあとで彼はわたしに洩《も》らしてしまった。パティー・ヤングが出そうとしている証拠はうそだ、彼女はポール・ウィラードに買収された、と。

朝になって酔いが醒めると、デレクは前夜の発言を取り消した。わたしが聞きちがえたのだと言った。わたしはほかの二人のパートナー——カートライト少佐と父——に来てもらい、事情を説明し、この事件からうちの事務所は手を引くべきだと迫った。ウィラードとデレクが呼ばれた。あとから、ウィラードの要求で、パティー・ヤングが呼ばれた。彼女の調子のいい言動（その年齢でも彼女は熟練したうそつきだった）は、父と少佐を納得させるにじゅうぶんだった。わたしは影響されなかった。わたしはデレクを知っていたから。昨夜デレクは本当のことを言った。

わたしは多数決で負けた。パートナーたちは事件を手放すことはないと見た。「いいでしょう」わたしは彼らに言った。「もしそう決めるなら、ぼくは証人席に立って、デレクとの会話を話します」

それからまっすぐにフランシスのところへ行った。土曜の朝で、彼女は家にいた。わたしは同情が欲しかった。彼女にすべてを打ち明けた。

彼女の反応はわたしが期待したものではなかった。パティー・ヤングがうそをついていて、そのうそはウィラードが彼女を買収したからだということは、すんなり認めた。しかし彼女はそれが重大なことだとは認めなかった。ヘクター・ロイストンにこれから起こることは、すべて当然の報いだ、と彼女は言った。たとえ彼がパティー・ヤングには手を触れなかったにしても、彼がみだらな行為をしかけたほかの少女がいることは知っている、なぜあなたは、細かい専門的なことを理由に彼を助けなきゃいけないの？

「偽証はただの細かい専門事項じゃない」わたしは指摘した。「どんな法律家もそれを許すことはできない」

しかしフランシスは法律に関心はなかった。彼女が望んだのは正義だった。その正義とは、ロイストンが訴訟で不名誉に敗北し、学校から追われることだった。彼は邪悪な男で、子供たちに有害な影響を与えている。危険で、残虐を好む弱い者いじめだ。彼をやっつけなければならない。だから、その目的のためには手段は選ばない。

フランシスとわたしは、これまでけんかしたことがなかった。二人ともはじめは、二人の立場がそんなに危険なほど離れているのがわからなかった。フランシスにとっては、ロイストンへの嫌悪だけが重要な要素ではなかったのだ。彼女は、わたしがそれをやり通せば父がどんなに傷つくかを予測していた。だから、いかに法の原則とはいえ観念的な法律を押し通すのがいいとはとても思えなかった。

わたしの意見は単純だった。弁護士として、動機はなんであれ、意図的な法律違反を見逃すのは職業を裏切ることだ。この点をフランシスに理解し、尊重してもらう手だてはあったかもしれない。しかしあったとしても、わたしにはわからなかった。わたしたちが言い争えば言い争うほど、彼女の怒りは激しくなった。もったいぶった偽善者、となじられたことを覚えている。そしてとうとう、彼女は最後通告を発した。もしわたしが裁判で証言したら、婚約は破棄する、と。

それが土曜日で、続く火曜日に事件の審理が始まり、水曜日にわたしは証人席に立った。木曜の朝に小さな包みが郵便で届いた。フランシスに贈った指輪が入っていた。

…　…

すべては四年前のことだった。以来フランシスに会うことも手紙をもらうこともなかった。わたしもプライドから、手紙を書かなかった。記憶の扉を閉じようと決意し、新たな出発を心がけた。しかし二、三度散発的に始めた女性関係も、意にそぐわぬまま立ち消えになった。ジョージ・フレイムの手紙でたまにフランシスのことに触れた箇所に出会うと、今でもはっとした。彼女がまだ結婚していないことに、今でも秘かな満足を覚えた。

けんかの日以来初めて入った彼女の部屋は、ほぼわたしが覚えているとおりだった。居間のカーテンが新しくなっていた。黄色にえんじ色を散らしたものだ。壁には前に見なかった楽しげな版画が何枚かかかっていた。フランシスは以前から明るい色が好きだった。今朝はライム・グリーンのセーターに黒のぴったりしたスラックスを着ていた。

フランシスはコーヒーを出すためにキッチンに行った。

「魅力的な人だな」ジョージが言った。キャロル・ウィラードに言ったのと同じことばを使ったが、今度のは問いかけるような調子があった。わたしは返事をしなかった。

ジョージは話題を変えた。「スレイド警部が今朝訪ねてきた」

「用件はなんだった？」

ジョージは肩をすくめた。「ゆうべはどこに居たかと訊《き》いた。型どおりの調査だと言ってたよ。きみのお父さんにかけた電話のことを知りたがった。あのときなぜわたしが電話したか、知りたいか？」

「なぜしたんです？」

ジョージはためらった。「なぜなら、彼に頼まれたからだ」

「なんです？　父が？」

「そうだ。八時ちょうどに電話するように言われたんだ」

「妙な頼みごとだな、そう思いませんか？」

彼は肩をすくめた。「彼とは調子を合わせてやらなきゃ。悪いけど、マーク、きみのお父さんは——」

そのときフランシスがコーヒーを持って入ってきた。ジョージは彼女のほうを向いた。「マークのお父さんのことを話してたんだ、フランシス。最近彼に会っただろう?」

彼女はうなずいた。

「きみも彼が——なんと言ったらいいか——変わったと思うだろう?」

「彼はまったく正気でした、もしそういう意味なら」彼女は無愛想に答えた。

「そう、正気。たしかに。しかし少し——変だった、と思わないか? たとえば昨日だ。

彼は午前中はポール・ウィラードを追いかけて過ごした。言っとくけど、ウィラードは彼を避けてたんだ。しかし午後遅くなるとパトリックは、八時一五分に彼と会う約束をした、とわたしに言った。そして——」

「でもきみは昨夜言ったじゃないか」わたしは憤然と口をはさんだ。「父がどこにいるか知らないって」

「たしかに言ったよ、マーク。でもしまいまで聞いてくれ。パトリックはわたしに、行く先は口外しない、と約束させた。そして八時に電話してくれと頼んだ。彼が急に呼び出されたとイローナとデレクに思わせるためさ。彼はウィラードと会うことを二人に知られたくなかった。だれにも知られたくなかった。だから昨夜はきみに言わなかったのさ」

「きみとその取り決めをしたのはいつだ?」

「彼は四時ごろオフィスに立ち寄った」

「なぜそんなにウィラードに会いたいのか、言わなかったか？」

「ああ」

「八時に電話したときはどうだった？」わたしは訊いた。

「なにも。なにもなかった。ただ、電話をありがとうと言って、切った。変だと思わないか？」

フランシスはわれわれにコーヒーを手渡した。「ロヴェルさんがここ数年変だったとしても、彼を責められるかしら？」彼女は言った。「彼が受けた扱いを考えてごらんなさい」

このことばはジョージに向かって言われたが、その刺《とげ》はわたしへのものだった。彼女は忘れていなかったし、許してもいなかった。

「ねえ、フランシス」わたしは言った。「嫌味はなしにしよう。言い合いをしてる場合じゃない。父さんはぼくが会いに帰ってきた夜に殺された。なぜぼくを呼んだのか、知りたいんだ。そしてなぜ、ぼくと話す前に殺されたのかも知りたい。ケイは、きみが力になってくれると言った。だからここに来たんだ」

しかし答えたのはフレイムだった。「わたしに言わせれば、ロイストン事件となにか関係があるんじゃないかな。パトリックは六か月かそこら、それに取りつかれてた。彼がきみを呼んだとすれば、その件だと思うよ。そうじゃないか、フランシス？」

「あるいはね」彼女は言った。

「でも父は、なぜぼくを呼び戻すのか、言わなかったのか？」わたしは言った。「だって彼は、ぼくの帰宅をかなり広く宣伝してたようだよ。キャロル・ウィラードでさえ、何時の列車でぼくが着くか知ってた。ぼくが帰る理由をだれかに話さなかったんだろうか?」

「わたしには話さなかった」ジョージは言った。フランシスは返事をしなかった。

答をしばらく待ってから、わたしは続けた。「わかった。ジョージ、きみは父が過去六か月間ロイストン事件のことを考えてたと言った。しかし裁判は四年も前のことだったんだ。父はなんでそれを蒸し返したんだろう?」

ジョージがそれを説明してくれた。この春のある日、彼と父はリヴァプールのある事務弁護士とビジネスランチをとった。なにげない会話のなかでロイストンの名誉毀損の訴訟の話が出たとき、客は、ロイストンとポール・ウィラードはずっとまえにも裁判沙汰に関わってましたよ、と一言した。

「そのとき客が言ったのはそれだけだった」ジョージは言った。「でもパトリックが関心を持ったのはすぐわかった。ランチが終わるや、パトリックはその男をオフィスに引っ張っていって、話を全部聞き出したんだ。どんな話かはしらないが、それで彼はロイストンのファイルをくもの巣を払って出してきた」

父は事件の再調査に全力を投入し、数週間かけてパティー・ヤングの行方を調べた。彼女は二年前にリヴァーヘッドを出て、ロンドンへ運を試しに行っていた。父はついにソーホーの怪しげなナイトクラブにいる彼女をつきとめた。パティーはそこでホステスをしていた。父は彼女をリヴァーヘッドへ連れ帰った。

「父はどう説得して彼女を連れ帰ったんだろう?」わたしは訊いた。

「彼女に金を払ったと思うよ」ジョージは言った。「あれは金銭ずくの小娘だから」

「いいえ、お金は払わなかったわ」フランシスが口をはさんだ。「彼女は首になってたところだったの。喜んで戻ったのよ」

「どうしてそれを知ってる?」ジョージが鋭く訊いた。

「ロヴェルさんが話してくれたわ」

われわれは話の続きを待った。しかし彼女はそれ以上言わなかった。

「そうか、ともかく」とジョージが言った。「察するに彼は、ウィラードに買収されて偽証をしたことをパティーに認めさせたんだな。はっきり言えば、それが動機かもしれない。パトリックはウィラードにそのことを暴くと脅《おど》し、ウィラードは彼を黙らせなければならなかった」

「ということは」わたしは言った。「ウィラードが犯人だと言うのか?」

彼は驚きを見せて言った。「スレイド警部の話からして、それが公式見解だと思ってたがね。もっとも、そうはっきり言ったわけではもちろんないが」

「わたしは彼がやったとは思ってないわ」思いがけなくフランシスが割って入った。

「なぜ彼ではないと?」

「ポール・ウィラードはそれほどうろたえる人ではないでしょう」こう言ったが、彼女はそれ以上のことを知っているな、という印象をわたしは受けた。

それからまもなく、ジョージ・フレイムは帰ると言って立ち上がった。

「シリアが、昨夜は会えなくて残念だったと言ってたよ」と彼はわたしに言った。「きみが帰ってすぐ、戻ったんだ」

「ああ、そうだったのか」この前シリアに会ったとき、わたしは彼女の顔に平手打ちをくわせていた。

彼はわたしのことばの調子のそっけなさに気づいて、顔を赤らめた。「そうなんだ。いつか昼食をいっしょにどうかと、聞くように言われたよ」

わたしはどっちつかずの返事をした。

彼が帰ってから、わたしはフランシスに言った。「かわいそうなジョージ。シリアの言いなりだ」

フランシスは肩をすくめた。「なぜ彼女と結婚したんでしょう。あの人が淫乱な女なのはだれもが知ってたのよ。ジョージは彼女のお金が欲しくて、それを手に入れたんだから、その代償について不平は言えないはずよ」

「きみはジョージをあまり好きじゃないようだね？」

「彼があまりにも計算高いからよ。たまにでいいから、その場のはずみで動くところを見せてくれれば、もっと彼を好きになるのに」

「きみは不公平な見方をしてると思うな」

「たぶんね」彼女はなにか別のことを考えているように、ぼんやりと答えた。

「ぼくに出ていってほしいのか、フランシス？」

彼女は窓に行くと背を向けて立ち、外を眺めた。

「今朝は来てほしくなかったわ」彼女は言った。「でも――いいえ、あなたが居たかったら、居てください」

立っている彼女がとてもたよりなげに見えたので、思わず近寄って腕をまわした。

これは間違いだった。彼女は激しくわたしをふりほどいた。「さわらないで」怒って言った。

「いいこと、二度とさわらないで」しばらくして、少し優しくなった。「無駄だわ、マーク。時計は巻き戻せないのよ。今となってはね」

彼女は椅子に戻って座った。

「たばこは？」わたしに箱ごと勧め、自分でも一本取った。以前のフランシスはたばこを吸わなかった。

たばこに火をつけている彼女の顔を観察した。四年の歳月はほとんど感じられない、覚えているままの顔だ。広く離れた大きなはしばみ色の目、まっすぐな鼻、青白い顔色。とくに印象的なのはその目だった。目と、輝かしい冠のような、赤みがかった金髪だった。

しかし以前とはちがうところもあった。表情に明るさと暖かさが欠けていた。まえには見なかった慎重な態度とよそよそしさがあった。

「どうなの、マーク」彼女は言っていた。「お父様が亡くなって、驚いたでしょう。それは当然ね。でも――そうね、ほんとのところはどう思ってらっしゃるの？」

「どうって――」

「ただのお節介で訊いてるんじゃないのよ。訊く理由があるの。心のなかではどう思ってるの——ほっとしてる?」

怒りが沸いてきた。「なんてことを、フランシス、そんなことを訊く権利は——」

彼女はわたしを止めた。「わかったわ。ごめんなさい、マーク。ただね——まるで冷血漢みたいじゃない? 亡くなったその日に来て、あんなことを——」終わりまで言わなかったがなにを指したのかは明らかだった。

わたしはまた、怒りで顔が赤くなるのを感じた。「ぼくが来たのはほかに訳があったからだ」

「そうでしょうね。ほんとにごめんなさい、マーク。疑ったりして悪かったわ。あなたのお父様も、心の奥底ではあなたを好きだったのよ。あなたがあんなに頑固でなかったら——お二人ともあんなに頑固でなかったら」

彼女はわたしを慰めようとしたのだろうが、それを聞いていっそう悲しみと自責の念を覚えた。

「きみは父とよく会ってたそうだが、どうして?」わたしは尋ねた。

「そうね、もちろんお父様とわたしは前から気が合ったのよ。でもあなたが出ていってからは、めったにお目にかからなかったの。それがこの春、お父様がロイストン事件を考え直してから、わたしを訪ねてきて、パティー・ヤングをどう思うか、ロイストンに誘惑されたという話をどう思うかとお訊きになったの。それから一、二週間たったある夜、このアパートの向かい側で出会ったの。公園から出てきたところで、とても気分が悪そうだったので、ここに来てもらったんです。実のところは酔ってらしたのよ。ロイストンを訪ねてから、その足でパブへ行ったんですって。あの椅子に座って」――と火のそばのひじ掛け椅子を指した――「ブラック・コーヒーを飲んで、話をしたわ。あなたのことや、デレクのことや、ロイストンのことを。マーク、あなたはお父様のことをひどいと思ったでしょうけど、彼はあの当時でも心のなかでは、あなたが法廷で言ったことは正しいとわかってたと思うわ。でもそれを自分で認めようとしなかったのよ。なぜなら、認めれば、デレクが不正行為をしたことになるからよ。認めるには、疑う余地のない証拠が必要だった。だから彼は、さかのぼって証拠のあらゆる断片を集めてたの。

それからはときどきここに寄るようになったわ。意見を言うよりも、ただ黙って座って聞いてあげるのがいいらしかったわ。だれかに話すのがよかったのね。近頃は友達もなくて――みんな彼を避けてたの。なぜって、しらふでいても彼は一つのことにしか関心がなかったから。言いたくないけど、みんなは彼にうんざりしてたのよ、マーク」

「でも、きみは違った？」

「わたしは彼が好きだったわ、マーク。彼を気の毒に思ってたし」

フランシスはいつも落後者の味方だった。それでもわたしは彼女に感謝の念を抱いた。父にとって、悩みごとを打ち明ける相手がいたことは、さぞ慰めになったことだろう。

「父が事の次第を話してくれていたらよかったのに」わたしは言った。「なぜこんなに長いこと待ってたんだろう？　なぜぼくの手紙に返事をくれなかったんだろう？」

「彼はまず、絶対確かだと思いたかったのよ。プライドがあるから、確実だと思うまでは誤りを認めたくなかったんだわ」

「父がなにをやってるか、きみが手紙で知らせてくれてもよかったじゃないか、フランシス」

彼女はわたしを見つめ返した。「わたしにもプライドがありますから。ケイには手紙を書いて、そのことを伝えたわ」

ケイは、わたしへの手紙では彼女のことは触れていなかった。

電話が鳴って、フランシスはそれをとりに出ていった。まもなく戻ると、電話はスレイド主任警部で、わたしに用だと言う。

「ああ！　どうも」受話器を取ると彼は言った。「そちらにいるのではと思ったもので。お父さんの——いや、義理のお母さんの家からかけてます。実は——その、はっきり言うと、新事実が現われたので、あなたともう少し話したいんです。すぐ戻られますか？」

「ここで昼食をとりますから」思わずこう言っていた。「でも三時までには帰ります」

「いいでしょう」彼は心なしか少し冷たい言い方をして、電話を切った。

「ずいぶんくつろいでるのね」わたしが受話器を置くとフランシスは言った。「お昼を出すとは言ってないわよ」

しかし彼女は笑顔を見せていた。今朝以来初めて、彼女はほほえんだ。

# 第八章

以前は、日曜日にはいつもフランシスのアパートで昼食をとった。ときには夕食までここで済ませた。彼女を外の食事に誘い出すのはいつも難しかった。彼女によると、これはスコットランド人の節約気質（彼女の母親はインヴァネスの出だった）のせいだそうで、とりわけ二人の新居のためにわたしが一ペニーでも貯金しなければならないときに、ホテルで食事をしても楽しめない、と言った。

本当のところは、料理するのが好きだったからだ。もちろん彼女は本職の教師のほうも立派にこなし、なににつけても有能だった。わたしにとってそれ以上に有難かったのは、健康な食欲は恥ずべきことではないと彼女が考えていたことだった。イローナが出す食事はいつもちょっと少なめだった。お代わりをするとイローナは、まるでわたしがはしたないことでもしたように、傷つき驚いた顔をするのだった。わたしはオフィスでコーヒーとともにケーキやビスケットを食べて空腹をしのぎ、週末にはフランシスのところで食事をした。

今日は客を予定していなかったにもかかわらず、彼女は慌《あわ》てる様子もなく風味豊かなオムレツと新鮮な果物のサラダのクリーム和えを出してきた。

二人で食べながら、わたしはメイプルフォードでやっている仕事のことを話した。フランシスの反応はそっけない相づちだけだったが、向かいに座ってわたしを見つめていて、その大きな目はわたしの顔を離れなかった。

　コーヒーを注いでから、彼女は唐突に言った。「マーク、なぜここに来たの？」

「さっきも言ったように、もしやきみが――」

「ええ、聞いたわ。でも全部は聞いてないわ。あなたはなにかで悩んでる。なにかとても悪いことで」

「デレクなんだ」わたしは言った。「彼が父を殺したのではないかと思って」

　くすぶっていた疑念をことばにして、胸のつかえがとれた。わたしはフランシスに話した。父の書斎で見つけた手紙の下書きのこと、昨夜初めて会ったときのデレクの奇妙な様子、彼の見えすいたうそのアリバイ、警察の尋問で彼が倒れたこと。

「それに」と最後に言った。「鍵のことがある。父さんはウィラードの私室に通じる階段で殺されていた。ウィラードが言うには、道路側のドアと階段上のドアの鍵は兼用で、二つ――彼のともう一つ――しかないそうだ。でももし犯人がドック・ストリート側から入ってきたのではないとしたら、どうだろう？　犯人がマリーン・プレイス側の入口から入り、内部からウィラードの私室に入ったとしたら、どうだろう？」

「なかの境のドアは鍵がかかってないの？」

「かかっていた。でもそのドアの鍵は建物内のどこかにあるはずだ」

「なぜそれがデレクのやったことになるの？　ああ、わかったわ！　彼がトリビューンのスタッフだからということ？」

わたしはうなずいた。「そうだ。彼なら戸締まりをしたあとの土曜の夜でもそこに入れる」

フランシスはなにも言わなかった。

わたしは続けた。「ゆうべケイに電話したら、ぼくがデレクのことを心配してるのを彼女が察して、きみに訊《き》いてみたらと――」

「ええ、わたしが知ってることはあるわ」彼女は厳しい声で言った。「でも、あなたにはどうでもいいことじゃないかしら」

「わからないな」

「あなたにとってデレクはなんなの？　法廷でデレクをうそつきと呼んだとき、彼のことなど心配しなかったでしょう？　今になってなぜ急に気をもむの？」

昔の責めを持ち出してきた。わたしは懸命に怒りをこらえて言った。

「あれはデレクや父を傷つけたくてやったことじゃない。やらなければならないことだったんだ。フランシス、納得できないにしても、せめて聞いて欲しい」

ついに彼女はあきらめたように言った。「いいでしょう。でもわたしの話がデレクを助けることになるかしら。その反対になるかもしれない。わたしはデレクをよく知らないの。彼が実の父親を殺したなんて、信じられる？」

共に育ち、慣れ親しんだ者がそんなことをすると信じられるわけがない。デレクは弱く、利己的で、道徳基準を持たない男だったが、それほどの人非人《にんぴにん》では断じてない。そうだ、そんなことは信じられない。しかし毒のある疑念がいったん根を張ると……。

わたしはフランシスの問いかけに答えなかった。「知ってることを話してくれないか」わたしは言った。

「ジョージ・フレイムは、あなたのお父様がロイストン事件についてなにかを見つけたのであなたを呼び戻した、と言ってたわね？」

わたしはうなずいた。「きみはそうは思ってないな、と感じたよ」

「そのとおりよ。タイミングが合いませんもの。だって、お父様が一件書類《ドシエ》と呼んでたあの資料を完成したのは三週間も前のことよ」

「どうして知ってるんだ？」

「ある金曜日の夜、ここにいらしたの。初めてしらふでね。ロイストン事件に不正があった証拠をつかんだ、と言ったわ。その証拠を警察に渡すことに決めた、って。わたしはおやめなさい、と説得したの――いまさらなにになるっていうの？　でも彼はあなたと同じように頑固だった。偽証は重大な犯罪だ、証人に偽証を強いるのはもっと悪い、って。ただ彼は、デレクの罪をまだ受け入れられなかったのね。帰りぎわにこう洩《も》らしたわ。『この期《ご》に及んでなんだが、合法的な解釈が万一あるかもしれないから』朝になったらウィラードに会う、って。

それでわたしは、爆弾が破裂するのを待ったの、でもなにも起こらなかった。それが三週間前よ。つぎにお父様に会ったのは、先週の木曜の夜、彼が――彼の死の二晩前だわ。遅い時間だったのでドアのベルが鳴ったときには怖かったわ。このときはひどく酔っ払って、とうとう椅子で寝てしまったの。で、わたしはデレクに電話して迎えに来てもらったの。お父様は寝てしまう前に、裏切りとか恩知らずとかつぶやいてたわ。『マークが始末をつけてくれるだろう』って言いつづけてね」

「なんのことを言ったのか、見当はつかないかな」

フランシスは首を振った。「かなり酔ってらしたのよ。言ってることもほとんどわからないくらい。一、二度『イローナ』の名前は聞き取れたし、デレクのことも言ってたと思うわ。でも大方はわけがわからなかった。恐ろしいようだったわ。酔ったのは見てたけど、あんなのは初めて」

「デレクは、電話したときどうだった？」

「彼は冷静に対応したわ。そういうことは初めてじゃなかったみたい」

「父さんが言ってたことをデレクに伝えた？」

「言おうとしたけど、デレクは笑い飛ばしたわ。お父様はウイスキーを飲み過ぎるといつも口数が多くなって、他愛もないことをしゃべるんですって。そう言いながらも彼は、お父様が目を覚ますか覚まさないうちに、急《せ》き立てるようにして連れていったわ」

その光景からは、父の生涯の最後の数か月が浮かんできて、悲しかった。どうしてだれもわたしに教えてくれなかったのだろう？　ケイは一、二度手紙で、父が心配だ、と書いてきた。ジョージ・フレイムは、父が仕事をさぼっていて、体に悪いほど酒を飲んでいると言った。しかし、父がほとんどアルコール中毒になっていたことをほのめかす人はいなかった。

フランシスはわたしの心に去来するものを察した。

「あなたのお父様はいつもはそんなじゃなかったのよ、マーク。ほんの一度か二度、物事が手に負えなくなったときだけよ。それに、気休めかもしれないけど、彼はあなたの帰るのを楽しみにしてたわ。昨日の午後、ご自分でそう言ったわ」

「彼はとても不幸だったにちがいない」

「不幸？　ええ、彼は不幸だったわ」しかし今度の言い方は、わたしを責めてのものではなかった。

「父さんが裏切りと言ったとき、デレクを考えていたと思うかい？」わたしは彼女に訊いた。

「わたしはそうは言わなかったわ」

「たしかに。でもそうほのめかして――」

「そうね。ほのめかしたわ。でもそれは――つまり、デレクはお父様の秘蔵っ子だったでしょう。裏切りとか恩知らずという言葉を聞いたとき、とっさに思ったのはデレクのことだったの。それにデレクも、お父様があれこれ言わないうちに連れ帰ろうとしているように見えたものだから」

彼女はまだなにか隠していた。

「フランシス、きみはデレクのことをまだなにか知ってるな？」

彼女は降参、というように手を広げると、無念そうな笑顔を見せた。「あなたに対しては隠し事ができたためしがないわね、マーク。ええ、まだ知ってることがあるわ。この件とは関係ないと思うけど、あなたには知らせなくてはね。それを止められるかもしれないし。デレクが婚約したのは知ってる？」

「ああ。キャロル・ウィラードと。彼にしてはよくやった」

「キャロルはいいのよ……もし彼が彼女に忠実なら」

「どういうことだ？」

「デレクがシリア・フレイムと遊んでるってうわさがあるの」

「なんてことだ！　確かなのか？」

「うわさだと言ったでしょ。でも——そうね、確かだわ」

「ジョージは知ってるのか？」

「もうジョージは気にしてないいんじゃないかしら。デレクが最初ではないでしょ？　最初どころか」

しかしフランシスは間違っていた。ジョージは気にしていた。昨夜、妻が戻るのを待っていたジョージがどんなに落ち着かなく、心配そうだったかを思い出した。彼は、妻がデレクといっしょにいると思っていたのだろうか……。

フランシスの話はつづいていた。「自尊心のある人なら、とっくの昔に離婚してたでしょう。彼女がポール・ウィラードと浮気してたことを考えてごらんなさい」

「ウィラードとも？」

彼女は驚いてわたしを見た。「知らなかったの？　あなたってほんとに遅れてるのね。数か月のあいだ彼女は彼の部屋に――あのトリビューンのなかの部屋よ――毎週土曜の夜、通ってたのよ。二人とも、隠そうともしなかったわ」

「それで今度はデレクがウィラードから引き継いだのか？」哀れなデレク、彼の将来の義父《ちち》が知ったらどうなるんだろう、とわたしは考えていた。

フランシスはためらった。「遠慮なく言えば、シリアはまだウィラードとも逢ってるんじゃないかしら」彼女は言った。「さっき話したように――シリアは色情症なの。男がいなくては暮らせないの。男が多ければ多いほど、逢う回数が多いほど、いいってわけなの」

女たちはシリアを嫌った。以前からそうだった。それでも、フランシスの検閲官のような非難の調子はわたしの神経に障った。わたしの知っていた頃のフランシスなら、もっと公平で寛容だっただろう。

彼女は時計をちらりと見た。「かまわなければ、マーク、もうお帰りになって。午後は出かけるので着替えないと。それに洗い物もあるし」

「着替えるあいだにぼくが洗い物をやろう」わたしは提案した。

「いいえ、お願い、マーク。お客があるの、だから――」

「アーネスト・ベイリス？」キャロル・ウィラードが言ったことを思い出して、言った。

彼女は顔を赤らめ、なにも言わなかった。

それで、あることを思い出した。「ところで、今朝ここに来たときに出ていったのは、ウィラードの息子のルーじゃなかったか？」

「そうよ。それがなにか?」

受けないでもいいけんつくを食らってしまったようだ。

* *

フランシスのアパートを出たとき、時計が二時半を打った。雨は止んでいて薄日がさしていた。しかし西の方からさらに雨雲がやってきているようで、川下の空は暗かった。

家に着くまで空がもつかどうかは運にまかせて、遠回りをして公園を抜けて帰ることにした。公園は寒々と、もの寂しかった。南側の小道を初老の夫婦がゆっくりと歩いていた。雨は止んでいるのに夫のほうはまだ傘をさしかけている。野外音楽堂の階段で数人の子供たちが遊んでいた。テニスコートとローンボウリング場には水たまりができていた。

わたしはフランシスのことを考えていた。まだ彼女を愛している、それが今ではわかった。それをわかるには、今朝彼女を見るだけでじゅうぶんだった。どんな女も彼女の代わりにはならない。

その思いは、彼女が変わってしまった今も、確かだった。彼女はもう、わたしの知っていたひたむきな、寛容な心の女性ではなかった。わたしは彼女に、辛辣《しんらつ》さと思いやりのなさを感じ取っていた。

それに彼女の抑制、これも新しいものだった。前はよくフランシスに、きみは外交官としては成功しない、と言ったものだ。彼女はあけっぴろげで、思ったままを口にだした。しかし今日は、言うべきことを慎重に選んでいるな、と何度か感じた。わたしに聞かせていいと思うことだけを話し、それ以上は言わなかった。

キャロルのことばでは、フランシスはまだわたしへの「胸の火を絶やしていない」ということだったが、もしそれが本当だとしても、その火はかすかなものだった。こんなに長いこと成り行きまかせにしたわたしがばかだった。ロイストン事件で被《こうむ》った一番の災難はフランシスを失ったことなのに、わたしはこれまでそれを認めようとしなかったのだ。

「ロヴェルじゃないか？　マーク・ロヴェル？」

傘をさした老人だった。彼らの来た小道とわたしの道が合流する地点で、彼は夫人とともに立って、わたしを待っていた。

見れば、そんなに年寄りではなかった。六〇くらいだろうか。弱々しい小柄な男で、灰色の不健康な顔色をしていた。厚いめがね、大きな鼻、ニコチンに染まった口ひげがまばらに生えていて、まるで役を大げさに演じている性格俳優のようだった。

その口ひげで、一時《いっとき》だまされた。以前知っていたときはきれいに剃っていたから。だがその声！　こんな耳障りな声の人は二人といまい。ヘクター・ロイストンだった。

「おまえ、これがマーク・ロヴェルだよ」彼は言った。「ほら——たった今、彼の父親のことを話しただろう」

ロイストン夫人には会ったことがなかった。半病人だと聞いていたが、なるほど世捨て人のようだった。大柄のしまりのない女性で、丸い、魂の抜けたような顔をしていた。彼女はわたしに笑いかけ、なにか聞こえないことばをつぶやいた。

「そうなんだ、きみのおやじさんのことを聞いたよ、気の毒に、ロヴェル」ロイストンはつづけた。

気の毒に思っている口調ではなかった。これまでに会ったあらゆる人のなかで、ロイストンは最も好きになれない人物だった。彼は下品な醜い顔と神経に障る声で、最初から不利な立場にいた。彼に会った人はとっさに抱く反感を隠すために懸命に努力しなければならなかった。しかしいくら努力しても、彼がとことん不愉快なやつだという事実に目をつぶることはできなかった。さもしく、ねたみ深く、ひねくれていて、意地の悪い皮肉な口をきいた。わたしはなんとかロイストンを我慢したが、ほかの人たち――とくにフランシス――は嫌悪と軽蔑をもって彼を見た。

わたしがこんな男のために家族と別れ、職をなくしたとは、皮肉なことだった。

「今でもイーストバンクにいるんですか?」礼を失しないように努力しながら、わたしは言った。

「そうなのさ! この年じゃあ異動はないよ。だけどイーグルのポストをくれないんだ。彼は去年いなくなったのにだよ。やつらは今でもわしをひどく扱ってるよ」

イーグルはイーストバンク校の科学科の主任だった。そのポストにロイストンが昇進できる可能性は、ダウニング街一〇番地の首相官邸に彼が入れるくらいの確率しかなかった。どうやら彼はいまだに、彼が名誉毀損の訴訟に勝ったのは法の適用上の措置に過ぎないこと、その裁判で明らかになった事実で彼の評判は修復しようがないほど落ちたことを理解していないようだった。聞くところによると、教育当局が彼を首にしなかったのは、法的な仕返しを恐れたからだという。それにしても、法廷で生徒や先生たちからあれだけ言われたあとで同じ学校に戻って教えられるとは、ロイストンのような厚顔無恥な男でなければできないことだった。

「ちょっと学校へ来てみたらどうだね」彼はつづけた。「家に招きたいとこだけど、このエセルが――」と妻を頭で示した。夫人は少し離れたところに立って、辛抱強い笑顔を浮かべている。「エセルは客がくると具合が悪くなる。血圧だな。明日、来いよ。三時から四時までは授業がない」

彼は、わたしがかつて法廷で彼を弁護したという理由で、わたしのことを友達だと思っていた。

「悪いけど、行かれません」わたしは言った。「やることがたくさんあって。父が――」

しかし彼はもう興味を失っていた。そして草地の斜面を見上げ、その先にある公園の柵とその向こうのグロヴナー・クレセントを見上げた。「昔の恋人を訪ねてたのか?……お高くとまった小娘を」下品な言い方でつけ加えた。

眉をひそめたわたしを無視して、彼はつづけた。「あんたはあの女にはもったいないよ、ロヴェル。彼女はベイリスと仲たがいしたところだ。もっともあんな成り上がりの若造なんぞ、同情する価値もないけどね」

ロイストンはだれについてもほめ言葉を言わなかった。

いや、例外があった。彼は近寄ってくると、秘密めかした流し目を使い、肩越しに妻のほうをちらと見てから、わたしの耳にささやいた。「ところでパティー・ヤングだけど、これはおいしい娘だよ。こっちに帰ってきてて、いつでもつき合ってくれる。渡りをつけてやろうか？　いい？　じゃあ、気が変わったらちょいと知らせてくれればいいから」それから声を大きくして、「エセル、行こう。また雨になる」そして彼らは去った。

∴　∴

家に戻るとすぐ、わたしは書斎に呼ばれた。スレイド主任警部が陣取っていた。彼のそばのテーブルにはサンドイッチの皿と魔法瓶のコーヒーが載っていた。巡査部長もいたが、彼はお相伴にあずかっていなかった。

「食べながらで失礼するよ」身ぶりでわたしに椅子を勧めながらスレイドは言った。「昼飯がまだなんだ」

「すみません、ぼくのせいで――」

「いやいや、ここでやる仕事があったんだ。父上の書類を調べてた。つまり、まだここにあるやつをね」

机の上には本や書類がきちんと積んであった。昨夜ここにあった事務所のファイルは見えなかった。

「そうなんだ」スレイドはつづけた。「カートライト少佐が今朝いくつか持っていった。彼の

「事務所有のものをね」

「しかし彼には言っていたんだが——」

「わたしもそう思ってた。それでも持ち帰ったよ……いや！　大したことはない。こちらで取り戻しに行ったから。少佐のオフィスに人をやって、今それを調べてるところだ」

彼はまたサンドイッチをつまんだ。

「教えてほしい」食べながら言った。「ゆうべここにあったものを覚えてますか？　ゆっくり考えて、これは重要だから」

あのときはとくにメモもとらなかったが、目を閉じれば昨夜書斎で見たものがそのままに浮かび、ことばにすることができた。黒い箱ファイルが、一つは机の上に、ほかのは床の上にあった。ロイストン事件についての父の個人用のメモを納めたピンクのフォルダーは――

「それはここにある」スレイドは口をはさんで、彼の前の机上にあるそれを指さした。「しかし続けて。ほかには？」

床には本が散らばっていた。ウィンフィールドの本、判例集が一冊、チェシャーとファイフットの『契約』――それ以外はなんの本だったか見ていなかったが、机に積んである冊数から、本はすべてあるようだと判断した。わたしはウィンフィールドを取り上げ、パラパラとめくってみた。耳を折ったページは、今はなかった。

「ロヴェル夫人がきれいにしたんだ」警部は皮肉っぽく言った。「かまわないさ――ほかには？」

ウイスキーグラスの下に見つけた下書きのことを考えたが、わたしは今度もそのことは言わなかった。

「いいえ」わたしは言った。「それで全部です……でも、ちょっと待って」――思い出したことがあった――「あの椅子の下の絨緞《じゅうたん》の上に、ピンクのフォルダーがもう一つあったな。父が個人の通信用に使っていたものです」

「今はないぞ。見たのはたしかですか？」

「ええ」

スレイドは巡査部長のほうを向いた。「フリント、ロヴェル夫人にそのファイルを見たか、訊いてくれ。それからカートライト少佐のオフィスにいるピーコック警部に電話してくれ。まだいるはずだ。それを捜さなくては」

フリントが出ていくと、主任警部は最後のコーヒーを飲みほし、パイプとたばこ入れを持ち出した。

「よろしいかな？」彼は訊いた。

「どうぞ」

パイプを詰めながら、思いがけないことを訊いてきた。

「まだピアノを弾いてますか？」

「時間があれば」

「ワイフが以前よく言ってましたよ、あの子はものになる、第二のパデレフスキーになっても驚かない、って。うちのワイフは音楽がとても好きなんです。ギルバート・アンド・サリヴァンがとくに贔屓《ひいき》で」

さて、と身ぶりをすると、仕事に戻った。

「教えてください、ファイルだの、なんだの、こういうものがなぜ書斎にあったと思います？」

「父は、わたしと相談することがあったんです。その準備のためにこれらの書類を調べたんでしょう」

スレイドはうなずいた。「ロイストン事件に関係することだとあなたは思ったんですね。しかし奇妙なことに、彼の個人用ファイルを見てもらえばわかりますが」――机上のピンクのフォルダーをトントンとたたいた――「彼はその作業を三週間前に終えているんですよ。なぜ彼は、あなたを呼ぶのにそんなに長く待ったんだろう？」

これはフランシスの話を裏づけた。なぜスレイドはこんなに情報をくれるんだろう？　秘密をうっかり洩らす癖など、彼の短所にはなかったはずだ。

彼は自分の問いかけに自分で答えた。「われわれの考えでは、父上はなにか別のことを見つけたにちがいない。ロイストン関係の書類には載っていないなにかを。実際、それはロイストンの件とはまったく関係ないかもしれない。しかしそれがなんであれ、洩れるのを阻止するためにだれかが彼を殺した」

「なんについてのことなのか、警察はわかっていない――？」

スレイドはにっこりした。「ああ！　それがわかってればねえ……しかしそのなくなったフアイルが手がかりになるかもしれない」

彼は黙り込んだ。

「新事実を見つけたと言いましたね？」わたしはさっきの電話を思い出させた。

彼の顔に不興の色がちらと浮かんで、消えた。彼は自分の統率権にちょっとでも口出しされるのを嫌った。この面談を自らの采配のもとで進めたかったのだ。

それでもまずは丁重に答えた。

「はっきり言って、ロヴェルさん、昨夜のわたしの質問から警察はポール・ウィラード氏に疑いをかけていると思ったでしょう。それについて弁解する必要はない。殺人は彼のオフィスで、彼のナイフで行われた。動機らしきものもあったと思われる。彼のアリバイも疑わしかった。しかし、ウィラード氏は昨夜一一時まで自宅にいたことが、いまではっきり証明されました。だから、彼は白です。いいですね？」

「それにもかかわらず」――彼はパイプをふかし、その言葉を強調するために繰り返した――「それにもかかわらず、彼のもっと前のアリバイは偽りでした。ということはロヴェルさん、弟さんはウィラードと一晩中いっしょではなかったんです。八時を過ぎると出かけたんです」

警部の言わんとすることは、わたしがほとんど最初から疑っていたことだった。つまり、ウィラードがアリバイを捏造《ねつぞう》したのは自分のためではなく、デレクのためだったのだ。

「デレクはそれを認めてるんですか？」

スレイドはうなずいた。「出かけた正確な時間についてはウィラードの言う時間と一致しませんが、しかしそれは重要ではないでしょう」

「どこへ行ったんです？」

警部はわたしをじっと見た。「ロヴェルさん」彼は鋭く言った。「あなたを呼んだのはそのためなんですよ。それを教えてほしいんです」

「でもぼくが知るわけがないでしょう。弟は一晩中ウィラードと居たと言ったんです。そのことはもう話したはずです」

スレイドは嘆息した。「それじゃあ、率直に言いましょう。わたしはおおむね、人が真実を言っているかどうかわかるんです。経験を積んでますからね……いいですか？　いいですね？　昨夜――そして今日も――あなたはわたしに隠し事をした。それを感じたんです。弟さんの名前が出てくるたびに、あなたは守りを固めた。そうじゃないですか？」

わたしは答えなかった。

「なんだっていうんだ」彼はどなった。「なにも彼を犯人だと言ってるんじゃないんだ。ともかくも今のところは。彼がゆうべどこにいたかを知りたいだけなんだ。彼は話そうとしないし、きみも話そうとしない――」

「知らないんです」わたしは繰り返した。

彼はふたたびわたしをじっと見た。「いいだろう」ゆっくりと言った。「いいだろう。今のところはそこまでにしとこう」

つぎに彼が口を開いたとき、その声には微妙な変化があった。これまでは、肚《はら》を割ったもの同士の温かさがあり、同じ側に立っているという暗黙の了解があった。それが、中立を保ったよそ行きの調子になった。それでもまだ丁重ではあった。

「伺いますが、ロヴェルさん」彼は言った。「あなたの列車は昨夜八時二二分に着きましたね？」

わたしはうなずいた。

「それからまっすぐここへ？」

「ええ」

「駅から歩いたと言いましたが、どのくらいかかりましたか？　一〇分？　一五分？」

「そのくらいです」

「ではここに着いたのは八時三五分くらいですね？　よろしいか？」

話をどこへもっていくのだろうと思いながら、またうなずいた。

スレイドは天井をにらんだ。「ロヴェル夫人は――」と静かに言った。「あなたがいつ着いたのか、しかとは覚えていないそうですが、感じでは九時半ごろではなかったかと」

「そんなばかな」わたしは怒って言った。

警部の顔にかすかな笑いが浮かんだ。

「あなたの弟さんは幸運な人だ」穏やかに言った。「彼には保護者が二人もいて、二人とも彼のためにうそをつこうとしてる」

ドアにノックの音がして、フリント巡査部長が入ってきた。

「だめでした」彼は言いはじめた。「ロヴェル夫人はそのファイルを覚えてなくて――」

スレイドはこわい顔で手を振って彼を黙らせ、わたしの方を向いた。「今のところはこれだけです。ありがとう。しかし申し上げたことを考えといてください。証拠を出さないでいるために、あなたが及ぼすかもしれない害を思い起こすように。あなたも第二の殺人の責任者にはなりたくないでしょう？」

「どういうことです？」

「父上が殺されたのは彼が知っていたなにかのためです。いいですね？　そのなにかを、ほかの人も知っているかもしれない。そうすると、その人も危険です。そういう動機で殺しをした犯人は、自分が危ういと思えばためらいもなくまた殺すでしょうからね。それでは失礼」

わたしが部屋を出ないうちにスレイドは巡査部長に指示を出していた。「捜査令状」ということばが聞こえた。

⁂

わたしが父の手紙の下書きのことを警部に話さなかったのはなぜだろう？　そのメモを、ことばどおりに思い出してみた。「たった今、きわめて重大と思われるあることがわかった。おまえの異母弟のデレクは――」これだ。

スレイド主任警部は、デレクに対する偏見は持っていない、と言った。しかしもし彼があの下書きを見たら、偏見を持たざるを得ないだろう。あるいは、もうそれを見たのでは？　書斎のテーブルに戻しておいたから、警察が入ってきたとき、まだそこにあったかもしれない。スレイドには、見つけた手がかりをなんでもわたしに話す義務はないのだから。

しかし、違う。そんなにはっきりデレクを指すヒントを、スレイドが持っていたはずはない。そうでないことは彼の態度を見ればわかった。それに、イローナがあのメモを置きっぱなしにしておくはずはない。警察が捜しているファイルを隠したのはたぶん彼女だろうが、手紙だって片づけただろう。

疑問はまだ残った。なぜわたしは手紙のことを言わなかったのか？　それは本能的な反応だった。デレクが小さいころ、窮地に陥るたびにわたしに助けを求めてきた、あの少年時代に立ち返ったのかもしれない。

もう今となっては、デレクの無罪を信じなければならない。そして彼を守りたいと思えば、父の殺人を見て見ぬふりをするわけにはいかなかった。

……

デレクは居間でテレビを見ていた。古いスラックスとスポーツシャツにくたびれたセーターを着ていた。

「デレク、話がある」わたしは言った。

「シッ！」見ているのにじゃまだ、と言わんばかりだった。

「それを切れよ」

「ああ、ご機嫌ななめというわけか？　厳しい兄上様の言いそうなことだ」しかし立っていってスイッチを切った。

手にはグラスがあった。ウイスキーだろうか。そのようだ――彼の椅子の脇の床にはデカンターとソーダのサイフォンがあった。

「ゆうべはどこにいた、デレク」

「ありのままに話したまえ」――彼はスレイドの言い方をまねした――「きみはゆうべウィラード氏の家を途中で抜け出た。いいね？　ではそのあと、どこへ行った？」それから自分の声に戻って、「いいかげんにしろ、マーク。大きなお世話だ」

玄関のベルが鳴った。イローナがキッチンから出てくる足音がした。

わたしはさらに言った。「子供みたいなまねはやめろ、デレク。おまえはほんとに危ないんだぞ。もしスレイド警部がぼくが知ってることを知れば、おまえはもう殺人罪で告訴されてるところだ。助けてやるには――」

「あんたの助けなんか要らないよ」横柄《おうへい》な口調で言った。

玄関から、言い争っている声が聞こえてきた。

「助けてやるには」わたしは繰り返した。「ゆうべどこにいたか、教えてくれないと」

ドアがぱっと開いてキャロル・ウィラードが部屋に入ってきた。イローナは入れまいとしておろおろと争っていたが、キャロルに邪険に振り払われた。

キャロルはわたしの言葉尻をとらえた。

「彼がゆうべどこにいたか、わたしが言ってあげるわ」軽蔑したようにデレクに目を据えて、彼女は言った。「彼は街の売春婦とどこかでやってたわ、いたのはそこよ」

「キャロル！」イローナは心底ショックを受けたようだった。「許しませんよ、そんな――」

キャロルはちょっと振り向いて、「うるさい！」と荒々しく言った。イローナは黙った。

わたしたちはデレクをじっと見ていた。彼は手にしたグラスを揺すって回しながら立っていた。気の抜けた、固い笑みを浮かべている。ちょっと足許が怪しいな、と今気づいた。

「パパがそう言ったんだな？」とうとう彼はキャロルに言った。

「そうよ」彼女は静かに言った。「パパがそう言ったわ」

イローナが介入を試みた。近寄るとデレクの腕をとって言った。「おまえ、行ってすこし横になったほうがいいんじゃないの。いろんなことで疲れ過ぎてるんだわ」

デレクはイローナの方を見もせずに、静かに彼女の手を腕からどけた。彼はじっとキャロルを見ていて、まだ笑みを浮かべていた。

「少なくとも」と彼は言った。「シリアは売り惜しみはしないよ。彼女はじらさないし、淑女ぶったりもしない」

キャロルは青くなった。ひと言も言わずに背を向けると、部屋を出ていった。

「デレク」イローナが言いはじめたが、デレクはそれを抑えた。

「ほっといてくれませんか、お母さん。マークとぼくは話があるんです」

「でも――」

「ほっといてください、と言ったんです」彼は容赦ない強い口調で繰り返した。デレクが母親にそんな調子でものを言ったことはなかった。イローナはそれ以上言い張らずに出ていった。

ドアが閉まるとデレクは言った。「母親というのはときに耐え難いことがある」

彼はウイスキーのデカンターのところに行った。

「飲み物を作ろうか、マーク」

「いや、けっこう。それにきみも飲み過ぎてる」

しかし彼はもう自分のグラスを満たしていた。そこにソーダをひと吹き加えた。

「乾杯！　マーク。じゃあ答えてやろう。昨夜は父殺しをしてないよ。ぼくはシリアの——彼女、なかなかいいんだ——甘美なる腕のなかに閉じ込められていたからね。人がなんと言おうと、彼女は自分の素質を心得てるよ」

「なぜ警部に居所を言わなかった？　シリアが裏付けしてくれそうもなかったからか？」

「どっちにしてもシリアは役に立たなかったよ。ぼくが彼女を拾ったのが九時だった。将来の義父殿は、ぼくが八時ちょっと過ぎに彼の家を出たといってる。愛の交歓のまえに片手間に殺人をやる暇はじゅうぶんあったわけだ」

ともかくも彼は話してくれた。酒を飲んで、都合よく舌がゆるんだのだ。

デレクの話によると、初めてシリアに会ったのはひと月前のチャリティーのダンスパーティーでだった。

「キャロルは風邪で寝ついてたんで、ぼくは同伴なしだった。シリアは、よくある身体にぴったりのバックレスのドレスを着て、肉感的に、でも退屈しているように見えた。もちろん彼女の評判は知ってたけど、関心を持つなといったって無理だ。フロアを二度踊って回るうちにチークダンスになってたよ。まったくセクシーな女だ。旦那はどうやってたのかな、たぶん慣れてたんだろう」

それが始まりだった。デレクは自分が彼女を夢中にさせたと思った。しかしおそらく、事を仕組んだのはシリアだろう。デレクの金色の巻き毛と繊細できれいな顔は、ポール・ウィラードのきめの粗い土臭さに代わる気分転換になったのではないか。

デレクが恐れたのはジョージ・フレイムよりもウィラードだった。シリアがウィラードの情婦だということは何か月も前から知っていたし、裏切られたとわかったらウィラードがどんな反応を示すかも推測できた。しかし誘惑はあまりにも強く、悪名高いフレイム夫人との逢引はこたえられない刺激だった。

二人は昨夜までにすでに二度逢っていた。シリアは車で町に出ると広場に停め、デレクのモリスに乗り換えて出かけた。

「町を一、二マイル出て、静かな場所に行った。ぼくたちは車から出たことがなかった。バックシートで……」

「わかった。汚らわしい詳細は聞かないでもいい」わたしはさえぎった。デレクは誇らしげで、自慢していた。

「キャロルはどうなんだ?」わたしは言った。「ゆうべは彼女とのディナーの約束を破ってまで――」

「実際はちがうんだ。ゆうべシリアは食事に連れ出せとねだったが、ぼくは断わった。キャロルのためにニュークロスのゲティの店にテーブルを予約してあったんだ。彼女の誕生日でね。ところが出かけようとめかしこんだその時になって、ウィラードおやじが電話してきて、家にくるように言うんだ。キャロルには伝えておくと言ってね。忠実な下っ端としてぼくは言われたとおりに駆けつけたよ。でもその前にシリアに電話して、もし間に合って出られたら八時にいつもの場所に行くと言ったんだ」

「ウィラードはなぜそんなに急に呼び出したのかな?」

デレクはわたしと視線を合わせなかった。「あれこれ仕事のことさ」そっけなく言った。「ぼくは彼の下で働いてるんだから。そうだろ?」

彼は酒の残りをひと息に飲みほした。

「ほんとに飲まないのか――?」言いながらデカンターにかがんだ。

だがその前にわたしはデカンターを取り上げて、はっきり言った。「これ以上飲んではだめだ」

彼はふらつく手を出したが、思い直して、ひねくれた笑顔を見せた。

「ばかだな、マーク。ぼくがしゃべったのは半分酔ってるからなんだぞ。しらふのときは、きみの根性が大嫌いなんだから。禁酒協会会長みたいなふりはやめて、ぼくに酒を勧めるべきじゃないか」

「さあ、たばこだ」箱を開けて勧めた。「座って落ち着くんだ」

彼はたばこを取ったが、立ったままでいた。

「ではウィラードの家を八時に出たんだな？」わたしは訊いた。

「いや。それはウィラードが言ってることだ。実際に出たのは九時一〇分前、五分前かな」

「でもウィラードはなぜ時間のことでうそをついたんだろう？」

そのわけは推察できた。殺人とわかったとき、ウィラードはアリバイの必要を即座に見抜き、一晩中デレクといたという話を作ったのだ。デレクは喜んで彼の話を裏づけた。なぜなら、そうすればシリア・フレイムとの逢引の約束が表に出ることはないからだ。

ウィラードが態度を変えたのは二つのことのためだった。まず、彼がドック・ストリートに出かけて殺人をするほど長く家を空けなかったことが、別途証明された。彼の向かいの家の婦人が病床から、明かりのついた居間の窓に映る彼の頭を八時から一一時までほとんどずっと見ていたのだ。だからウィラードはもうデレクに頼ることはなくなった。もうひとつは（こちらの方が重要だったが）、彼はどんな手を使ってか、デレクとシリア・フレイムの関係を知っていた。

ウィラードのしっぺ返しは巧妙だった。警察に、最初の話は誤りだったと白状してから今度は、デレクが八時ちょっと過ぎに出た、と言ったのだ。ウィラードはデレクが八時から九時までの行動を説明できないのを見越していた。ウィラードの言ったことをデレクは違うと言うだろうが、ウィラードが今やうそをついても得るものがない以上、警察はウィラードのほうを信じるだろう。

ウィラードは同時に、キャロルにデレクとフレイム夫人のことを話した。

「だからといってウィラードを責められないよ」デレクが話したときわたしは言った。「きみはキャロルに恥ずべきふるまいをしたんだから」

しかし彼は強情だった。「ぼくはぼくたちのが恋愛結婚だというふりをしたことは一度もないよ。少なくともぼくの方からはね。それにキャロルは結婚生活を先取りすることについてはヴィクトリア時代風の考えを持ってるんだ。ぼくに修道僧みたいな生活をしろと言われても困るよ」

「こうなってはもう、結婚生活があるとは思えないが」

彼はすましてにやっと笑った。「思えないか？　それはキャロルを知らないからだ。彼女にはフランシスのような自尊心はない。明日になればきっと、涙ながらに許しを求めて舞い戻ってくるよ。まずいことをやったもんだ、かわいそうに」

「いったい、キャロルと結婚するのはなぜなんだ、金か？」

彼は肩をすくめた。「役に立つからさ。こう言えばわかるかな、つまり、彼女は魅力的な女だが、もしウィラード家の一員じゃなかったら、ぼくは目もくれなかっただろう。ぼくのタイプじゃないもの。でも彼女の父親が大賛成なんだ。だから――」

「大賛成なのか、だったのか？」わたしは口をはさんだ。

彼はわたしを見つめた。「たしかに」ゆっくりと言った。「きみの言うとおりだ、マーク。核心をついてるよ」

彼は目で、今はわたしの後ろの床にあるデカンターを求めた。

「もう一杯欲しかったんだ。忘れるために、もう一杯だけ」

「酒を飲んでもなにも解決しないよ」

「やかましいことを言うなよ、マーク。きみは怖い思いをしたことがないのか――酒を飲んで前後不覚になりたいほどの怖い思いを？　いや、ないだろうな。怖いというのがどういうことかさえ知らないだろう……ああ、ぼくがポール・ウィラードにしたことを考えると――」

「恐れているのはそれだけか？　ウィラードがなにをするかということだけ？」

彼はちょっと笑った。「それだけだって？　マークったら、ぼくの雇い主の人柄を考えてみろよ。誇大妄想症なんだぞ。仕返しをせずに侮辱に耐えるような男じゃないんだ。ぼくはもう失業してるだろうけど、きっとそれだけで済みはしないよ」

デレクはこれまでずっとウィラードに威圧されていて、いつも彼を少し怖がっていた。ウィラードの蔭でシリア・フレイムと情事にふけるとは、まったくのぼせ上がっていたのだろう。昨夜初めて彼に会ったときの奇妙な態度がこれで説明がついた。意気揚々と興奮していながら、不安が影を添えていた。その後警察の尋問で倒れたことはどうだろう？　それも説明がつく。警察にシリアのことが露見するのを恐れたのだろう。ウィラードが提供したにせのアリバイに頼らなければならないこともあって、二重に怖かったのだ。

こう解釈すればデレクの行動はもっともらしく、つじつまが合った。しかしそれで全部だろうか？

「デレク」わたしはふと言った。「ゆうべはウィラードの家からシリアの待つところへ直行したのか？」

彼は傲然《ごうぜん》とわたしを見つめた。「そういえば、忘れてた。途中ドック・ストリートへ寄って、父さんにナイフを突き立てたんだ。こういう小さいことは記憶に残らないもんだね」

「軽率なことは言うな」

「それじゃ、その尋問口調をやめるんだな。ぼくを父殺しと非難しているも同然じゃないか」

わたしは父が書いた手紙の草稿——デレクのことに触れたメモ——のことを彼に話した。

「なぜ父さんはぼくを呼んだんだ？　きみは知ってるはずだ」

「わかったよ」彼は怒ったように言った。「なぜあんたを呼んだか、知ってるよ。でも彼は間違ってた、わかるか？　彼はまったく間違ってた」

わたしは待ったが、デレクはその後を続けなかった。

「なんのことだ、デレク」わたしはうながした。

彼はそれに乗ってくるほど酔ってはいなかった。さっきの一杯を飲ませておくべきだった。

「くたばれ、マーク」とつぜんいら立ちを見せて彼は言った。「おまえなんか、うんざりだ」

わたしを乱暴に押しのけると、出ていった。

# 第九章

イローナはキッチンでサンドイッチを切り分けていた。

「イローナ、あの書類をどこへやったんです？」わたしは前置き抜きで尋ねた。

「なんのことを言ってるの」彼女は目を上げずに気のない返事をした。

「ゆうべ書斎にあったファイルです。父さんのピンクのファイルのひとつで、それが今はなくなっているんです。それは――」

「ああ、そのこと？　スレイド警部に訊《き》かれたけど、わたしは知らないわ。あったことはたしかなんですか？」

「ええ、ありました。ぼくは見た。それに、ぼく宛ての父さんの手紙の下書きも。警察はそれも見つけてない、そうでしょう？」

「そうなの？　わたしよりあなたのほうがいろいろ知ってるじゃないの」

彼女は慎重にトマトを薄切りにした。

「あのファイルにはなにが入ってたんです、イローナ？」

彼女は答えなかった。また訊いてみた。

「そのナイフを置いて、ぼくの言うことを聞きなさい。われわれは今度だけは同じ側にいるんですよ。ぼくはデレクが犯人だとは思ってない。彼を助けたいんだ」

こう言いながらわたしは、それが真実だとはっきり確信した。デレクは父を殺さなかった。デレクは心配し、恐れていたが、それは父を殺した良心の呵責《かしゃく》に耐えかねての心配や恐れではなかった。

イローナはまだ目を上げなかった。「わたしに向かってどなるのはやめてもらいたいわ、マーク。デレクが自分の父親を刺したなんて、だれが信じるの？　考えるだけでも不愉快」

「不愉快かどうか知らないが、あなたはそれを本気にとって、証拠を隠したじゃないですか。イローナ、あのファイルはどこです？」

今度は目を上げた。「うるさい人ね」彼女は言った。「言ったようにわたしは――」

「ええ、ええ、見なかったと言うんですね。でもあなたはそれほど信頼できる証人ではないでしょう？」

「どういうこと？」

「あなたは、昨夜ぼくが着いた時刻についても警部にうそを言った。デレクの代わりにぼくが疑われればいいと思ってるようですね」

「うそ？　でもわたしは真実を話したのよ。九時半ごろ着いたと言ったわ」

「それより一時間近く前にぼくがここにいたことはよく知ってるくせに」

「そうだった？　あら！　それは失礼、マーク。警部には、確かな時間じゃないけどと言いましたよ。ただそう思ったものだから」

のれんに腕押しだった。

わたしが行きかけると彼女は言った。「デレクはどこ？」

「部屋に行ったと思います。飲んでましたよ」

彼女は眉をひそめた。「あの女だわ」シリア・フレイムのことを言っているのかと思ったが、違った。キャロルのことだった。「あんなふうに押し入ってきて」彼女は言った。

「その上恥さらしをして。いやな女。デレクは彼女をよすにきまってるわ。わたしはずっと好きじゃなかった」

イローナの自己欺瞞《ぎまん》はほとんど賞賛に値するものだった。今だって、デレクのしたことは悪いと思わずに、婚約者を責めて文句を言った。


…　…


玄関ホールでスレイド主任警部に会った。彼は手にピンクのフォルダーを持っていた。

「ロヴェル夫人はそちらですか？」キッチンのドアを指して訊いた。

「ええ。それじゃあ、見つけたんですね？」

「え？　ああ、これですか。いえいえ、これはロイストンのファイルです。捜し物は今、部下たちにやらせてますよ。捜査令状はあります」そして思いついたようにつけ加えた。「ゆうべ、これに似たものを書斎で見たことは確かなんですね？」

「ええ、確かです」

彼は吐息をついた。「それじゃあ、あれば見つかるでしょう。しかしもう、煙となって煙突を上がっていったんじゃないかな。ところで、あなたの部屋を捜してもいいですか？　もちろんまったく形式的な捜査ですが」

「いやとは言えないんでしょう？」

彼はにやっと笑った。「はっきり言って、そうです」

彼が行きかけたとき、わたしはとっさに言った。「そこにお持ちのロイストンのファイル、見せてもらってもいいですか？」

彼がためらっているので、わたしはすぐ言いたした。「父はそれをぼくに見せるつもりだった。あなたがそう言いましたね」

スレイドはフォルダーを開いて、書類をパラパラとめくった。とうとう彼は言った。「見ていけない理由はありませんな、たしかにありませんな。もちろん監視つきで。これ以上ファイルを失くしたくありませんから」

向きを変えると、わたしを書斎に導いた。

「グリフィス」ドアに頭を入れて呼んだ。「ロヴェルさんがここでこのファイルを読む。書類を持ち出さないように見ててくれるか？」

若い巡査はわたしを机に座らせた。彼はサンデー・エクスプレスを手に、思慮深くドアを視野に入れて、窓際に落ち着いた。

ファイルの表に糊付けしたラベルには、父の筆跡で「ロイストン対ウィラード及びロヴェル。

偽証ならびに法廷侮辱罪の申し立てに関する調査」とあった。その下には赤い大文字で「非公開にして極秘」と書いてあった。

一枚目には手書きの短い前文があった。「申し立てについてはM．L．（これはわたしのことだ）の証言を参照のこと。訴訟手続き謄本一五三―五ページおよび一五九―一六五ページ、オフィス・ファイルHPL、二二、Ⅲ。同様に、証言の要約における判事の意見も参照のこと。R．G．クロウサー（これはジョージ・フレイムの話に出てきたリヴァプールの事務弁護士）の六三年四月一八日の言によると、ロイストンとウィラードはずっと以前に刑事事件に関与していた。調査を決意する」

早速の調査の結果として、一九二八年六月七日付の黄ばんだ新聞の切り抜きがあった。「リヴァプールの男、刑務所へ」という見出しで、記事はこうだった。「昨日微罪裁判所は、リヴァプールの××ストリートに住む自動車工、ポール・ユーアト・ウィラード（二六歳）に二八日間の禁固刑の判決を与えた。男は、去る五月二四日の夜、エセル・ジェーン・バートン（二五歳）の頭と身体を数回殴った暴行を認めたもの。事件後ミス・バートンを診た医師の証言によると、彼女が受けた被害は鼻の骨折、左目上のひどい裂傷、さらに顔、両腕、わき腹の打撲傷である。ウィラードの代理人によると、ウィラードはミス・バートンと婚約していたが、彼女が地元の教師と関係していたのを知って『かっとなった』という。判決に際して治安判事は、この種の無頼者の暴力は撲滅しなければならない、と述べ、いかなる挑発事実があろうとこれを正当化することは……」

つぎに、結婚の通知があった。「一九二八年八月一一日、バークンヘッドの××教会にて、チャールズ・クレイク牧師により、故××の一人息子であり文学士のヘクター・ロイストンは、××の妹娘エセル・ジェーン・バートンと……」

父はこれにつぎのような補注をつけていた。「この記事は、リヴァーヘッド・トリビューン紙に掲載の記事にウィラードの敵意があったことを示す一応の証拠となる。本日（六三・五・三一）ビュイック・ダージェス調査会社に依頼し、ウィラードが一九五七年に帰国してリヴァーヘッドに居を構えた事情を調査することにした」

つぎにビュイック・ダージェスからの週ごとの経過報告書が続いた。六月末に調査会社は捜していたものを見つけた。その週の報告書に添付してあるのは手紙のコピーで、一九五六年九月八日付、トロントのウィラード・アソシエーツ有限会社社長ポール・ウィラードからリヴァプール教育委員会に宛てたものだった。「恐れ入りますがヘクター・ロイストン氏の現住所を教えていただけないでしょうか。氏は一時、リヴァプールの××校で科学の助教師をしていました。わたしはあいにく連絡先をなくしてしまったのです。ご協力を感謝します」これに対して非常に親切な返事があった。「ロイストン氏は今は当地の職員ではありません。しかし問い合わせた結果、氏は現在リヴァーヘッドのイーストバンク実業中学で教えていることがわかりました」

これにも父は注をつけていた。「二か月後（一九五六年一一月）W. はトリビューン買収の交渉を始め、リヴァーヘッドに家を買った。一九五七年三月に彼と家族は移り住んだ」

このあと、イーストバンク校の教師、生徒、卒業生との会話が要約されていた。面談のいくつかは父が自分で行い、残りはビュイック・ダージェス社のパーソン氏が担当した。山ほどの証拠が重複して出てきた。ポール・ウィラードはリヴァーヘッドに着いたその日から、トリビューンの記者たちを通じてロイストンの情報を密《ひそ》かに集めていたのだ。

父の注はつづいた。「上記に照らせば疑いもなく、トリビューン紙上のR．攻撃は入念に計画された報復行為であった。彼を公然とあざけり、軽蔑して、名誉毀損の訴訟を起こさせ、それによって打撃を与えるように計算されたものだった。しかしながら、彼についての苦情の記事が真実なら、敵意は無関係となる。実際、ある時点まで、W．はトリビューンの記事を法廷で実証できる事実だけに限ってきたと思われる。ところがいちばん大事な証人――R．の誘惑を証言するはずだった少女――が彼の期待を裏切った。土壇場で代わりを務めたパトリシア・ヤングはいんちきだったのか？　買収されて偽りの証言をしたのか？　事件の鍵はこれだ。P．ヤングを見つけなければならない」

最後の文にはアンダーラインが強く引いてあった。すでにビュイック・ダージェスが数週間にわたってパティー・ヤングを捜していることは報告書にも書いてあった。パティーは一九六一年に一七歳で家を出て以来、ロンドンで行方知れずになっていた。

九月になって調査会社は彼女を見つけた。報告書を読んだ限りでは、担当のパーソン氏はあまり熱心ではなかったようだ。彼は楽な仕事をだらだらと引き伸ばしてやる人のようだった。それでもとうとう見つけ出し、父は彼女に会いに出かけた。

その訪問のことを父は書きつけていた。会ってみるとパティーは都会生活に幻滅していて、喜んでリヴァーヘッドに戻る汽車賃を受け取った。彼女は故郷で今までどおりの生業《なりわい》を続けて報酬を得たいと思っていた。

続くファイルの文書は、つぎのようなパティーの「告白」だった。「あたしがイーストバンク校の第四学年にいたとき、ロイストン先生の訴訟事件が起こりました。裁判前のある夜、男の人が家に来ました。夜遅くで、パパは夜勤だったので、いたのはあたしと小さい子たちだけでした。男の人はスミスだと言いましたが、本当の名はエドワーズで、トリビューンで働いてる人だと思います。彼はロイストン先生があたしに失礼なことをしたときのことを訊きました。あたしは、家を間違ったんじゃないか、と言いました。なぜって、あの助平ロイストンはあたしを触ったことがないからです。彼がやったのはもっと何も知らない子でした。でもエドワーズさんは、五ペニー貨をいじりながら確かにこの家だと言って、それを落としてくれたんです。だからあたしは、そうね、よく考えたら思い出すかもしれない、って言いました。すると彼はあたしの言うべきことを教えてくれて、二人でそれを練習しました。彼はつぎの夜また来ました。今度はウィラードさんがいっしょで、二人であたしの言うことを聞いて質問して、間違ったところを見つけたりしました。それからウィラードさんが『この子はいける』と言ってあたしに一〇ポンド札をくれて、賢い子だって言って、裁判が終わったらもっとやる、と言いました。そして終わったとき、もう一〇もらいました。これが起こったことのすべてで、神かけて真実です」そして「パトリシア　G. ヤング」と大げさな飾り字のサインがあり、一九六三年一〇月三日の日付があった。

これにも父の注釈がついていた。「この供述には真実の響きがあるが、実際には役に立たない。パティーの言うことは――かわいそうだが――相手にされないし、この話はウィラードからもピーター・エドワーズ（今はトリビューンの副編集長だが）からも否定されるにきまっている。補強証拠がないのだから。それに、リヴァーヘッドに戻る切符を買ってやり、部屋を見つけてやったことで、わたしはパティーの告白を「買った」と非難されるだろう。実際には、彼女はなんであれ紙に書くことを拒否したのだが、偽証を犯した危険のわりには支払い額がひどく低かったとわたしがほのめかすと、ウィラードに対して大層腹を立て、その場で座って前記の供述を書いたのだ。

わたしは補強証拠を見つけなければならない」

補強証拠はまもなく出てきた。まず、一〇月九日付で、名誉毀損の訴訟でロイストンの弁護士だったハーヴェイ・スコットから手紙が来た。手紙の表題は「ロイストン対ウィラードおよびロヴェル」となっていて、本文はスコットの気取った文体でこう書いてあった。「拝啓、ロヴェル様。先日来お尋ねの、裁判では出なかったが被告人側の不法行為を申し立てるに足る事実を小生が知っているかどうかの件ですが、ご承知のように小生はあなたの目的に同調するものではありません。しかし本日の訪問者のことをお知らせする義務はあると思います。これは以前リヴァーヘッドのコロンビア・ロード九三番地にいたハロルド・プライアーなる人物で、現在はマンチェスターの住人です。彼はある供述をしましたが、小生がそれをここで繰り返すのは適当でないと考えます。彼の情報は、たとえ真実でも、小生ならびに以前のクライアントになんら金銭的価値をもたらすものではないため、彼には警察に行くように助言しました。彼がそうするとは思えませんが。プライアーは明日の夕方までクラウンホテルに滞在しています。敬具。J．ハーヴェイ・スコット」

行間を読むと、どうやらハーヴェイ・スコットはプライアーに、もう一日滞在を伸ばして話に興味を持つ人の来訪を待つようにと勧めたらしかった。

父が追跡の手を弛《ゆる》めなかったのは明らかだ。なぜならつぎのページには一九六三年一〇月一〇日付の供述があり、サインは「H．G．R．プライアー」だった。「わたしは一九五一年一〇月から一九六二年一月までリヴァーヘッド・トリビューンの記者でした。ポール・ウィラード氏は新聞の経営権を握ってしばらくすると、イーストバンク実業中学の科学教師ヘクター・ロイストン氏についての調査資料を用意するようにとわたしに命じました。同僚の女性記者も同じ任務を与えられました。二人とも、この任務は時間をかけて注意深く行うように、調査は慎重かつ徹底的にやるように、と言われました。わたしたちは一九五八年五月に報告書を提出し、報告した事実に基づいてデレク・ロヴェル氏が書いた記事がその年の九月に出ました。ロイストン氏は名誉毀損の訴訟を起こし、およそ一五か月後に判決がありました。

ウィラード氏側の重要な証人の一人であるミス・モイラ・マッケンドリックは裁判の直前になって、ロイストンから猥褻《わいせつ》な暴行を受けたという申し立てを法廷では言いたくないと弁護士に伝えました。どうも両親が彼女に圧力をかけたようです。彼女の初めの供述は真実だとわたしは確信しています。

ウィラード氏がやってきて言いました。『別の女の子を見つけなければ』『他にはいません』とわたしは言いました。『ロイストンはほかの子にはそこまではしなかった。もしやっていたらわたしが聞いていたはずです』

『ヤングという子がいるんだ』と彼は言いました。わたしも知っていました。学校でいちばん性的にませた子で、彼女のほうからロイストンを誘惑してもおかしくないほどの子です。それに彼女からは、ロイストンから触られたことはないと聞いていたのです。

『彼女に思い出させたらどうだ』とウィラード氏は言いました。そしてわたしが答えないうちにこうつけ加えました。『ところで、編集室を再編成するんで、新しく副編集長が要るんだ』どんな報償があっても、偽証扇動罪に巻き込まれるのはごめんです。わたしは、パトリシア・ヤングはロイストンに不利な証拠はもっていない、と繰り返しました。『わかった、忘れてくれ』と彼は言いました。

その夜、同僚のピート・エドワーズがパトリシア・ヤングを訪ねました。彼女は裁判でうまく証言し、その後すぐ、エドワーズは副編集長になりました。

わたしはトリビューンにいる間は口を閉じていました。マンチェスターに移ってからも話すのをためらっていました。エドワーズをやっかいごとに引き込みたくなかったからです。しかし良心がとがめるので、知っていることを今お話しする次第です」

ファイルの最後の書類にきた。一九六三年一〇月一一日付の長いメモだ。昨夜開いていたのはこのページだった。

ここまでの父の注釈は思慮深く、公平で、感情に流されていなかった。人びとが描く父の像――取りつかれ、自制を失い、深酒をする父――と一致させるのが難しいくらいだった。ところが最後にきて父は、心のなかで荒れ狂う葛藤の一部分を紙の上に吐き出していた。筆跡は乱れ、ところどころ読めないほどだった。明らかに非常に緊張して書いたメモだった。

表題は「D．L．との面談のメモ」とあり、書き出しはこれまでの注釈と同じ調子だった。「D．L．」とはもちろんデレクのことだ。

「本日D．L．にロイストン事件の話を持ち出した。四年前の裁判以来初めてのことだ。わたしは彼に、裁判におけるP．Y．の証言は偽証で、彼女の偽証はW．に買収されたからだと確信するに至ったことを話した。彼にこのファイルを読ませた。

わたしはこれまで奇跡を願っていた、と思う。デレクはわたしにとってとても大切な存在だったから。（ここで、法律文書の超然とした形式主義は捨て去られた。「D．L．」は「デレク」になり、感情が彼のペンからほとばしり出た）わたしは、彼が不正行為に荷担していなかったとわたしを説得してくれることを願っていた。しかし有罪であることは彼の態度に現われていた。『おまえが話さないとしたら、どうしてマークが知ってるんだ？』という質問にもデレクは答えられなかった。

デレクは、マークが彼から聞いたという話を宣誓のうえで否定したのだから、偽証罪を犯した。それは悪いことだった。しかしもっと悪いのは、父親であるわたし、兄であるマークに彼が及ぼした結果だった。彼のために、マークは経歴と妻を失った。わたしは息子を失った。フランシスは、その件で責められるべきはマークだと今でも思っている。彼女は、マークがとった行動は高潔ではあるが自殺的だったと考えている。わたしはそうは思わない。マークはやるべきことをやった——道徳ある市民がやることをやったまでだ。

今やマークに許しを乞わねばならないようだ。これは愉快なことではない。わたしは彼に親しみを感じないからだ。理不尽かもしれないが、彼の倫理観が弟よりも優れていることが恨めしい。

この六か月は地獄だった。デレクの罪の証拠が積もりに積もり、もはや否定できなくなったのだから。

仕方がなかったのだ。なぜわたしは事件を再開したのか？　なぜそのままにしておかなかったのか？　マークは、やることなすことがほとんど常に正しいという、よくいる、人をいらいらさせる人間だ。ではないかと疑念を感じていた。わたしは最初から不安だった。心の奥底で、今度も彼が正しいのにとびついた。わたしは真実を知らねばならなかった。クロウサーの話が再開の口実を与えてくれて、わたしはそれ

そして、真実を知った。かわいそうなデレク！　彼は才能豊かだった。彼のことを『これまでに教えたなかで、もっとも鋭敏な理性をもつ学生の一人』とベイリオルの指導教官は書いた。それに、トリビューンでの彼の仕事を見るがいい！　『もしこうであったら』……これはとても悲しい言葉だ。もし彼がそんなに簡単に悪い人の言うことを聞かなければ。……もし彼の母親とわたしがもっと良い影響を与えていたら……。もし彼の兄がお高く構えていないで少しで

も関心をもってやっていたら……。かわいそうなデレク！

これからどうするか？　わたしとマークに共通する一点は、法を遵守《じゅんしゅ》することだ。不正行為や偽証によって正義が軽んじられ、歪《ゆが》められてはならない。証拠をしかるべき場所に持ち出し、ウィラードその他に対する訴訟を起こすか否かを決めてもらおう。デレクには法の手を触れさせたくない。謀議における彼の役割は小さかったのだから。かと言って彼の倫理上の罪が軽くなるものでもないが。

デレクはわたしに泣きついた。取り返しのつかないことをやる前に、ポール・ウィラードに機会を与えて説明を聞いてやってほしい、と。ウィラードにいったいどんな説明ができるというのだろう。この件には論争の余地などないのに。しかしわたしは明日彼と会うことにした。そのあと、このファイルは（当メモを除いて）警察に送られることになるだろう」

# 第一〇章

それは墓場からのことづけ、非難と糾弾のメッセージだった。「マークには親しみを感じない」、「やることなすことがほとんど常に正しいという、よくいる、人をいらいらさせる人間」、「もし彼がお高く構えていなかったら」。ここから浮かぶ人間像は、独りよがりのうぬぼれやだ。だがそれは本当ではない。わたしは自分についてそれほど間違った見方はしていないはずだ。

本当であろうとなかろうと、父はわたしのことをそう考えていたのだ。しかもそれは、怒りにまかせての発言ではなかった。これらのページに読み取れる冷え冷えとした嫌悪の情は、とっさの気分から出たものではなかった。

それはイローナのせいだった。父はイローナの見方に倣《なら》ってものを見たのだ。何年もかけて滴《したた》らせた毒は、たしかに効きめを現わしていた。

とつぜん、激しい怒りを覚えた。イローナにうまくやられてたまるか！　わたしが彼女にどんな悪いことをしたというのだ。そしてデレク――「かわいそうなデレク」だと！　かわいそうな、甘やかされたデレクだ。みんながデレクのために言い訳し、先を争って守ってやらなければならないというのか？　「デレクには法の手を触れさせたくない」だって？　いや、それどころか、なにがあろうとデレクを傷つけてはならないんだろう！

「読みましたね？」スレイド警部はわたしが気づかぬうちに音もなく部屋に入ってきた。

「ええ」

警部は待っていたが、わたしはなにも言わなかった。

とうとう彼は言った。「あのファイルはまだ見つかりませんよ」

「どのファイル？」わたしはまだ、読み終えたもののことを怒りをもって鬱々《うつうつ》と考えていた。

「あなたが昨夜見たピンクのです。この家にはありません。カートライト少佐も、今朝オフィスに持ち帰った書類のなかにはなかったと言ってます。とにかく、ピーコック警部がオフィスを捜しても、なかった」

こう言いながらもスレイドの心はそこになく、わたしをじっと見つめて待っていた。

彼がロイストン事件の父のファイルをわたしに見せたわけが、今わかった。彼はわたしのこの反応を予想したのだ。その予想は正しかった。

「デレクが昨夜どこにいたかを教えましょう」わたしは言った。「彼はフレイム夫人といっしょだった。弁護士の奥さんです。九時に彼女を車で拾い、それから――」

「九時三分です」スレイドは言い直した。

張りつめていた気持ちがゆるむのを感じた。「なんだ、知ってたんですか？」

「われわれも知ったばかりです。しかし続けて。ほかにもあるんじゃないですか？」

わたしはためらったが、心を決めて話すことにした。

「父がぼくを呼び寄せた理由は、デレクについてなにかを見つけたからです。なにか新しいことを――このファイルにはない、なにかです」

「どうしてそれがわかる？」

わたしはここで見つけた下書きのことを彼に話した。

「なるほど。しかしなぜそれが、新しいことだとわかったんですか？」

「手紙の下書きは先週の木曜に書かれたもので、それに『たった今、あることがわかった……』と書いてあったからです。ロイストンのファイルはご指摘のとおり、三週間前に出来上がってました」

「ではその下書きはどこに？」

「昨夜このテーブルの上に置きました」

スレイドは抑えきれずにどなった。「なんてことだ！　それもないのか？」深い息をつくと、少し静まってつづけた。「まあ、気にせずに。それを話してくれたのは結構でした。実際問題としてはですね、なにが重要でなにが重要でないかを決めるのはあなたではないんです。それはわれわれの仕事です。いいですね？」

「あなたがたがこの話から余計なことを考えない限りはね。デレクは父を殺してませんよ」すでに自分の率直さが背信行為のように思えてきた。

「まあまあ、きみ」警部は優しいおじさんのような気づかいを見せて言った。「そんなことで頭を悩ませないように。問題の解決はわれわれに任せてください」

「これについてはどうするつもりですか？」ロイストン事件の書類を指して尋ねた。

またもや彼の顔は不快感をちらと見せた。それはわたしが筋書きを——彼の筋書きを——はずれたことを示していた。

「慎重に検討します」彼は固い声で答え、「しかしひとつだけ」とつけ加えた。「なぜ父上はその後の追跡をしなかったのか、おかしいとは思わなかったですか？　この最後のページに父上は、ウィラード氏に翌日会うつもりだと書き、それからこのファイルを当局に渡すと書いています。三週間前にね。なぜそうしなかったんでしょう？」

「そうなんです。なぜだろう？」

「率直に言うと、唯一ありうる理由としては、ウィラード氏が父上を説得したんでしょう。この事件は父上が考えるほど簡単明瞭なものではない、とね」

ウィラードのことを話すときの警部の丁重な物言いは新しいものだった。ウィラード氏はどうやら協力的だったらしい。警察がデレクとシリア・フレイムの遠出を知ったのも彼からだろう。

「覚えておいていただきたいのは、ポール・ウィラードはデレクに恨みをもってることです。シリア・フレイムは彼の情婦でしたからね」

スレイドは答えずに腕の時計を見た。

「悪いが行かなければ。行く前に二つ。まず検視のことです。火曜日一〇時半にクライヴ・ホールで。いいですね？　もうひとつ——ヤングという女がどこに住んでるか、知りませんか？」

「パティー・ヤング？」

「そうです。キング・ストリートの下宿にいたんだが、先週の木曜に出てったそうで。だれも行く先を知らないんです」

「でもあなたの部下がゆうべ彼女を送っていきましたよ」と思い出させた。

「たしかに。彼女は下宿の前で車を降りたんだが、そこには戻らなかった。車がいってしまうとこっそり消えたんだろう。そしていなくなってしまった」

「ヘクター・ロイストンに聞いてみたらいい」わたしは「パティーに連絡をつけてやる」と言ったロイストンのことばを主任警部に伝えた。

　　　　　＊

デレクは夕食に現われなかった。彼の母は盆を持って上がっていったが、手をつけていない食事を持ち帰った。

「疲れすぎてるんです」と彼女は説明した。

イローナとわたしは食事中は武装休戦して、検視や葬式やその後のことなど、事務的な打合わせをした。この種のことには彼女は物分かりがよく、感情的にならなかった。彼女は自分の財政状態についても抜け目なく把握していた。二、三の少額の遺贈を除けば、父はすべてを妻に残していた。イローナはそれがどのくらいの額になるのか、数百ポンドの内訳にいたるまで言うことができた。この家を売って、もっと小さい家を買うのだと言った。車も大き過ぎる。去年免許停止になったときパトリックが売ってくれたらよかったのに。今では値が下がっているだろう。あなたなら、小さい車はなにを勧める？

夫が死んで二四時間もたたないうちにこんなに細かい計画を立てるとは、非情な話に聞こえた。イローナはわたしといるときは、悲しんでいる振りさえしなかった。

夕食後フランシスに電話したが出なかった。胸を突く嫉妬の情は、もうごまかせなかった。それから一時間、ピアノに向かい、バッハを弾いた。波立った神経を鎮めるには格好の安定剤だ。

しかし今夜はだめだった。回りの騒音を閉め出せなかった。外を吹く風、窓ガラスを打つ雨、玄関ホールで長電話をしているイローナの小声。わたしは落ち着かなかった。昨夜感じたのと同じ、災厄のおぼろな予感を感じていた。

「マーク、その音どうにかならないの？」イローナだった。「電話の声が聞こえやしない。それにデレクも眠ろうとしてるのに……」

「わかった」わたしは両手をバンと打ち下ろし、耳障りな不協和音を立てて終わりにした。ピアノから立ち上がった。「おやすみ、イローナ。ぼくは寝ます」まだ九時半だった。

「おやすみ」無関心な返事が返ってきた。

上に行きかけると、電話が鳴った。戻ってとった。

「ロヴェルさんですか？」女の声だった。

「はい、マーク・ロヴェルです」

やや間があってから、戸惑っているような声が続いた。「デレク・ロヴェルをお願いします」

「出られるかどうか見てきます。お待ちください」

この声はどこで聞いたんだっけ？　シリアだろうか？　違う――ハスキーで深みのあるところは同じだが、アクセントに教養が感じられない。しかしどこかで聞いたはずの……。

デレクはベッドに寝転んで本を読んでいた。靴は脱ぎ捨ててあったが、服は着たままだった。部屋にはたばこの煙が立ち込めて、ベッド脇のテーブルにある灰皿には吸い殻があふれていた。テーブルにはスコッチの入ったグラスとハーフボトルも載っていた。

「女の子から電話だよ」わたしは言った。

彼はベッドから跳《は》ね起きた。

「キャロルか？」彼は訊《き》いた。声は酔っていて明瞭ではなかったが、足許はしっかりしていた。

「いや、キャロルじゃない」

彼は階下に下りていった。

∴　∴

腕時計の夜光の針は午前二時四〇分を指していた。目が覚めたのはこの風のせいだろうか。強風で、家がきしんでいた。

しかしそれだけではなかった。ほら、また。叫び声、男の叫び声だ。

ベッドを飛び出るとガウンをつかみ、階下に駆け降りた。イローナが青い顔をして、玄関ドアを背に立っていた。レインコートと帽子のデレクが荒々しく彼女を押しのけようとしていた。

「そこをどけよ」酔っ払いのわめき声で彼はどなった。「通すんだ」

しかしわたしが見たところ、彼は本気で力を出していなかった。母親の威光はまだ効力を失っていなかった。

「やめろ、デレク」わたしは呼びかけた。「いったいなにをやってるんだ?」

彼はさっと振り向いた。

「ああ、マーク」どんよりした目でわたしを見た。「言ってくれよ……母さんに……デートなんだ……行かなきゃ」短いことばを言うにも努力を集中しなければならないようだった。

「車で行くっていうの」イローナが言った。「自殺行為だわ」

「ばかはよせ、デレク」わたしは言った。「こんな夜中にどこへ行こうっていうんだ?」

しかし彼はもう、わたしのいることを忘れて、こう言っていた。「いいか、これで最後だぞ、母さん。そこをどいてくれないか」

イローナは動かなかった。やにわにデレクは傘立てから父のステッキを抜くと、母親に脅《おど》しをかけるように振りかざした。

「それじゃあ、こうすりゃ——」彼は言いかけたが、わたしが彼に飛びつく気配を察して、くるりと振り向いた。とっさの事故だったと思う。ステッキの重い柄が、近寄ったわたしの顔をもろに打った。一瞬、吐き気を催すような痛みを覚えた。床がぐっと持ち上がったように見えた。わたしはドアが寸時開いたときの風のうなり声を聞き、つぎにバタンと閉まる音を聞いた。それから車のエンジン音と急発進の音を聞いた。

そのころには壁もぐるぐる回らなくなり、わたしは立ち上がった。唇が切れたところから血が滴っていた。

イローナはドアのそばに立ったまま動かなかった。頬《ほお》に涙が流れていた。彼女を知って何年にもなるが、泣いたのは見たことがなかった。涙はイローナの兵器庫の備品にないものだった。

「彼はあなたを打ったりはしませんよ、イローナ」わたしは静かに言った。「そのつもりはなかった。酔ってたんです」

彼女はなにも言わなかった。わたしのことばも聞かなかったかもしれない。

「コーヒーを入れましょう」わたしは言った。

キッチンへ行った。わたしの脚はまだ震えていて、頭はずきずきした。口の痛みがぶり返してきた。

パーコレーターが温まるのを待っていると、イローナが入ってきた。

「あの子を追いかけて、マーク」彼女は言った。

「追いかける？　でも行く先を知らない」

「フレイム夫人に会いに行ったのよ」

これはとんでもない見当違いのように思われた。しかしイローナはそう言い張った。二時半ごろ階下で物音を聞いて、下りてくるとデレクが電話をしていたのだという。彼女を見るとデレクはすぐ電話を切った。彼は出かけると言った。イローナが、シリアに会うんでしょうと言うと、彼は否定しなかった。

「車で行かなければよかったのに」彼女は言った。「衝突するにきまってるわ。コートも着られないくらい酔ってたんだから」

わたしはコーヒーを注いだ。

「ねえ」彼女はいら立って言った。「どうするつもりなの？」心配の余り、さっきの屈辱的な場面のことはもう忘れているようだ。

「なんだっていうんだ、イローナ」わたしは言い返した。「ぼくは彼の子守じゃない。彼が首を折りたければそれは彼の勝手だ」デレクのことしか頭にない彼女の狭量さにわたしはいら立った。彼女は、わたしの傷はどうかと尋ねもしなかった。

それにもかかわらず、わたしも心配になっていた。わたしの懸念は車の事故だけではなかった。この出来事全体に、なにか不吉なものを感じていた。午前二時半という時間にデレクに電話してきたのはだれなのか、なぜ彼はあんなに躍起になって出かけようとしたのか？

コーヒーを飲むのはつらかった。わたしの下唇は腫《は》れ上がっていた。

「父さんの車はずっと使ってないんですか？」わたしは訊いた。

「いいえ、ガレージにあるわ。いつもわたしがお父様を乗せてドライブしてたのよ」

つぎの彼女のことばを聞くと、どうやらもう、わたしが出かけることに決まったようだ。

「まず広場を見て、フレイム夫人の車があるかどうか確かめるのよ。二人はそこで会うんだから」

彼女はそんなことまで知っていた。

た。

「夫人の車はどんなのです?」

「エンジンが後ろにあるコンチネンタル型で、薄茶色よ」

「フォルクスワーゲン?」

「と思うけど……。マーク、急いでくれる?」着替えに上がっていくわたしに彼女は呼びかけた。

……

広場に停っている車にフォルクスワーゲンはなかった。デレクのモリス・オクスフォードもなかった。

さてどうしよう? トリビューンのオフィスがいちばん有望に思えた。セント・ヴィンセント・ストリートを下ってドック・ストリートに入った。ここで風雨の直撃を受けた。道の両側の倉庫が風の通り道を作っていて、突風が真正面から吹きつけ、フロントガラスに横なぐりの雨をたたきつけた。

ワイパーは動きが鈍く、ほとんど役に立たなかった。それどころか車全体が重く、乗り手に反応しない感じだった。車は五年ほど使ったゾディアックだったが、手入れされていなかった。父がこれを買ったとき、どんなに誇らしげだったかを思い出して、悲しかった。

トリビューンの社屋では、ドック・ストリート側に一人の警官がウィラードの部屋の下のドアロに雨を避けて立っていた。角を曲がったマリーン・プレイス側では、別の、もっと不運な警官が雨のなかで頭をたれて歩道をパトロールしていた。デレクの車は見えない。

家に戻るしかないことはわかっていた。これは干草の山で針を捜すよりもむだな行動だ。しかしわたしはあきらめる気になれなかった。

ウィラードの家に行ったのかもしれない。波止場近くの迷路のような狭い路地を縫って走り、ウエスト・エンドに向かった。道路は黒く光り、空っぽで、わたしのほかには人影も見えなかった。聞こえるものといえば風のうなりと雨足の音と、ワイパーの動くシュッシュッという音だけだった。

ウィラードの家は真っ暗で、家の車道にも外の道路にも車はなかった。それではキャロルのところだ。エランド・ロードのアパートにいると言ってたっけ。これも空くじだった。エランド・ロードは見渡す限り、車は一台も停っていなかった。

帰りはヒルを通った。なぜなら、フレイムの家を調べたかどうか、イローナはきっと訊くだろうから。わたしとしては、ジョージが在宅の家にデレクが寄るとは考えられなかったが。

丘のてっぺん近くの家に明かりがついていた。近づくと、それはジョージの家だった。わたしは車を止めた。明かりは階下の部屋からで、カーテンのない窓からジョージの頭と肩が見えた。彼は電話で話していた。

見ていると、彼は受話器を置き、視界から消えた。部屋の明かりが消えたと思うとすぐ、玄関ホールに明かりがつき、ドアのガラスパネルが明るくなった。

わたしは車を出ると雨のなかを車道を駆け上がり、ドアのベルを鳴らした。

ジョージはすぐドアに来た。パジャマの上にえび茶の絹のガウンを着ていた。

「入れよ」まるでわたしが来るのを待っていたように彼は言った。客間に案内された。ここは、家のほかの部分もそうだが、展示場のように整っていた。彼はファンヒーターをつけた。

「顔をどうした、マーク」彼は訊いた。

「事故だ」

彼はそれ以上は訊かなかった。「そうか、座れよ。今お継母《かあ》さんから電話があった。それじゃあデレクは見つからなかったんだな?」

「ああ」

彼は目をそらした。「ロヴェル夫人はデレクが妻といっしょではないかと考えている」彼の顔は赤くなり、声にはいつもの落ち着いた調子がなかった。

「シリアはいないのか?」

「いない。ニュークロスにいる従姉妹《いとこ》のところに泊まっている」

「そこにいるのはたしかか?」

「お継母《かあ》さんが電話してくるまでわたしは——わたしには疑う理由はなかった」

彼はシリアのことをどのくらい知っているのだろうか。ジョージはばかではない。彼がシリアのこれまでのことに気づかなかったとは信じられなかった。

とはいえ彼は、体面を保ちスキャンダルを避けることが大事だと考える男だった。だからたとえ知っていても、それを隠しておきたかっただろう。わたしにシリアとデレクのことを話すのは、彼には明らかにつらいことだった。

「パティー・ヤングが今日ここに来た」彼は言った。

話題を変えたのかと思ったが、違った。

「彼女がデレクのことを教えてくれた……彼女が言うには、ケアリ・ストリートに平屋があって……学校の近くだと。それで……シリアはときどきそこへ行くんだそうだ」

彼はわたしと目を合わせなかった。

「パティーはなぜそれをきみに話したんだ?」わたしは訊いた。

「彼女は金を要求した。この情報がわたしにとっていくらの価値があるか、訊かれたよ」

「彼女にいくらか払ったのか?」

「恥ずかしながら五ポンドやった。銀貨二〇枚と言ってもいいが」

わたしはあえて訊いてみた。「ポール・ウィラードのことはどうなんだ? 知ってたか、彼とシリアが――?」

「ああ、知ってた。土曜の夜はいつも――でも彼女は終わりにしようとしてた。そんなに定期的に行くことはなくなっていたし、だからわたしは――ああ! ちくしょう! それがどうだっていうんだ。またかと始めることはわかってたのに」

「それで、今夜は? どう思う?」

「あり得るな」彼はほとんどささやくように言った。「あり得る。妻はよく従姉妹を口実に使うんだ」

「じゃあ、従姉妹さんも承知の上で？」

彼はちょっと笑った。「彼女は妻のことをかばって隠すんだ。そうやって身代わりのスリルを味わってるらしい」

わたしは立ち上がった。「ケアリ・ストリートに行ってみる。きみも来るか？」

ジョージは少しためらったが、言った。「五分待ってくれ。服を着る」

　　　　　　＊

「彼女はいつも戻ってくる」ジョージは言った。「それがひとつの救いだ。いつも結局は戻ってくる。彼女は彼女なりにわたしを好いてるんだ」

わたしは答えずに道路に集中した。雨はひどくなっていて、フロントガラスの向こうはほとんど見えなかった。

「訊いておきたいんだが、マーク、ほかの人は彼女のことを知ってるか？　彼女が男たちと浮気をしてたことを知ってるのか？」

「そうだな、ぼくは家を離れてたから」わたしははぐらかすように答えた。

ケアリ・ストリートだって？　聞いたことがなかった。きっとグロヴナー公園の向こうにここ数年で急速に現われた住宅地にあるのだろう。そういえばアーサー・ケアリはこの前の前の市長だった。

「わたしはぜったい離婚しない」ジョージが言った。

「なぜしない？」けんつくを食らうのを覚悟で訊いてみた。

「なぜって、彼女にはわたしが必要だと思うからだ」

本心を言っているように聞こえた。しかしわたしはフランシスの辛辣《しんらつ》な批判――ジョージはお金のためにシリアと結婚し、お金のために彼女と別れないのよ――をつい思い出してしまうのだった。

「学校だ」ヘッドライトに照らし出された練鉄製の校門を指して、わたしは言った。「今度はどっちだ？　ケアリ・ストリートは？」

「わたしは来たことがないんだ。でもパティーによると学校のすぐ近くだそうだ。それしかわからない」彼の声は緊張で少ししわがれていた。

わたしだって緊張していた。風が吹きすさび、雨が激しく打ちつける午前四時にこんなところにいるのは不気味だった。

わたしたちは同じように見える網目状の通りをゆっくりと巡回した。五分後に車を見つけた。舗道に斜めに、不器用に止めてあり、車輪のひとつは歩道の縁石に乗っていた。近づくとそれはモリス・オクスフォードで、デレクの登録番号がついていた。

その街路でついている明かりはただ一つ、門前にモリスが止まっている家の窓からだった。

「ケアリ・ストリートの何番だって？」わたしは訊いた。

「一七番だ」

車を出て門に行った。風と雨で三本のマッチを無駄にしたがようやく一本に火がつき、「一七」の数を読み取った。

「ここだ」わたしは言った。「彼らはここにいる」

ジョージはドアの取っ手をまさぐった。

「よし！」彼はうなった。「待ってろ、おれがこの手で――」

「手荒なまねはするな」わたしは強く言った。

彼はなにか聞き取れないことをつぶやいた。

「聞いてるのか、ジョージ」わたしは迫った。「暴力はなしだ」

「心配するな、彼を傷つけはしないよ」彼は不快そうに言った。

その家は、同じような小さな平屋建てが並んだなかの一軒だった。わたしたちは猫の額ほどの庭についている歩道を通って、家の横手の入口に近寄った。

暗がりでベルの押しボタンが見つからないので、ドアをノックした。最初はそっと、しだいに大きく。その圧力でドアが動いた。きちんと閉まっていなかった。

豪雨は変わらぬ勢いでつづいていて、頭上の樋《とい》から雨水が滝のように落ちていた。家の裏手でごみ入れの蓋《ふた》がガラガラ音をたてた。

しかし家のなかはひっそりと静まりかえっていた。わたしはまたドアをたたいた。

「入るぞ」ジョージは言って、ドアを押し開けた。

右手の、ドアが開いた部屋から明かりが洩《も》れていた。入っていくとアルコールの匂いが鼻を打った。

そこは小さな居間だった。天井からぶら下がった裸電球が、乏しい家具と暖炉の前のすり切れた黒い敷物を寒々と照らしていた。

デレクはその敷物に横たわっていた。レインコートを着たままで、だらしなく上向きに伸びている。

わたしはかがみ込み、深い、規則的な呼吸音を聞いてほっとした。

テーブルの上のタンブラーの匂いを嗅いだ。ブランデーだ。あれだけウイスキーを飲んだ上にこれでは、酔いつぶれるのも当然だ。

ジョージが灰皿を指していた。何本かの吸い殻の端には口紅の跡がついていた。

「シリアがいたんだ」彼は切迫した調子で言った。「どこにいるんだ?」

彼は大股で歩いてドアに戻った。わたしは彼がはっと息を呑《の》むのを聞いた。

「マーク! バスルームのドアの下に明かりがみえる」

わたしが玄関ホールに戻ったときには、ジョージはそのドアを開けていた。彼はのどを絞《し》められたような叫び声を上げた。「シリア! なんてことだ!」わたしはドアに走り寄り、彼の肩越しにのぞき込んだ。

彼女は浴槽に、裸で仰向けになっていた。顔は半分水につかり、ゆがんだ表情で目をかっと開き、なにかを見つめていた。とうに死んでいた。

しかしそれはシリアではなく、パティー・ヤングだった。

# 第一一章

「絞《し》め殺されてる。首に跡があるのが見えるよ」

玄関ホールで受話器を置いたわたしのところにやってきた彼は言った。二晩連続して殺人を通報するとは記録ものだな、とわたしは考えていた。もっとも、昨夜実際に警察に電話したのはウィラードだったが。

「浴槽の湯はそれほど冷たくない、気がついたか？」ジョージは言っていた。「風呂が冷めるにはどのくらい時間がかかるんだろう？」

「もとの熱さによるんじゃないか」わたしは上の空で答えた。

しゃべるのをやめてくれればいいのに。ジョージは、この家にデレクがいることで推論される明らかな結論に気づいていないようだった。あるいは、もし気づいているとすれば、彼はとんでもなく無神経だった。

わたしは居間に戻った。デレクはいびきをかいていた。かがみ込んで手荒くゆり動かしたが、反応しなかった。彼はぐっすり眠っていた。彼のコートの両袖口は濡れていた――コートのほかの部分よりもぐっしょり濡れている。

ジョージがまもなく部屋に入ってきた。「バスルームの床にストッキングが片方ある」と言いはじめた。「もしやこれを使って――」

彼はわたしの顔つきを見てことばを止めた。とうとう、わかったらしかった。

「おお！　これは悪かった、マーク。でもまさかきみはデレクだとは思ってない――」

「問題は、ぼくがどう思うかではなくて、スレイド警部がどう思うかだよ」

なぜデレクはここに来たんだろう？　警察が着くまえになんとか彼と話ができないものだろうか。

しかしその機会はなかった。早くも警察が到着した。先導するのはスレイド主任警部本人だった。

「どうも、ロヴェルさん、また死の現場に居合わせましたね」と彼はあいさつした。「彼女を生きているうちに見つけられなくて、残念です」

「ロイストンに訊《き》いてみなかったんですか？」

「訊こうとしましたよ、でも彼は家にいなかった」

スレイドは死体を調べ、家のほかの部分を素早く見回ってきてから、われわれの話を聞いた。

「死体発見は正確にはいつです？」

「四時一〇分前」ジョージが答えた。

スレイドはわたしの方を向いた。「教えてください、弟さんが出かけたのは何時です？　三時一五分前？　なるほど。するとどうやら、ここにいる若者を起こさないといけませんな。アダムソン、キッチンへ行って強いコーヒーか紅茶をいれてきてくれ」

「砂糖とミルクは入れますか？」アダムソン巡査が言った。

「おい！　ばかを言うな！」警部は苦りきって叱責《しっせき》した。巡査は急いで出ていった。


…　…


昨夜トリビューンの社屋でやったのと同じことが、また繰り返された。ただ今度は――わたしの想像にすぎないのかもしれないが――もはや事件の結果は疑う余地はないが、締めくくりをつけるためにおきまりの手順を踏んでいる、といったくつろいだ雰囲気があった。

デレクが意識を回復するきざしを見せると、ジョージとわたしは寝室へ追いやられた。家のほかの部分と同じく、ここも家具調度はお粗末だった。ダブルベッド、化粧品が散らかった小テーブル、椅子が二脚、それだけだ。床にはカーペットもない。ガスストーブを点《つ》けるのにメーターに一シリング貨を入れなければならなかった。ベッドは整えられていなかった。

「おかしいと思うのはこの環境さ」ジョージが言った。「シリアはこんなごみ溜めのような場所を絶対我慢できないよ。絶対」

シューシューいうガス火の音よりひときわ高いドアのベルが聞こえた。寝室のドアを開けてみると、警官が呼び鈴に応えて出るところだった。ソフト帽に水の滴《したた》るレインコートの男が玄関ホールに押し入った。

「担当の警官に会わせてくれ」男は言った。「わしはロイストン。ヘクター・ロイストンだ」

三〇分後、ロイストンは寝室のわれわれに加わった。彼は気分が悪そうに見えた。わたしは彼に椅子を譲り、ベッドに行って座った。

彼は震える手でたばこに火をつけた。

「あのウィラードの野郎。彼女にはあいつに近づくなと警告したのに」彼は独り言のように言った。

「ウィラード？　彼がこれとどういう関係があるんだ？」ジョージが訊いた。

ロイストンはぼんやりとジョージを見た。「ゆうべ彼のオフィスの私室へ行かなかったら、彼女は今も生きてたよ。彼女はあそこでなにかを見つけたんだ。ロヴェルのおやじにナイフを突き立てたやつの正体をあばくなにかをね。それを金に換えようとしたんだ。ただそれができるほど彼女は頭が良くなかったのさ」

「どうしてそれを知ってるんだ？」わたしは訊いた。

「どうして知ってるかだって？」彼は陰気な笑い声を立てるとベッドを指した。「ちくしょう！　ほんの四時間前にあのシーツの下で彼女といたんだよ」

彼の話によれば、パティーが九月にロンドンから戻ると、父はパティーを連れて彼に会いに来た。

「あんたのおやじさんは、彼女が何年か前に法廷でわしについて言ったうそ八百を心底悩んでたのさ。わしは言ったよ、『かまわんじゃないか、わしは勝ったんだから、そうだろ？』ってね。でもパティーにまた会えたのはよかった。誘いかける彼女のそぶりを見て、求めに応じる気だな、とわかったよ。もちろん、金と引き換えにだよ。パティーにとっちゃ、なんでもが金と引き換えなんだ。ただ問題は、いくらの値段をつけるか、彼女はわかっちゃいなかった。例の件でウィラードが彼女にいくらやったか、知ってるか?」

「二〇ポンドだ」

彼はうなずいた。「彼女がウィラードをじらしてたら、その一〇倍はもらえただろう。おめでたい女だよ。そっちではした金をもらい、今度はこっちで身に過ぎた金を請求したに違いない。おめでたい女だ」

粗野な口調できつい言葉を吐いたが、彼女の死を悲しんでいることは隠しようがなかった。ロイストンはパティーにぞっこんになり、あげくに数日前、この平屋を彼女のために借りたのだった。

「実際ここはわしの家から道ひとつ隔ててるだけなんだ。そりゃ便利でね」彼は説明した。

ジョージが口をはさんだ。「しかし今日パティーから聞いたんだが、ここは――妻が――」彼は続けられなかった。

代わりにわたしが続けた。「パティーによると、この家でフレイム夫人とぼくの弟が会っていたそうだが」

ロイストンは軽蔑したように鼻を鳴らした。「パティーがかわいい口を開いて秘密を洩《も》らしたか――あんたはそのおとぎ話にいくら払った?」

ジョージは教えた。

「五ポンドだって?」ロイストンは信じられないように繰り返した。「あきれたもんだ!　彼女もたまにはふっかけるんだな。その話にゃ事実は一かけらもないよ。あんたの奥さんはこの家に足を踏み入れたことはない。わしが知ってる」

わたしはロイストンがさっき言ったことに話を戻した。

「パティーはきみに、昨夜見たもののことを話したのか？　彼女が殺されるはめになったもののことを」

「いや。ついに大金にありついたと言っただけだ。ゆすりだと認めたも同然だった。彼女はそれがロヴェル殺しに関係があることを否定しなかった。だが、彼女がなにを見たのか、だれをゆすっているのかは聞き出せなかったんだ。しかしまあ、それがだれかは、もうはっきりしてるが」

「デレクだというのか？」

彼は肩をすくめた。「ほかにだれがいる？」

ロイストンは彼女の家を一時半に出た。家に帰っても嵐のせいで眠れない。三時ごろ起きて外を見た。寝室の窓からはケアリ・ストリートを見渡せた。パティーの家の窓に明かりがついていて、門の外に車――デレクの車だろう――の黒い影が見えた。客が来た、と思った。彼は嫉妬はしなかった。パティーがどうやって暮らしを立てているか知っていたし、彼女もそれをやめる振りなどしたことがなかった。それでも、こんな夜に出かけてくるやつがいるのかと驚いた。それに、パティーは客があるとは言っていなかった。彼が帰るとき、彼女はガス火で暖まりながらたばこを吸っていたが、これが今日の吸い納めよ、と言ったのだ。ベッドに戻ったが、気がかりはしだいに大きくなった。つぎに起きたのは五時だった。今度外を見ると、平屋には全部の明かりがつき、外の道に四台の車があった。それでなにか良くないことがあったと知り、道を越えて来たのだった。

話を終えるとロイストンはがっくりして泣き出しそうになった。わたしははじめて、この年老いて気難しく、悪意に満ちた男を気の毒に思った。たとえ女がうそつきで、取り柄のない、欲得ずくの売春婦で、くれる金のためにロイストンを我慢していたとしても、ここには少なくとも彼が大事にしていた人間関係があったのだ。

ジョージもまた、哀れを誘われたようだった。「気の毒に、ロイストン」彼は言った。「本当にお気の毒だ」

しかしロイストンはいつもの人嫌いに戻って、吐き捨てるように言った。

「へっ！　知ったことか」

彼はまたたばこに火をつけると、われわれに背を向け、ガス火にかがみ込んだ。

⁂

六時二〇分前にスレイド警部が顔をのぞかせた。

「みなさん、今のところは用はありません」彼は言った。「帰っていいですよ。でも明日は――つまり今日のことですが――供述をいただきます」

彼の声は意気揚々としていた。

「デレクに会えますか？」わたしは訊いた。

彼はこの質問を予期していたとみえて、すぐに答えた。

「あなたの弟さんは署に同行してもらいます。もう少し尋問があるので」すらすらと言った。

「彼を告発するんですか？」

「それはロヴェルさん、弟さんの答しだいです。これまでのところはなにも言ってません。しかしそれは——率直にいうと——彼があまり、なんというか、回復していなかったからです。とは言っても、お知らせしておくのがフェアでしょう。彼にはすでに警告しました」

それじゃあデレクは告発されるんだ。遅まきながら彼がなにか方策を見つけないかぎり、告発は間違いないだろう。

居間のドアが開いて、デレクが二人の制服の警官にはさまれて出てきた。灰白色の顔色、どんよりした目で茫然と歩いていた。

「デレク」わたしは呼びかけた。

彼は一瞬立ち止まり、目をぱちくりした。しかしだれが話しかけたのかわからない様子だ。わたしを認める気配もなく通り過ぎ、玄関から出ていった。

「いっしょに行きます」わたしは言った。

スレイドは頭を振った。「わたしだったら、そうはしませんな。この段階でできることはなにもないんですから。午後になれば会えますよ。率直に言うと、われわれとしても今はなにも出来んのです。まず彼を医者に診せないと」

「警部、彼がやったとほんとに思ってるんですか?」

しかし彼はこれに引っかからなかった。「今から取り越し苦労をするのはやめましょう、いいですね?」

# 第一二章

「遠慮のない意見をお望みなら言うけど」とフランシスは言った。「デレクは自業自得よ。不潔な仲間とつき合ってるんですもの。ポール・ウィラードにシリア・フレイムでしょ、その上ロイストンにパティー・ヤングなんて。ブヨみたいに互いのベッドを出たり入ったりしてる連中よ」

わたしたちはロイヤルホテルのダイニングルームにいた。警察署で午前中を過ごした後、わたしはまっすぐにイーストバンク校に行ってフランシスを待ち、昼食をいっしょにしようと説き伏せたのだ。

「彼らのモラルを弁護するつもりはないよ」わたしは言った。「それにデレクも彼らと似たようなものだ。しかし自堕落な生き方と殺人は違うんだ」

「そうね」彼女はしぶしぶ認めた。

彼女がなにを思い悩んでいるか、見当がついた。

「きみはデレクがやったと思ってるね？」

「どうしたってそう思えるわ、そうじゃない？　だって、朝のあんな時間に彼はあそこでなにをしてたっていうの？」

「いいかい、パティーはプロの娼婦だったんだよ」

「ええ、でも――」

ウエイターがメイン・コースを持ってきたので彼女は口を閉じた。

「これを見て」給仕が行ってしまうと彼女は言った。「お肉の量より汁のほうが多いじゃないの。どうりでお客の入りが悪いわけだわ。わたしだったら――」

「フランシス、話題を変えないで」

彼女は吐息をついた。「なにを言えばいいの？　あなたの心は決まってるんでしょう、デレクは無実だって。それなら、わたしの役目はなに？」

「本当の犯人を見つけるのを手伝ってほしい」

フランシスはフォークを置いた。「マーク、ばかなこと言わないで。あなたは救いようのないロマンチストね。そこが困ったところだわ。風車に槍で突っかかったり、負け犬に味方して闘ったり――それがロイストンのようなドブネズミでもそうなんだから。もし――」

「でもデレクは――」

「最後まで言わせて」彼女の口調は険しかった。「デレクには、あなたにそれを要求する権利はないわ。身に覚えがなければ彼が自分でそれを証明すればいいのよ。なんであなたが――」

「彼はぼくの弟だ」

「それがなんだって言うのよ、答になってないわ」

わたしは驚いた顔をしたらしい、彼女は頭をのけぞらせて笑った。

「四年前にこういう口をきいとくんだったわね」彼女は言った。「少なくともあなたは今わたしに注目したわ。わたしをただの吸音板みたいに扱う代わりにね……わかったわ。あなたはデレクがパティー・ヤングを殺さなかったと言う。じゃあ、わたしを説得してみてちょうだい。わたしを容易に動じない非情な陪審員の一人と思って、デレクがやってないと説得してみて。そしたらあなたを助けるかもしれないわ。……ところで、唇はどう？」話の筋にないことをつけ加えた。

「とても痛む」

「そのようね。目のまわりにあざもあるわ、知ってた？」それから彼女はとりすましてほほえんだ。「失礼……続けて。うかがうわ」

「物的証拠はない」とわたしは言った。「少なくともスレイド警部が認めてくれるような証拠ではなくて、主としてデレクを知っていることからくる直感だ。デレクには殺人を計画してそれを平然とやってのける度胸はない。慌《あわ》てふためいて殺すことはあっても――」

「なぜパティーの殺人が計画的だったと確信してるの？」

「ぼくが考えてるのはパティーのことでなく、父のことだ」

「でもデレクはその件で告発されたんじゃないでしょう。あなたの話では――」

「いいか、フランシス、犯人が二人いると考えるのは筋が通らない。もしデレクがパティーを殺したのなら、彼は父も殺したことになる。警察がその件で彼を告発する十分な証拠を持っていなくてもね。

もうひとつの点は、もしデレクが有罪なら、今朝の時点で参って自白したと思うんだ」

「会ったとき、彼はどうだったの？」

警察では、今朝二時間にわたってデレクを尋問した。そしてとうとう一一時半ごろ、彼をパティー・ヤング殺害のかどで正式に告発した。そのときになってやっとわたしは彼に会うのを許された。

そのころにはデレクはパニックで支離滅裂になっていた。わたしに向かって「ぼくはやらなかった」と繰り返すばかりだった。たばこを差し出すと彼は少し落ち着いた。スレイドはたばこを吸わせてくれなかった、と彼は訴えた。

彼からようやく聞き出した話によると、パティー・ヤングが昨夜九時半に電話してきた（わたしが取り次いだ電話だ）。彼女はデレクが父殺害の疑いをかけられていることを知っていて、疑いを晴らす証拠があればいくらで買うか、と尋ねた。デレクはまだそれほど酔ってはいなかったので明言は避けたが、翌日の午後パティーと会うことには同意した。彼女はケアリ・ストリートの住所を教えた。その後の彼の記憶はとぎれとぎれだった。部屋に戻ってからさらに飲んだからだ。夜中に電話が鳴り、彼は下りていって受話器をとった。

またパティーだった。ともかく、パティーだと言った。だが声は違うように聞こえた。なんとなく耳障りで興奮した声だった。すぐ来てくれと言う。危険を感じたので朝までに引き払うことに決めたのだそうだ。だからもしデレクが彼女の助けが欲しいなら、小切手帳を持ってすぐに来たほうがいい、というのだ。

デレクの電話中に母親が下りて来た。母との口論の場面、それに続いてわたしと争ったことをおぼろげに覚えている。つぎにはっきり記憶にあるのは、ケアリ・ストリートで車から出たことだった。

家のドアは開いていた。ノックをしてもだれも出てこないので、入っていった。ドアの下の明かりを見てバスルームに入っていき、浴槽のパティーを見つけた。もう死んでいた。泥酔状態の彼は彼女が生き返るかもしれないと思い、彼女の首をきつく絞《し》めていたストッキングを長いことかかって取り除いた。

彼女が完全に死んでいるのがわかると、彼は居間に行き、どうしようかと考えた。自分が窮地に陥ったのがわからないほど酔ってはいなかった。この家のそこらじゅうに彼の指紋がついているだろう。

テーブルの上にボトルとタンブラーがあった。彼が最後に覚えているのは、ブランデーをグラスに注いだことだった。

…… ……

わたしの話が終わると、フランシスはしばらく黙っていた。それから質問が始まった。

「デレクは小切手帳を持っていたの?」

「訊《き》くのを忘れた」

「スレイドは訊いたでしょう。まあいいわ。あなたとジョージ・フレイムが彼を見つけたとき、彼の服は濡れてた？　もし彼が浴槽にもたれて、女の首からストッキングをほどいたなら、袖口を濡らしたんじゃない？」

「たしかに。彼にさわったとき、袖口が濡れているのに気がついたよ。でもそれで証明できることはなにもない、そうじゃないか？　だってパティーを殺したら、どっちみち濡れただろうから」

フランシスは考え深げに言った。「浴槽に寄りかかって女を絞め殺す図は想像しにくいわ。でこの原理が使えないでしょうしね……まあとにかく、つぎにいきましょう。デレクは浴槽のお湯が熱かったと言ってた？」

「『とても熱かった』という言い方をしたな」

「あなたは、九時半の電話をとったときパティーの声だとわかった？」

「質問が飛ぶんだな。そう、わかったよ――というよりも、こう言うべきかな。その声には聞き覚えがあった。そしてデレクがパティーの名を言ったとき、ああそうだった、と思い当たった。太くて低い声で、シリア・フレイムの声に似ていなくもない、しかしアクセントには品がなかった」

「最後の質問よ。デレクは、後の電話――二時半、でしたっけ？――は違う声に聞こえたと言ったそうだけど、たしかに女性の声だった？」

「そのことは彼に訊いたよ。そのとおり、確かに女性だった」

フランシスは腕の時計をちらりと見た。「コーヒーを急いでもらわないと――ああ、きたわ」

コーヒーが注がれると、彼女は考え込みながらそれをちょっとずつ飲み、なにも言わずにいた。

「それで?」わたしはうながした。

彼女は眉をひそめた。「わからないわ、マーク。あまりにありそうもない話だから、かえって本当かとも思うけど。でも、あなたはこれに関わるべきじゃないってまだ考えてるわ。彼の弁護士にまかせたら――ところで、弁護士はだれ?」

「それについてはイローナとぼくの意見が合わないんだ」

「まあ、だれにしても、その人に任せてデレクのために闘ってもらうのね。どっちにしてもあなたにできることはないでしょう?」

「手始めに、ポール・ウィラードに圧力をかけられるよ。彼は――」

「声を抑えて、ダーリン。あそこにいるわ」

わたしは振り向いた。二つ三つテーブルを隔てた窓際の席に、ポール・ウィラードと、息子のルーと、背の高い痩せた女がいた。彼らが入って来るのにわたしは気づかなかったようだ。

「あの女はだれ?」わたしは訊いた。

「知らないの? ウィラードの下の娘のエヴァよ」

わたしがリヴァーヘッドを出たとき、エヴァはまだ学校にいっていた。あれから背が伸びたようだ。姉のキャロルと同じ金髪だが、姉ほど魅力的ではなかった。痩せ過ぎている。それに縁なしめがねが、つんとした表情を強調していた。

「彼女はあなたの古巣で働いてるのよ、知ってた?」フランシスは言った。「カートライト少佐の秘書なの。彼よりも法律を知ってるそうよ」

「それは難しいことじゃないさ」とわたしは言った。しかし心ではほかのことを考えていた。

「きみはさっき『ダーリン』って言ったね?」

フランシスの顔はこわばった。「舌がすべったの。へんに気をまわさないでね」また時計を見た。「行かなきゃ……ウィラードのことを話してたわね。彼がどんな助けになるというの?」

「デレクが土曜の夜帰った時間について、本当のことを言ってもらうのさ」

フランシスは手袋をはめていた。わたしはウエイターに合図した。

「来てくれてよかった」わたしはフランシスに言った。「とても——」

彼女はわたしをさえぎった。わたしの言うことを聞いていなかったようだ。「マーク、あなたがもしこれをほんとに始める気なら」彼女はゆっくりと言った。「ウィラードに聞くことはもっとあるわ。三週間前にお父様がロイストンのファイルを持ってウィラードのところへ行ったとき、なにが起きたのか、見つけるべきよ。それがこのミステリー全体の鍵ですもの。問題は……」彼女はことばを止めた。

「え?」

「問題は、残念ながらそれが導くところはやはりデレクじゃないかということよ」

出るとき、わたしはウィラード一家が座っているテーブルに寄った。ポール・ウィラードは怒った口調で息子に話しかけていたが、わたしが近寄るのを見て話をやめた。ルーはむっつりと反抗的に座っていた。エヴァは気のなさそうに傍観していた。

「なんだ?」ポール・ウィラードの口調は挑戦的だった。

「午後はオフィスにいますか?」

「いるかもしれない」彼はわたしを睨《にら》みつづけた。

「会ってお話を――」

「秘書に言って予約をとってくれ、若いの。秘書は来週にというかもしれないが」そしてわたしを退けると、彼は息子に向き直った。

わたしの血はたぎった。しかしわたしが口を開くまえにフランシスの手が腕にかかり、わたしを引っ張った。

「騒ぎを起こさないで、マーク」彼女は言った。

階段を下りながら彼女はつけ加えた。「わたしの言った意味がわかったでしょ? あなたはとてもあぶなっかしいのよ。関わりを持たないで」

しかしわたしは別のことを考えついた。「フランシス、シリア・フレイムの従姉妹《いとこ》を知ってるか?」

「従姉妹?」

「ああ。シリアは昨夜ニュークロスの従姉妹の家にいたそうだ」

フランシスはニュークロスで生まれ育ち、両親はまだそこに住んでいた。

「それはヘスター・ヴェイジーだわ。わたしは学校で教わったのよ。嫌われ者だったわ。彼女がなにか？」

「その、シリアが一晩中そこにいたかどうか、探り出せないかと思って」

「ママはヴェイジー先生をよく知ってるわ、でもなぜ――？」

「シリアの声はパティー・ヤングのとよく似てるんだ」

フランシスは興味を覚えたようだった。「なるほどね」彼女はゆっくりと言った。「なるほど……でもちょっと無理なこじつけじゃない？」

「シリアは最初の殺人でウィラードの部屋に入ることができた数少ない人の一人だよ」

「どうやって？」

「鍵を持ってるもの。ウィラードの話ではね」

暴風は吹き去り、雨は乾いて、寒さもゆるんでいた。道路にはまだ水たまりがあり、水道管が破裂したミッドランド銀行前のコロンビア・ロードには大水が出ていた。

再びフランシスと並んで歩き、通りすがりの人びとが彼女にすばやく投げかける賞賛の一瞥《いちべつ》を見るのは楽しかった。楽しくも懐かしかった。わたしは彼女の腕をとって、かかえ込んだ。彼女はそっとそれをはずした。「だめよ、マーク」はっきり言ったが冷たい口調ではなかった。

フランシスが今日、デレクの災難に巻き込まれるなとわたしに強く言ったとき、その目は彼女が言葉にしなかったことを語っていた。「あなたがまた傷つくのはいや」と。こう読み取ったのは正しかったと確信している。それに、ほかにも徴候があった――一、二度見せたあのほほえみ、あんなに自然に口をついて出た「ダーリン」の呼びかけ。

しかしそのつど彼女は自分の殻にこもってしまうのだ。なぜだろう？　わたしの後釜《あとがま》であるアーネスト・ベイリスへの義理立てか？　そうかもしれない。しかしわたしは、根本の原因はわたしにあると感じていた。彼女は、四年前にわたしに傷つけられたと思っていた。そして今は、強いてわたしを遠ざけていた。一度痛い目に遭えば……。

わたしたちがイーストバンク校に近づいたとき、二人の男が公園を横切って学校の門の方に向かっていた。若い方の、背が高く、血色の悪い疲れた顔の猫背の男がわたしたちを鋭い目で見ると、帽子を上げて挨拶した。ちらとも笑顔を見せなかった。フランシスが身体をこわばらせて挨拶を返した様子から、これがだれだかわかった。

「あれがベイリスだね？」わたしは言った。「痩せたほうが」

「だれもがあなたのようにプロボクサーみたいな身体になれるわけじゃないわ」彼女はぴしゃりと言った。

「ぼくはあら捜しをしたんじゃない。見分けるために特徴を言っただけだ」しかし彼女を怒らせてしまった。彼女はさよならの代わりにちょっとうなずくと、門を抜けていく二人の男を急いで追っていった。

くそまじめ《デッドリー・アーネスト》、あだ名は彼にぴったりだった。

：　：

家に帰ると、イローナは手紙を書いていた。

「昼食に帰らないなら、そう言ってくださいよ」彼女は責めるように言った。

そう言ったはずだ。今朝警察署で彼女と別れるとき、そのことはちゃんと伝えた。しかしわたしは言い返さなかった。必要ないことでイローナと争っても得るものはなにもない。

見かけはたいへん弱々しかったが、イローナには本質的にタフなところがあった。今日だって、やつれてはいたが、ほかの母親だったらやりそうな、涙にくれたりヒステリーを起こしたりすることはなかった。デレクにしてやれることがある限り、彼女は耐えるだろう。

イローナはデレクが連行されたというしらせが来るや、警察署に出かけた。そして尋問のあいだ、わたしと同様に待たされた。その間わたしたちは対策を話し合った。彼女は、デレクがたぶん殺人罪で起訴されるだろうというわたしの見解を現実問題として受け入れた。そしてすぐ、法の代弁者の問題を持ち出した。

「法廷弁護人が要ります」わたしは言った。「しかしまず――彼の事務弁護士はだれですか？今でも――」

「当然彼の父親の事務所がやります」

「けっこう。ジョージ・フレイムは一流ですよ」

イローナは口元を引き締めた。「わたしはあの男はいやよ。信用できません」

「しかしほかにいませんよ――とにかく父さんがいなくなったんだから、上級弁護士はほかにいない」

「カートライト少佐がいるでしょ」

「本気ですか、イローナ。少佐はもう年で、ぼけてます」

「あなたのお父様は彼をたいへん尊敬してましたよ」

それはそうだが、弁護士として尊敬したのではなかった。父は何年も彼の失敗をかばって隠してきた。それに悪いことに、カートライトとフレイムは互いに敵対していた。この件を少佐の手にまかせたら、少佐はフレイムに相談もかけないだろう。

今朝の話し合いは結局行き詰まってしまった。しかしわたしは今度は新たな攻め方でやってみることにした。

「イローナ」わたしは言った。「本当にジョージ・フレイムに頼まない気なら、いっそ外部の人にしたらどうだろう？　ヘザリントンの事務所はとてもいいという話だし、ハーヴェイ・スコットだって」

「あら、でももう決まりましたよ」してやったり、という気持ちがその声に込められていた。「わたし、出かけて少佐に会ってきました。少佐は今、デレクに話しに行ってるわ」

腹が立った。どうしてこう愚かしいのだろう？

彼女を説得する望みは消えた。デレクに働きかけるしかない。もしデレクが少佐ではいやだと言えば、道は開けるかもしれない。

わたしは別の話を持ち出した。「ところで教えてほしいんですが、あなたが土曜の夜に書斎で見つけた書類、ピンクのファイルに入っていた書類のことです。あれはどうしました、どこにあるんですか?」

「なんのことだかわからないわ」

彼女は猛然とわたしに食って掛かった。「そうね。きのうスレイド警部に、お父様の下書きになにが書いてあったか教えたようにね。四年前、デレクがうそつきのペテン師だってみんなの前で叫んだときみたいにね。いいえ、けっこうよ、マーク。デレクはあなたの助けなしでもじゅうぶんやっていけます」

「とぼけるのはやめてください、イローナ。ぼくはデレクを助けたいんです、でも——」

彼女は本当にその気でいた。イローナは、わたしたちが味方同士だということをどうしても信じなかった。加えて、それ以上のものがあった。イローナはこれまで常にわたしの成功を嫉妬し、それを軽んじ、けなした。それによってデレクの偉大さがちょっとでも減じるのを恐れたからだ。デレクが殺人の嫌疑を受けて不名誉にも監禁された今、無傷で自由の身のわたしを、彼女は憎悪した。わたしは彼女の目に憎しみを読み取った。

# 第一三章

　受付嬢は愛想はよかったが、しっかりしていた。彼女の態度からは、ポール・ウィラードが本当に外出中なのか、あるいは彼女が言われたとおりに応対しているだけなのか、わからなかった。

「ルー・ウィラード氏はどうです?」わたしは訊《き》いた。「彼には会えますか?」

「見てまいります」その声には人を引き付ける、陽気なアイルランドなまりがあった。

　二分後にわたしはルー・ウィラードの部屋に通された。「ビジネス・マネージャー」とドアにあった。

　彼の仕事について尋ねてみた。

「ぼくはみんなに、うちにはそれをする金はないよ、という役なんだ」彼は言った。「しょっちゅう社員の意欲をそいでる。広告主に協力しなきゃならんと言ってね。だれもぼくを好いてないよ」

　彼はひょろ長く、垢抜けない風采《ふうさい》だが、顔には知性が感じられ、父親の決断力を思わせるものもあった。彼ならそう簡単に人の言いなりにならないだろう。

「新聞もほかのビジネスと同じだよ」彼は続けた。「ポンド・シリング・ペンス。強いドル。

つねにそれが判断の基準さ。ほかは問題じゃない」

「報道機関には社会的責任があるとは思わない？」

「冗談じゃない。われわれは金を儲けるためにやってるんだ」

「きみの父上の見解も同じかな？」

彼は顔をしかめた。「トリビューンは彼にとっては趣味に過ぎないのさ。彼は新聞を使ってお気に入りの改革運動をやってる。そのうちきっと痛いめをみるぞ。彼だけじゃなく、うちの社もね」

わたしにたばこを勧めた。彼自身はパイプを吸っていた。

「しかしきみは新聞のことを話しにきたわけではないだろう」

「そう、それだけじゃない」わたしは言って、たばこに火をつけた。「いや、ぼくが話したいのは父のことだ。そしてデレクのことも。デレクのことは聞いているだろう？」

ルーの目は用心深くなった。「ああ、彼が引っ張られたとは聞いてる。明日のトリビューンにすっかり出るよ」

「デレクのことをどう思う？」

「個人としてか、それとも新聞人としてか、どっちだ？」

「両方だ」

「ジャーナリストとしては彼はずば抜けてる。プロだよ。いいかげんな仕事をしたことがない。命令にも従う。記者のなかにはおぞましいプリマドンナみたいなやつもいるが、デレクは違う。

彼にこれを書けといえば、彼は書く。それを読むと思うんだ。『どうしてぼくはこういうふうに表現できなかったんだろう？』ってね。言ってることがわかるか？」

彼の言うことはわかった。しかしそれはジャーナリストの職能のなかのほんの一部分のことのように思われた。

「それで、個人としては？」

「そうだな、彼はぼくのタイプじゃない。もちろんぼくは編集スタッフ、つまりロングヘアのやつとかデレクのような特集記事を書く連中とはあまりつき合いはないけどね。彼らとは話が合わないんだ。彼らにとっちゃ、ぼくは俗物だろうな。デレクがあの連中より劣ることはないよ、ただちょっと根性がないだけだ」

「彼を殺人犯として想像できるか？」

ウィラードは肩をすくめた。「よく、いちばん臆病な者が殺すっていうじゃないか。奥さんを毒殺した医者のクリッペンの例もある」

彼は関心をなくしたように、「入り」のトレーにたまっている書類をちらと見た。

「三週間前、父はここに来た」わたしは前置きをせずに、すぐに目的の話に入った。「父は、ロイストンの名誉毀損の訴訟で証人を買収して偽証をさせたことで、きみのお父さんを告発するつもりだった。それを証明する書類も持っていた——ぼくはそれを見たが、争う余地のない書類だった。それなのに、その件はもみ消された。なぜだ？」

ルー・ウィラードはわたしを考え深げに見つめていたが、やがて決心がついたように机から立ち上がると、ドアのそばの緑色の金庫にいった。

金庫を開けながら、彼は肩越しに言った。「これはまだ極秘で、限定発行ものなんだ。あるのは三部だけだ」

タイプで打ったフールスキャップ判の紙を持って戻ってきた。一二枚ほどあるようだ。電話が鳴り、彼が出た。彼は数秒間聞き取ると、広告契約について一連の複雑な指示をてきぱきと与えた。そこには、成長初期の段階にある大物を思わせる、本物の雰囲気があった。

電話を切ると、彼は言った。「少し前にうちは『われらが法の番人たち』という週一回のシリーズを始めた。治安判事と警察の偉いさんの人物紹介で、デレクが得意とするシリーズだ。二、三週間前、おやじはこのシリーズを延長して地元の弁護士も入れようと決めた。ぼくは反対だった。そろそろ変化をつけたかったからね。それに弁護士なんて退屈な連中じゃないか――ここにおられる方は別にして、だよ。ぼくは医者がいいと言ったんだ――それならたいてい売れ行きはいいからね。しかしおやじは考えを変えない。弁護士じゃなきゃだめだと言い張る。裏になにかあると察するべきだったな。パトリック・ロヴェ……きみのお父さんがロイストン事件で厄介な存在になってることを、おやじは知ってたし、われわれもみな知っていた。そしてこれが」と彼はタイプ原稿を軽くたたいた。「これが保険証書だったんだ。きみのお父さんが知り過ぎた場合に備えてのね。三週間前に彼が来たとき、おやじは言った。『いいだろう、ロイストンの書類を警察に持ってけば、これがつぎの金曜のトリビューンに載るよ』」

彼はその原稿をわたしに押してよこした。「読んだらいい」

見出しは「ピーター・カートライト少佐」だった。それは「この街の特に注目すべき住人」の真価を認めようという趣旨のものだった。二、三行読んで気がつくのは、その内密めかしたうやうやしい調子は皮肉の効果をねらったもので、この文章が実は賛辞ではなく、ひどい暴露記事だということだった。少佐が法律に無知なことが情け容赦もなくさらけ出されていた。彼の悪名高い失態の数々が厳かに披露されていた。典拠の疑わしい話はなかった。どの話も日付けと前後関係が引用で示されていて、たしかに本物だとわかった。わたし自身が知っていることに照らしても、ほとんどの話が確証できた。カートライトの軍歴も詳しく分析されていて、彼を漫画に出てくる反動的軍人、ブリンプ大佐になぞらえるような出来事を紹介していた。総合評価は、頭がからっぽな、もったいぶった偽善者、だった。それは本当と言えないこともなかった。ただし、偽善者という非難は正しくない。少佐は自分の誤った信念に忠実なだけなのだ。

　数年前のロイストンの記事と同じように、最後の段落にとどめの一撃《ク・ド・グラース》があった。「一九五五年一二月二二日の夜、建設労働者パトリック・ドネリーは、リヴァーヘッド、マーケット・ストリートのクラウン・バーの前で車にはねられ重傷を負った。車は止まらず、行方はわからなかった。われわれが今明かせるのは、その車はカートライト少佐のパートナーであるパトリック・ロヴェル氏所有のフォード・コンサルであり、事故の夜それを運転していたのは氏の息子で当時オックスフォード大学から帰省していたデレク・ロヴェル氏だったということだ。彼は母親と劇場から帰宅の途中だった。幸運なことに彼らの車に乗り合わせたのは高名な弁護士、ピーター・カートライト少佐だった。事故が起きたとき、この勇敢な少佐は常日頃の誠実と勇気をもって彼らにこう助言した……なにもするな、と！　二人は彼の助言に従った」

ルー・ウィラードは読んでいるわたしを観察していた。わたしが読み終えると、彼はクスクス笑った。

「驚いたろう、え？　きみのおやじさんも知らなかったのさ。彼にはひどい打撃だったよ」

「しかし本当なのか？」

「ぜったい請け合うよ。こういう記事は再三チェックするから。ロイストンの記事と同じさ。あの記事は一言一句すべて絶対の真実だった。大事な証人が最後の瞬間に前言を取り消したのは運が悪かったけどね」

「これを書いたのはだれだ？」

「さあね。デレクの文体のようだが、それほど洗練されてないかな。しかしデレクのはずはないだろう。たぶん社内のへぼ記者だ——おやじが材料を提供してね」

「で、おやじさんはどこからそれを？」

「ああ！　それを訊くか。きみのおやじさんもそれを気にしてたな。でもおやじも抜け目ないからな——ぼくにも言おうとしない」

わたしは以前読んだドネリーの事故の記事を思い出そうとしていた。記憶では、彼は脚を切断しなければならなかった。事故が起きたのは夜遅くで、ドネリーは救急車が来るまでしばらく道路に横になっていた。たしか、そうだった。外科医は、はねた車が止まって彼をすぐ病院へ運んでいたら、脚は救えたかもしれない、と言った。いやな事件だった。

人物紹介の記事の主題はカートライト少佐だが、その最後のところはデレクとイローナにあてつけたも同然だった。おそらくは、その話を公表するぞと脅《おど》されたために、父はロイストン事件のいんちきを明らかにするのを止めたのだろう。

しかしそれで筋が通る話だろうか？　なんといってもデレクはトリビューンのスタッフだ。ポール・ウィラードがいくら自己中心主義者だとはいえ、自分の新聞に自社の主要な執筆陣の一人を攻撃する記事を載せるだろうか？

この点をルーに訊いてみた。

彼はにやりとした。「ここだけの話だが」と彼は言った。「おやじとしてはあの時点ではこれを出す気はなかった。はったりだったのさ。もしそのはったりを見破られたら、一歩下がって裁判でチャンスをつかむつもりだった。でもきみのおやじさんにはそれがわからなかった。ロイストンについて新聞に汚ない記事を載せた男なら、なんでも載せると思ったんだろう。悪気で言うんじゃないが、きみのおやじさんは最後のころは判断がにぶってた――長いこと飲み続けてたからな」

「あの時点では出す気はなかった、と言ったが、それじゃあ――？」

「今度の金曜のトリビューンでそれを読めるよ」ウィラードは苦々しい口調で口をはさんだ。

「今日、昼食のときおやじと言い合ったのはそのことなんだ。デレクがシリア・フレイムに手を出したことで、おやじは怒り狂ってる。デレクに教訓を与えるつもりなんだ」

「デレクが殺人で逮捕されたのでじゅうぶんじゃないのか？」

「そう思うだろう。だがとんでもない、おやじは執念深いんだ。彼を泥棒と呼ぼうが、うそつきと言おうが、彼はそれをほめ言葉と受け取るよ。だがこわいのは、彼の性的能力に疑いをかけたり――もっと悪いのは――彼の女を持ち逃げすることだ。彼が三〇年も待ってロイストンに仕返しをしたのを見るといい。デレクが今、それを受けてるんだ。彼は二度とトリビューンに記事を書けないだろう」

「それじゃあトリビューンで偉いのはきみのお父さんだけなのか？　彼の言うことだけが通るのか？　残りのきみらは、いてもいなくてもいい人たち？」

ルー・ウィラードはこれが気に入らなかった。

「われわれだって、いつもはおやじを操縦できるよ」と彼は言った。「普段の仕事は編集長のショウにまかせている。社の方針となると、おやじとぼくで意見を調整して、たいていはぼくがおやじに道理をわからせる。でもおやじはしょっちゅうばかげた思いつきを出してきて頑固に言い張る。これで」――と彼は手に怒りを込めてタイプ原稿をたたいた。「これでわれわれはだめになるかもしれない。この前はもう少しでそうなるところだった。おやじも今度は逃れられないだろう」

「また名誉毀損の訴訟があると思ってるのか？」

「カートライトはこれを無視できないだろう。それに新聞審議会のことも考えなくては。また大目玉をくいたくないからね」

ルー・ウィラードが驚くほど率直である理由がわかってきた。

「きみはこれが新聞に載るのを見たくないだろう?」彼は言ったが、わたしが答えないうちにさらに続けた。「禁止命令はどうだろうと考えてるんだ。父がこれを出すのを、法的に止められないだろうか?」

「どんな理由で?」

「きみら弁護士はどう言うんだ?——弟の裁判に偏見をいだかせる、とか?」

「どうかな。しかしそれはきみの弁護士に相談したらいい」

「きみは弁護士じゃないか。だから相談してるんだ」

「よしてくれ、ぼくはあんたの弁護士じゃない」

「たしかに。しかしきみは利害関係者だ」

彼がなにをもくろんでいるのかがやっとわかった。「つまり、あんたはぼくに禁止命令を出させようっていうんだな?」

「だって、中傷されているのはきみの家族だから、ぼくは——」

「よく考えてみろよ。土曜の夜に父が刺されて死に、デレクは殺人罪で調べられてるんだぞ。八年前のひき逃げ事件の新聞記事なんかをくよくよ心配してるひまがあると思うか——」

「悪かった」彼はにやっと笑いながら言った。「一本取られた。忘れてくれ」

彼の目が腕の時計にいくのを見た。しかしあと二つ、片づけなくてはならないことがある。

「デレクが土曜の夜、きみのお父さんの家にいたのは知ってるね?」わたしが言うと、彼はうなずいた。

「デレクの話では家を出たのは九時五分前だそうだが、お父さんは八時ちょっと過ぎだと言ってる。どちらが正しい？」

「ぼくはそこにいなかった。なぜぼくに訊く？　エヴァに訊けよ」

「エヴァ？」

「あそこに住んでるんだ。彼女なら、デレクが何分何秒に帰ったかまで教えてくれるよ。そういうのにこだわる女なんだ。計算機みたいで頭にくるよ。ただ、覚えといたほうがいいのは――」彼はことばを止めた。

「なんだ？」

「そうだな、こんなこと言うべきじゃないかもしれないが、エヴァは嫉妬深い女だ。キャロルをねたんでる。エヴァ自身もデレクを憎からず思ってるから、うその一つや二つをついても姉をけなすかもしれない」

ルーが姉妹のどちらを好んでいるかは明らかだった。

わたしは立ち上がった。「お父さんのオフィスはどっちだ？」

「出かけてる」彼はすばやく言った。「ほんとにいないんだ」

「それを訊いてるんじゃない。きみが彼のオフィスに行くにはどこを通るか、知りたかったんだ。このフロアにあるんだろう？　土曜日にはぼくたちはドック・ストリートから入ったんだ」

「この部屋を出た廊下のつき当たりのドアだ」ウィラードは無愛想に答えた。

「いつもは鍵がかかっているんだろう?」

「日中はかかってない。夜はかける」

彼はわたしを送り出そうとしていた。

「でも仮にスタッフの一人が——たとえばきみが——夜お父さんのオフィスに——たとえばファイルを取りに——入りたいときはどうする?」

彼は取り合わずにいようかと考えたようだが、思い直して答えた。「ショウとぼくは鍵を持ってる。でもめったに使ったことはない」

「土曜の夜、デレクはドック・ストリート側からは入る手段がなかった。だからもし彼がここに入ったとすると、こちら側から入ったことになる。ということは——」

「三つ目の鍵があるんだ」彼はしぶしぶ認めた。「受付の机の引き出しにしまってある。清掃人のために」

「するとこの建物の正面から入った人はだれでも、お父さんのオフィスに入れてドック・ストリート側に抜けられたわけだ」

「鍵のあり場所を知ってればね」

われわれはドアを出た廊下にいて、ウィラードはわたしを早く追い払いたがっていた。

「土曜の夜、ここでデレクを見たかい?」わたしはとつぜん訊いた。

彼はすぐには答えなかった。近くの部屋ではタイプライターがカタカタ音をたて、上の階からは輪転機のブーンという音が聞こえていた。

「ぼくが土曜日にここにいたと、なんで思うんだ?」ウィラードはとうとう言った。

「覚えてるか、きみはあの夜クラブで、父が八時一五分ごろドック・ストリートを北に歩いていたのを見たと言った」

「なるほど、思い出した。だからどうなんだ?」

「きみがドック・ストリートにいたからには、会社に寄ったに違いない。だからぼくは考えたんだ——」

「なにを考えた?」

「つまり、犯人はすでにここにいて、犠牲者が着くのを待ってたんじゃないか。もしやきみは犯人を見たんじゃないか、と思ったんだ」

白いブラウスと濃い色のタイトスカートの若い女が、湯気の立つカップをいくつか載せたトレーをかかげ、寄せ木張りの廊下をかかとの細いハイヒールでコツコツと音をたてながらゆっくりと歩いてきた。

彼女は腰をちょっと振ると、われわれをなめらかに避けて部屋に入っていき、机に紅茶のカップを一つとビスケットを一皿置いた。

「あなたにもお持ちしましょうか?」うっとりするような笑顔をわたしに向けた。トリビューンの女子社員はポール・ウィラードみずからが厳選することは広く知られていた。生意気な笑顔と整った小柄な肢体をもつこの社員もじゅうぶん合格ラインに達していた。

「いや、けっこう。帰るところです」わたしは言った。

彼女はトレーをかかげて気取って部屋を出ると、左に曲がって廊下を進んだ。

「彼はいないよ」ウィラードが呼びかけた。しかし女はかまわず歩きつづけ、「私室」と書いてあるドアの曇りガラスをノックした。なかから「だれだ?」というなり声が聞こえた。

「お茶です」と女が答え、ドアを開けて入っていった。

わたしはルー・ウィラードをちらと見た。彼はにやっと笑った。「たぶん裏から――ドック・ストリートから帰ってきたんだろう。外出中だとばかり思ってたが」

女が父親のオフィスから出てくると、ルーは彼の部屋にわたしを押し戻し、ドアを閉めた。

「ここはまるでピカデリー広場みたいになってきたな」彼は言い、わたしの質問に戻って答えた。「ああ、土曜の夜はここにいたよ。一分か二分ね。八時一〇分かそこいらだ。机にパイプを置き忘れたんで、取りにきたんだ」

「だれかを見たか?」

彼はためらってから、言った。「いや、だれも見はしなかったが、おやじの部屋は明かりがついていて、だれかが動き回ってた」

「だれだかわからない?」

「そうだな、当然おやじだと思った。帰るときドアをノックして開けようとしたが、鍵がかかってた。ぼくです、開けてください、と言ったんだが、中からは返事がない。そこで考えた。『なんだ、女といるのか』ってね。だからさっさと帰ったよ」

町に戻るつもりでドック・ストリートを通ったが、百ヤードも行かないうちに父とすれ違ったという。

建物を出たとき車が止まっていなかったか、訊いてみた。マリーン・プレイスの公営駐車場には何台かあったと思うが、あまり注意して見なかった、と彼は言った。デレクのモリスを見なかったのは確かだ。覚えているかぎりでは、ドック・ストリート側のドア近くの角に車はなかった。

町に入るとルーは、リアルト・シネマの前に車を止めて、クラウン・バーで一杯やった。三〇分後に車に戻ると、映画館から出てくるフランシス・チャールトンに会った。彼女を家まで送った。

「彼女をよく知ってるんだね?」わたしは言った。

「だれを? フランシス?」

「昨日の朝、彼女のアパートから出てくるのを見たよ」

「ああ、あれか」彼は歯を見せて笑った。「実をいうと大失敗だった。ぼくは土曜の夜にフランシスに会ったのが何時だったか、うろ覚えだった。そこで、二人で話のつじつまを合わせておいたほうがいいと思った。それで彼女を訪ねたんだ。彼女は大作映画を終わりまで見て出てきたから八時五五分だと思う、と言った。二人でその時間をスレイドに話したよ。問題は、土曜は始まるのが遅くて、一回目の終わりは九時過ぎだったんだ。スレイド警部の問い詰め方を聞いてると、二人で銀行強盗でもしたようだったよ……フランシスはいい娘《こ》だね」彼はつけ加えた。「分別がある。聞くところによると、きみと彼女は以前――」

「そのとおりさ」こう言ってはぐらかした。

わたしはドアを開けた。「お父さんに会うからね」

ウィラードは今度はわたしを引き止めにかかった。

「おい、やめろよ！　今日は荒れてるぞ。見ただろう――」

「かまうことはない。彼に言うことがあるから、言ってやるまでだ」

「それでも――」

「おい、いいかげんにしろよ！」わたしはいらいらして言った。「だれもがきみのように彼を怖がっちゃいないんだ」

「怖がってなんかいないさ」彼は憤慨して言いはじめたが、言葉を止め、にやっと笑った。「そうだな、少しはそうかな。慎重にやらないとまずいからな。ここを切り盛りしてるのはぼくなんだ。ショウは立派な給仕みたいなもんだし、おやじだって、言ったように、いつもはぼくの言うままだ。ただそれは――きみたち弁護士はなんと言ってるんだっけ？――実際《イン・ファクト》の職位にすぎなくて――」

「事実上《デ・ファクト》の」

「そう、それなんだ。ぼくには法的権利はなくて、給料をもらってるにすぎないんだから。資産はすべておやじ名義さ。ぼくを明日にでも首にしておっぽり出せるよ。だから慎重にやる必要がある。騒動は起こしたくない。これについてもね」――机の上のカートライトの記事をあごで示した。「だからおやじに会うんならうまくやってくれ。間違っても、ぼくがこれを見せたなんて言うなよ」

……

……


ドアをノックすると、さっきと同じうなり声が「だれだ？」と言った。

わたしは答えずにドアを開け、入っていった。

彼のそばにだれかいた。グレイの背広を着た心配顔の小男で、紙の束を握り締めていた。

「それだけだ、ショウ」ポール・ウィラードは言っていた。「明日の朝、校正刷りを見せてくれ」

「でもウィラードさん――」

「なんだ？　ショウ」声は不気味に静かだった。

「ルーさんがなんと言うか――」

ここで大声が上がった。「なんだおまえ、おまえが命令を受けるのは息子からでなく、おれからだ。わかったか？　じゃあ、行け」

ショウは出ていった。わたしのそばを通っても目も上げなかった。

この力のデモンストレーションでウィラードは上機嫌になっていた。

「座れよ、ロヴェル」彼はおおらかに言った。紅茶のカップを取り上げた拍子に、茶色のツィードの服にお茶を少しこぼした。ウィラードは、金のかかった身なりをしているわりにはだらしなく見えた。脚を組み、腹を突き出して、ぶざまに椅子に座っているせいもあったが、彼の顔つきや体軀《たいく》には動物を想わせる粗野なところがあり、高価な服がかえってそれを強調していた。

「金曜のトリビューンを見逃すなよ」彼は言った。「どっきりするぞ」

それじゃあ彼はやるつもりなんだ。

「トリビューンを買うことはないな」わたしは言った。「記事は読んだ。どうぞ、載せるといい。それで傷つくのはだれでもない、あんたなんだから」ルーを裏切ったことを悪いとは思わなかった。なんの約束もしなかったのだから。

「どこで見たんだ――?」怒りで顔が曇った。手が電話に伸びた。「汚ない策士気取りの野郎め。ちきしょう、見てろよ、いま――」

「やめとけ」わたしは鋭く言った。彼は驚いたような顔をしたが、電話から手を引いた。

「二日で二つの殺人があった」わたしは続けた。「三つにするつもりか?」

「どういうことだ、言ってみろ」彼は静かに言った。

「あんたのおかげでデレクは放りこまれた。ご親切に。しかしそのために殺人者が野放しになってる。それはあんたもわかってるはずだ。なぜなら、デレクは父を殺せたはずがないことを、あんたは知ってるからだ。彼が殺したはずの時刻に、彼はあんたの家にいて、あんたといっしょだった。あんたがひと言いえば、彼は今日出られるだろう」

「つづけろ」

「あんたはそれ以上のことを知ってると思う。犯人を知っていて、かばってるんじゃないか?」これは彼の反応を見るためのあてずっぽうだった。

彼はそれをすぐには否定しなかった。「それじゃ、それをしゃべらせないためにおれは消されるかもしれないんだな?」

「パティーは知り過ぎてた。そしてどうなったか――」

「パティーはばかだったんだ」ちょっと間を置いてから、彼はいつもに似合わずおずおずと言った。「きみが彼女を見つけたのか?」

わたしはうなずいた。

「彼女は――彼女は苦しんだだろうか、どう思う?」

「顔から判断すると相当に。絞殺は愉快なものじゃない」

彼の思いがけない優しい面に触れた思いだった。

「あれは愚かな尻軽女だった。しかし悪意のないやつだった。そんな目にあうとは……」彼の声はとぎれた。

「彼女とはどうして知り合ったのかな? 最近ロンドンから帰ってきたあとの話だが」

彼は悪賢い目つきでわたしを見た。「きみのおやじさんが彼女に教えたんだ――数年前のある仕事で彼女が安い支払いを受けたってね。そこで彼女はのこのこやってきて、もっとくれと言ったのさ。ゆすりだよ。しかし一晩寝て五ポンドやったら、言うなりになったよ。あたまの足りない女なんだ。だから彼女を消す必要などまったくなかったのに。彼女なんか二束三文で買収できたのに」

「ウィラード、だれなんだ？」わたしは問いかけた。「だれをかばっているんだ？」

しかし彼はもう笑っていた。パティーの死を悼《いた》む彼の気分はそれほど深刻なものではなかった。

「明日のトリビューンを読めよ」彼は言った。「『浴槽の死体・地元のジャーナリスト告発される』ってね。おれが知ってるのはそれだけだ」

彼は立ち上がると、話を終わりにして言った。「それじゃあ、若いの、おれは忙しいんだ」それを実際に示して、わたしをドアの方に押しやった。

とつぜんわたしはかっとなった。「いつになったら大人になるんだ、ウィラード」

「なんだって？」彼は自分の耳を信じられないように言った。

「だれがこの新聞を出してると思ってるんだ。あんたか？　笑わせるな。ほんとのボスはルーだよ。あんたは電車ごっこをして遊んでる子供みたいなもんだ。あんたはもう年だ。年でできなくなってる。女ともできなくなってるようにね。ウィラード、あんたは年だ。年取って、太って、醜い」

彼の顔は紫色になった。「で――出てけ」彼はわめいた。

「大人になれよ、ウィラード」わたしはあざけるように繰り返した。

彼は怒りで我を忘れた。わたしを目がけてよたよたと突進してきて、わたしの腹にこぶしを打ち込もうとした。しかしわたしはその手首をとらえ、彼の背中にまわして腕をねじった。彼は痛さで身もだえした。それは、簡単すぎるくらいのことだった。

わたしは彼を椅子にどしんと放り込むと、ゆっくりとドアに向かった。振り返ると、彼はまだ椅子で体をまるめたまま、息をはずませていた。怒りで鉛色の顔は、残忍な敵意を見せてわたしをにらんでいた。心に殺意を抱く人の姿だった。

# 第一四章

「きみがそういう行動をとった原因はなんだったのかな?」ジョージ・フレイムは言った。わたしは彼に、トリビューン社で過ごした午後の話をしていた。

わたしたちは彼のオフィスでシェリーを飲んでいた。ジョージが「お祝いだ」と言ってボトルとグラスを出してきたのだ。なんのお祝いかは言わなかったが、察するにわたしをパートナーに戻す運動が始まったらしかった。

「あれはウィラードがここ数年間でみずから招いた災いさ」わたしは言った。「ぼくはあの無礼で太った薄汚いやつを見て、もう我慢できなくなった。彼が殴りかかるように仕向けてやった。彼を痛めつける口実が欲しかったからだ」

「きみらしくないな、マーク」

たしかに。しかし晴らすべき積もる恨みがあった。ウィラードのせいでわたしは職を断ち、フィアンセを失った。そして今、彼は弟の嫌疑を晴らせる立場にいながら、ただ自分の復讐《ふくしゅう》のためだけに、弟が殺人罪で逮捕されるのを見ていた。彼は誇大妄想狂で、人の命よりも傷つけられた自分のプライドのほうが大事なのだ。

わたしの怒りについに火をつけたのは、わたしが目撃したちょっとした光景、弱い者いじめをする傲慢なウィラードと、すくんで小さくなっていたショウの哀れな一場面だった。それは、凝《こ》り固まった自己中心主義と他人に対する尊重の欠如という、わたしがウィラードでもっとも嫌うものを端的に表していた。

「そうか、それにしても、ルーをうらやましいとは思わないな」ジョージは言った。「父親はさぞや腹いせに彼をやっつけることだろう」

「ルーに同情することはない。彼は自分で始末できるさ」

「そうだろうな……これがデレクにどう影響するか、考えたか？」

「どうって？」

「トリビューンを敵にまわすと大事《おおごと》だ――そうじゃないか？」

「ウィラードがデレクにしたことを考えれば、これ以上の大事はないよ」

「そうだろうな」同じ相づちが返ってきた。彼は納得していないようだった。

わたしは自信がなくなった。「ぼくがばかだったと、はっきり言えよ、ジョージ」

すると彼は笑った。「それで気が済むなら、そう言ってたよ……もっとシェリーをどうだ？」

ここはかつてわたしの部屋だった。床には新しいカーペットが敷かれ、壁に平行だった机は直角に置かれていた。それ以外は部屋はもとのままだった。

「デレクの弁護を少佐がするのは知ってるね？」ジョージが言った。

「ああ。イローナが彼に頼んだ。やめさせようとしたんだが。ご老体がちゃんと仕事をするように、見ててくれないか、ジョージ」

「容易じゃないな。彼とはまったくそりが合わないんだ。エヴァと近づきになる必要がある」

「ああ!　そうだ、ウィラードの娘か。どんな人?」

「とても有能だ。うまく少佐を操縦して、難を逃れさせてる。しかしきみは好きになれないだろうな。少佐を除いてはだれにも好かれてない」

「ジョージ、正直に言ってくれ。デレクのチャンスはどのくらいある?」

「それなら言うけど、ほとんどゼロだ」それは気の滅入る返事だった。彼の判断はいつも正しかったから。

ジョージはパティー・ヤング殺害について、捜査課にいる知り合いから詳しいことを聞き出していた。警察医は死亡時刻を午前二時から三時半と推定した。しかし別の証拠から、彼女が死んだのはその範囲の初めの時刻ではなく、終わりのほうらしかった。警察が四時二〇分に現場に到着したとき、浴槽の湯があまり冷たくなかったからだ。湯が冷える過程を実験してみたところ、三時にさかのぼった時点で、湯は普通の人がやっと耐えられるくらい熱かったと思われる。この割合で考えて、三時よりもっと前にふろに入れれば、熱くて耐えられなかっただろう。やけどをせずにふろに入れた時間は、もっとも早くて二時四五分だった。

「殺されたとき、浴槽の中にいたのは確かなんだろうか?」わたしは訊《き》いた。フランシスが、浴槽の中で女を絞《し》め殺すのは難しいと言ったのを思い出したのだ。

「じつを言うと、警察はそうは考えてない。絞め殺されてから浴槽に入れられた、と言ってる」

「それはどうして?」

ジョージは肩をすくめた。「知らないよ。しかし時刻表に影響はないだろう。死んでいたって、湯が熱過ぎれば死体にやけどの徴候が残るだろうからね」

論点の要旨はこういうことだった。もしパティーが、生死にかかわらず、二時四五分より前にやけどをせずにふろに入れたとすれば、湯は四時二〇分には冷めていたはずだ。実際には、湯は冷めていず、パティーはやけどをしていなかった。故に、パティーが浴槽に入ったのは二時四五分以降に違いない。デレクは二時四五分に家を出て車で彼女の家に行った。かかったのはせいぜい五分だ。パティーは死んでいて、ふろの中にいた（とデレクは言った）。もしそうなら、犯人がパティーを絞殺し、ふろに入れ、逃げるまで、たった五分（二時四五分から二時五〇分のあいだ）しかなかったことになる。

「温度のことがそんなに正確にわかるものだろうか？」わたしは言った。「二時四五分と言ってるが、二時四〇分ではいけないんだろうか？　五分ではそんなに冷えないだろう」

「どうやら、二時四五分というのも広げ過ぎのようだよ。三時というのが、事実により即した限界だ」

「それじゃあ、もし彼女が三時以降に殺されたのなら、デレクはうそを言ってることになる」

「そのとおりだ」ジョージがデレクのチャンスに悲観的なのは、このせいだった。

デレクに不利なのはこれだけではなかった。朝のそんな時間にパティーの家にいたこと、それについてのデレクの信じがたい説明、彼のコートの両袖口が濡れていたこと、パティーからの（彼自身が認めている）二度にわたる電話、パティーがロイストンに、パトリック・ロヴェルの殺人でゆすりをしていると話したこと。

そして動機もあった。デレクが父親をも殺していたとすれば、パティー殺害はじゅうぶん道理にかなった。

「デレクは第一の殺人でも告発を受けるだろう」ジョージは言った。「証拠は――動機と機会があるだけで――まだじゅうぶんじゃないが、警察はそれでいけると考えてる」

「もうひとつずばり訊きたいんだが、ジョージ、きみはデレクが有罪だと思うか?」

しかし彼ははぐらかした。「被告側弁護人はそういうことを自問しない。きみも知ってるはずだ、マーク。それは陪審員がすることだ。われわれの仕事は、依頼人の言い分をできるだけ強力に提示するだけだ」

「わかった。きみだったら、どう始める?」

わたしは、被告側への協力をジョージに求めるべきかどうか、判断したかった。もし彼が熱心でなかったら、あるいはもっと悪い場合、そもそもデレクを個人的に嫌っている彼がデレクに敵対する気でいるなら、彼を引き込むつもりはなかった。

「そうだな」彼は言った。「すでに最初の処置はとってある。エヴァの耳にキンダースレイの名を吹き込んでおいたよ。カートライトに任せておいたら、われわれが生まれる以前に勅選法廷弁護人になったようなよぼよぼじいさんを掘り出すかもしれないからな」

キンダースレイなら、わたしだって法廷弁護人として選んだだろう。彼は近代学派に属し、新聞の見出しに出るような派手さはないが、たいへん有能で成功していた。

「カートライトは賛成するだろうか?」わたしは訊いた。

「エヴァがもう改宗させたよ。明日には少佐が自分の意見として提案するだろう」

ドアにノックの音がして、女子事務員が入ってきた。タイプ打ちした手紙にサインをもらうためだった。

「かまわないか――?」彼はわたしに言った。

「どうぞ」

「五時一〇分過ぎだ」万年筆を取り上げながら彼は言った。「女の子たちを遅くまで引き止めないようにしてるんだ」

手紙は二〇通か三〇通あり、なかには長文のものもあった。彼は、わたしがよく知っている読み取れない達筆でサインしていった。インクはいつものグリーンだ。彼はサインしているものをほとんど見もしなかった。

「秘書を信頼してるようだね、ジョージ」

「え? ああ、そうさ。彼女はとてもできる。それでなきゃやってけない。誤りを訂正する暇なんてないよ」

「どうしてそんなに頑張れるのか、わからないよ」

「丈夫なことさ、マーク。それが秘訣だ。数か月というもの、毎晩家で仕事をしたよ。そうでないと間に合わなかった……ちょっと訊いておきたいんだが、市役所の仕事はどうだい? 帰ってくる気はないのか?」

それは明らかな誘いかけだった。かつての自分の部屋にいて、慣れ親しんだものに囲まれていると、誘惑は強かった。

しかし決めるには早過ぎた。

「一日か二日考えさせてくれ、ジョージ」

「もちろんだ。でも覚えといてくれ、いつでもきみを歓迎する。きみに戻ってもらいたいんだ……くそ、このペンときたら」彼は暴言の気まずさを取り繕《つくろ》うために言い添えた。「今日買ったばかりなんだが、気に入らないんだ」

彼は最後の手紙を吸取紙で押さえると、机の上のベルを押し、入ってきた女の子に手紙の束を渡した。

「さて」彼は元気よく言った。「デレクを助けるためにわたしがなにをするか、という話だったね。まず、デレクが真実を語っていると想定しなければならない。ということは、土曜の八時にデレクと別れたというポール・ウィラードの話はうそだ。だから――」

「もしウィラードにその供述を引っ込めさせようというのだったら、無駄な――」

「そんなんじゃない。別の証拠を見つけよ、とわたしは言いたい。デレクがウィラードの家を出るのをだれかが見ていたかもしれない。道路の向かい側の病人はどうなんだ？　明かりのついた窓を通して夜のあいだずっとウィラードの頭を見てた女性だ。彼女が見たのはそれだけじゃないかもしれない」

「警察がもう調べただろうが、たしかに、やってみる価値はある。しかし、デレクがウィラードの家を八時五五分に出たとわれわれが証明できたとしても、その後のデレクのアリバイを確証しないと疑いは晴れない。いいか、父がいつ死んだか、正確にはわからないんだから。七時半から一〇時のあいだだとスレイドは言ってるが」

わたしは待っていた。ここが重要な点だった。

ジョージはパイプをふかしていた。彼はゆっくりと言った。「デレクは九時三分過ぎに広場でシリアに会って、一一時近くまで彼女といた。わたしはシリアと話したが、彼女は必要ならそのことを法廷で証言するつもりでいる」

そこまでは満足がいった。だがあと一つある。

「パティーの殺害に戻るが」とわたしは言った。「デレクが夜中に受けた電話のことを考えてたんだ。デレクは今になると、それがパティーだったか確信がない。声が違うように聞こえたという」

「それで?」

「もしそれがパティーでなかったとすると、それが犯人だったんじゃないか。どう思う?」

「理屈は通る」

「女だったのはたしかなんだ。デレクがそう言ってる。これも調べてみないと――その、例えばキャロル・ウィラードとか」

彼はわたしの言いたいことをつかんでこう言った。「また例えば、シリア・フレイムとか」

そして苦笑いをした。「マーク、わたしを試してるな。でもわかってるだろう、わたしは弁護士だ。どこまでも弁護士だよ。デレクは好きじゃないし、彼の弁護をとくにしたいとも思わない。しかしもし事件がうちの事務所に来るのなら、隣の部屋の道化師がへまをやるのを見てはいられない。個人的な問題で自分を曲げることはしないよ。たとえシリアでもね。もちろん、シリアが疑われるような証拠が出てきたら、わたしは事件から身を引く。しかしそれをもみ消すようなことはしない。デレクに損害はかけない」

わたしはありがたく思い、そう彼に伝えた。わたしたちは仲間内の気安い沈黙のうちに、しばらくたばこを吸った。

「例の捜査課の友達が、失くなったファイルのことを話してたが、どういうことなんだ？」ジョージが訊いた。

わたしは説明した。

「きっとひき逃げ事件のファイルだろう」ジョージは言った。「ルー・ウィラードがきみに話したという件だ」

それはわたしも考えていた。もし父がその件についてのファイルを作り始めていたとすれば、イローナはきっとそれを隠したいと思っただろう。そのファイルにはデレクばかりか彼女も、それにカートライト少佐もかかわっていたのだから。

「ぼくはまだ、きのうの朝少佐がそれを隠したと思ってる。ロイストンのファイルを事務所に戻す際にね」

警察は少佐がまだ事務所にいるうちに着いて、そこを捜索したのだが、ピンクのフォルダーは見つからなかった。

ジョージは関心を持ったようだった。

「徹底的に捜したのかな」彼は言った。「思いついたことがある。ついて来いよ」彼について部屋を出た。

カートライト少佐の部屋のドアのガラスは明るかった。事務所のほかの部分は暗く、所員は帰ってしまっていた。ジョージはわたしを階下に連れていくと地下室のドアの鍵を開けた。埃《ほこり》と、古くなった紙と、封蠟が入り交じった懐かしい匂いがした。左手には便箋や封筒や事務用品の箱がいくつかあった。右側の棚には古い手紙のとじ込みが載っていた。その薄葉紙の紫色のインクは（わたしもよく知っているが）とうに判読できなくなっている。床には雑多な書類でふくれ上がった書類保管箱がいくつも乱雑に置いてあった。まだはっきり覚えているのは、とつぜん必要になった古い書類を求めてこれらの箱を捜しまわったときの、うんざりした気持ちとひんやりした空気だった。父の時代より前には、このオフィスにファイリング・システムなどないも同然だった。過去にさかのぼってファイルを作る作業は、父をもひるませた。

「警察はここを捜してた」ジョージは言って、手紙のとじ込みの上の棚にある黒い箱ファイル――「用済み」ファイル――の列を指した。「いつもは埃が積もってるんだが、警察が払っていったよ」

しかし彼が見にきたのはそれではなかった。ドアの内側の、なにも置いてない床にかがむと、床板の一枚をこじ開けた。

「懐中電灯を持ってくるんだった」彼はつぶやいた。「ああ！　でもあるぞ。捜し物を見つけたと思うよ」

彼は床板の下に腕をいっぱいに伸ばした。腕をゆっくり抜いて床の穴から引き上げたのは、わたしが父の書斎で土曜の夜に見たのと同種の箱ファイルだった。

そのときわたしは、だれかがいるのを意識した。ふり返ると、エヴァ・ウィラードがドアのところに立ってこちらを見つめていた。

フレイムも彼女を見た。「エヴァ、なんだ？」彼は静かに訊いた。

「音がしたものだから」彼女は言った。「少佐が気にして――」その声は意外なことにやわらかく、洗練されていて、兄や姉のようなカナダ風のアクセントは影もなかった。

ジョージはにっこりした。「いや、どろぼうじゃないよ、エヴァ。少佐に言ってくれないか。彼の新しいファイル・キャビネットから書類を出したところだって」

彼女はちょっとのあいだ、そのまま見つめていた。それから答えずに背を向けると、出ていった。

「これで騒ぎが起こるぞ」ジョージは不気味に言った。「上がっていけば彼が待ち構えているだろう」

「どうしてここにあると――？」

「今朝オフィスに来ると、地下室に明かりがついていた。だれかと覗《のぞ》いたら、少佐だった。もうびっくりしたよ。彼を知って以来、一〇時前にオフィスにいたのは初めてだったからね。彼はわたしを見て喜ばなかった。古い遺言書を見つけてるとかなんとか言ってたが、それ以上捜そうともしないで、わたしを急き立《せ》てていっしょに上に戻ったんだ」

この床板は数年来ゆるんでいた。ジョージは、少佐があるファイルを持ち去ったと疑われているのを聞いて、警察の徹底捜査をも逃れた隠し場所があるとすれば、ここかもしれないと思いついた。

「それで少佐は今朝早く来て、ファイルを取り戻そうとしたわけか？」わたしは言った。

「そのとおり。でも彼はちょっと遅かった。わたしに現場を見られてしまった」

「そのあとで取りにこなかったのかな」

しかし彼は、全員が帰ってしまう夜まで、そのままにしておいた。また邪魔されるのはいやだったのだろう。

∴　　∴

ジョージが予告したとおり、カートライト少佐は階段のてっぺんで待っていた。今度は全部の明かりがついていた。

「そのファイルを渡したまえ、フレイム」少佐は無造作に言った。

「ロイストンのファイルはあなただけのものじゃありません、少佐」ジョージが言った。

「渡すんだ」少佐はまた言った。こめかみの血管が怒りでピクピクしていた。

「いいですか」ジョージははっきり言った。「これは事務所のファイルで、わたしはこれを調べたい。では、失礼して……」彼はカートライトを静かに押しのけると、廊下を横切って自室に向かった。

少佐はためらっていたが彼を追わなかった。わたしの横を通り過ぎながら彼は言った。「ロヴェル、帰るまえに寄ってくれ。きみに言うことがある」

# 第一五章

ジョージは箱ファイルを開いた。いちばん上に例のピンクの表紙が見え、「ドネリー事件」とラベルが貼ってあった。

ジョージは箱からそのフォルダーを取り出すと、言った。「なんでパトリックはいつもこう、やたらとファイルにこだわったんだろう」

「父の父から受け継いだんだ」わたしは言った。役所勤めの祖父は、ファイルにとり憑《つ》かれていた。あらゆる事柄を紙に書き留め、説明書きを付け、ファイルに納めた。父はこの信条のもとで育てられた。

これはロイストンのファイルよりも薄かった。まず、一九六三年一〇月一三日（日曜）付の父のメモがあり、前日のポール・ウィラードとの会見の様子が書いてあった。「ウィラードは、カートライト少佐のことを書いた草稿（添付）をわたしに渡し、ロイストン事件（別ファイル参照）に関してわたしが見つけたことを当局に通報するなら、これが次の金曜のトリビューンに載るとわたしを脅《おど》した。この記事全体が嘆かわしい趣きのものであるが、最後の項――ドネリー事件――はとりわけ有害である。ウィラードに、どこでこの情報を得たか尋ねた。彼は笑って、トリビューンに載ったほかの人物紹介のデータと同じ情報源から来た、と答えた。この意味するところは非常に重大で（この二語にはアンダーラインが強く引かれていた）、調査を要する」

つづいてルー・ウィラードがわたしに見せてくれたカートライト少佐の記事原稿のコピーがあった。父の付した注はこうだった。「ドネリー事件は別にして、カートライトに関する上記の記述は、表現方法が公正を欠くとはいえ、事実上正確であると思う。この筆者はきわめて情報に通じている」

つぎに車の事故についての新聞の切り抜きがあった。記事のなかで、車は黒のコンサルだった、と言っている証人のことばにはアンダーラインが引いてあった。

それから、一九六三年一〇月一八日のデレクとの会話の記述があった。デレクは問い詰められて、ドネリーをはねた車を運転していたことを認めた。イローナとカートライトが彼といっしょだった。三人は劇場から戻る途中だった。

ここに付けた父の意見はこうだった。「死にかけている人を道路に残して走り去るとは、許しがたい。D. を特別に思うわたしの気持ちは失せた」

そして後記として、「話し合いをした。イローナ（六三・一〇・一八）、カートライト（六三・一〇・一九）。二人はD. の話を事実上確認したが、D. を戻らせなかったこと、あるいは少なくとも事故を報告させなかったことについては、互いに相手のせいにした。わたしはカートライトのほうを信じる」

父の記述の裏に、わたしは彼の悲嘆を読み取った。「わたしはカートライトのほうを信じる」

ということばには、イローナに対する彼の信頼がこなごなに砕けたことが窺《うかが》われた。息子だけでなく妻までも、彼の期待に背いたのだ。

つぎのページには人名のリストがあった。これらの人は過去五年間にトリビューンの人物紹介欄に取り上げられるか、デレクの風刺の的として週ごとの特集記事を飾っていた。二百人ほどの名前があり、そのうちの一四人の名前に赤でアンダーラインが引いてあった。父の注は続いた。「ここに下線を施した人の記事には、一般には知られていない情報でわたしの事務所のファイルから引いたと思われる情報がある。ほかにも例があるかもしれないが、わたしが確認できたものだけを上げた」

父はこの一四の事例を説明していた。まず、地元議会で現代の性の乱れを容赦なく糾弾していることで有名な長老議員を上げた。トリビューンの紹介記事では、彼がニュークロスの私生児の父親で、その養育費を払っていることが明かされていた。ほかの例も、内容はさまざまだがすべて父の事務所のファイルにしまわれている事実が暴露されているという共通点があった。父は書いていた。「どの例をとってみても、その秘密がほかから洩《も》れた可能性はある。しかし一四例の全部がそうだったと片づけることはできない。しかもどの例も、事件として扱ったのは事務所のパートナーたちではなく、わたし自身だった。ということは、ファイルは一時期わが家にあったことになる」

「これはこれは」ジョージがつぶやいた。「彼はもう、デレクを疑ってる」

つぎのページをめくると、彼はつけ加えた。「日付けを見ろよ、マーク」

表題に「D．L．との話し合い。一九六三年一〇月三一日木曜日」とあった。これは彼が死ぬ二日前にあたり、この前のデレクとの話し合いから二週間後、古いトリビューン紙を調べて一件書類《ドシエ》を作り上げてから三週間後にあたる。

「D．はこれらの記事を書いたことを認めた。彼は最初、資料は当事者との面談と図書館から得たと言い張った。わたしは、図書館では手に入らない知識や当事者が与えてくれそうもない情報が書いてある箇所を指摘した。これはどこからもらったんだ？　ポール・ウィラードからだ、と彼は言った。

わたしはドネリーの件がどうして洩れたのか、彼から聞き出そうとした。その真相を知っていたのはカートライトとイローナと彼だけだった。カートライトとイローナがそれを洩らしたとは考えられない。とすると、残るはデレクだ。デレクは、ロイストン事件のいんちきについてわたしの口を封じようと必死のあまり、ウィラードにそれを話したに違いない。

この件についてわたしは繰り返し問い詰め、とうとう彼はそれを認めた。彼は、犯した過失はそれだけで、わたしが家に持ち帰ったファイルを不正に使ったことは一度もないと抗議した。わたしは彼を信じない。彼は無節操なうそつきなのだから」

ふたたび病的興奮の気配がただよってきた。終わりの部分は哀れを誘うものだった。「いったいわたしはどうしたらいいのだ？　なんという窮地に陥ったことか！　マークを呼ばなければならない。彼ならなすべきことがわかるだろう。とても疲れた……」

その夜、彼はわたしに手紙を書いた。おなじ夜、彼はフランシスのアパートに酔って現われ、うわ言のように裏切りを口にした。

……

……

「かわいそうな父さん。さぞやみじめな思いだったんだろう」

「気の毒に、マーク」ジョージが静かに言った。「ほんとに気の毒に」

「ジョージ、最後のころの父はどうだった？　これを読むと――とわたしはピンクのフォルダーをたたいた――父はじゅうぶん正気のようだが、きみの感じでは――」

「たしかにそうだ、マーク。だがこれは狂信者の正気だ。平衡感覚を失ってる。彼に話しかけてもそれはわかった。どこから見ても正気なんだが、話すのはロイストンのことばかりでね。彼は――」

そのときわたしはあることに気づいた。

「このファイルだが」わたしは彼をさえぎって言った。「大きいほうの――箱ファイルだ。これはロイストンのファイルじゃないぞ、見てみろよ」

側面のラベルには「ユーフェミア・プレスコットの財産」と書いてあった。

「これは！」ジョージは見るからに驚いて言った。「どうしてあれがここに？」

「ジョージ、ロイストンの箱ファイルはいくつあった？」

「四つだと思うが」

「そうか、ところが土曜の夜父の書斎には五つの箱ファイルがあった。ぼくは全部がロイストンのファイルだと思ってたが、これだけが違ったんだ。イローナと少佐はこのピンクのフォルダーを警察に見せたくなかった。だからこれを箱ファイルの一つに放り込んだに違いない。そうしてからきのうの朝、少佐は全部の箱ファイルを事務所に持ち帰った。これがそのなかの一つだ」

しかしわたしは考えていた。なぜ父はプレスコットのファイルを家に持ち帰っていたのだろう？　プレスコット。最近この名前を聞いたが、どこでだっけ？　ダドリー・プレスコットという弁護士がいたな。それだ！　ハーヴェイ・スコットが話していたっけ――

ジョージも同時に思い出した。

「パトリックがなぜこのファイルを家に持ってってたか、わかったぞ」彼はゆっくり言った。「金曜朝のトリビューンに、ダドリー・プレスコットの人物紹介が載った。ひどく悪意のある記事だ」

「そのトリビューンはあるか、ジョージ」

「金曜の？　いやここにはない」彼はちょっと考えた。「でも、きみのお父さんを動揺させた部分はわかる。そこに遺書はないか、見てくれ」

それは箱ファイルのなかの書類に混じっていた。

「遺言　ユーフェミア・ローリー・リード・プレスコット」彼女は遺贈として五千ポンドを娘の一人に、千ポンドを甥に、少額をいくつかの地元の慈善団体に与えていたが、最後にこう書いてあった。「息子のダドリーに、彼の数々の親切への報償として、総額六シリング八ペンスを」遺産の残りは別の娘に残していた。

「ダドリーについてのこの部分が、トリビューンにまったくこのとおりに引用されたんだ」ジョージは言った。「記事が当てこすったのはダドリーの吝嗇《りんしょく》ぶりだ。じっさいそのとおりなんだ。プレスコットはわたしの知るかぎりもっともけちな男だ。そしてもちろんデレクは、実際にそう言わずにそれを伝える名人だ」

わたしは初めて希望の光を感じた。この話は少なくとも新しい。父がわたしにあの手紙を書いたあとで起きたできごとだ。

「もしかしたら、父が土曜日にポール・ウィラードに連絡をとりたかったのはこのことじゃないかな？　覚えてるだろう、きみが言った——」

「たしかに」ジョージは同意した。「あの朝は何十回も電話して彼をつかまえようとしてた。そうだ、プレスコットの記事のことだったんだ。とにかくパトリックはとても興奮してたよ」

「なぜ金曜日にやらなかったんだ？　なぜ記事が出たその日にウィラードをつかまえなかったんだろう？」

「たぶん金曜はウィラードが一日中ロンドンへ行ってたからだ」

「きみは土曜の午後、もう一度父を見ているね？」

「たしかに。四時頃だ。そのときは彼は落ち着いてた」

そうだ。そのとき父は、ウィラードと八時一五分に会う約束をしたと言った。しかしウィラードはそれを守らず、約束を守ったのはほかのだれかだった。ということは——

「ジョージ、きみは土曜の昼は何時に事務所を出た？」

「一時一五分前かそこいらだ。なぜ？」

「そのとき父はまだウィラードと連絡をとろうとしてたか？」

「だと思うよ。わたしが帰る少し前にも、トリビューンの交換嬢に電話を取り次がないと文句を言ってたから」

「すると一二時四五分から四時のあいだに犯人は父と連絡をとって、ポール・ウィラードとの偽の約束を設定したんだ」

「じゃあ、だれかが電話でウィラードの声をまねたのか？」

「それもあり得ると思う。しかしもっとあり得るのは、だれかが父に『留守中にウィラードから電話があって、今夜八時一五分に彼のオフィスで会うそうだ』と言ったんじゃないだろうか」

ジョージの目がキラリと光って関心を見せた。「それじゃあ、土曜の一二時四五分から四時のあいだにパトリックに話しかけた人物を捜せばいいんだな？」彼は話の要点をつかんでいた。

「すぐに第一容疑者に会ったほうがいいぞ」彼はつけ加えた。「今頃カートライトはいらいらしてるだろう。彼は土曜の一二時四五分よりあとにパトリックと話してるよ。わたしが帰るとき一緒にいた。そしてたしか二人は言い争ってた」彼は笑った。「しかし少佐に殺人者の役は似合わないな。彼はどうみても正義の申し子だから」

会合の約束をしたのがウィラード本人で、彼がその約束を守ってくれていたら、事態はもっと簡単だったのに。しかしウィラードにはアリバイがあった。

「わしは恥ずかしいとは思っとらんよ」カートライト少佐は言った。「手続き上変則的だったことは認めるがね。しかし人は自分の良心に従わにゃならん」

彼は背筋をピンと伸ばして机に向かっていた。装いはいつものように完璧で、表情はいかめしいが落ち着いていた。「ものに動じない」――彼は自分のことをこう考えるのが好きだった。ピカピカのマホガニーの机の上にあるのはインクスタンドと定規と真っ白な吸取紙だけで、それらが机の真ん中に測ったようにきちんと置いてあった。部屋全体に厳粛な簡素さがいき渡っていて、椅子さえももっとも座り心地が悪いようなデザインだ。まわりの壁の版画は第一次大戦の場面を描いたものだった。

外のオフィスからはタイプライターのカタカタいう音が聞こえていた。わたしを部屋に案内したあと、エヴァは境のドアをちょっと開けたままにしてあった。

少佐はドネリー事件での自分の行動を弁護していた。

「あの事故について責められるべきはドネリー本人だった」と彼は言った。「彼は酔っていた、いいか？　パブからよろよろ出てきて車道に飛び出した。あっと言うまに車の鼻先にいた。デレクにはどうしようもなかった、かわいそうに。ただ残念なのは、彼が慌《あわ》てたあまり、車を止めなかったことだ。わしは彼に戻るように忠告した。しかしきみの母上が――」

「デレクの母です」わたしは訂正した。

「――聞こうとしなかった。非凡な女性だよ、きみの母上は」

「継母です」

彼は今度も訂正を無視した。「デレクは母親の言うなりだったから、わしが彼女に抵抗してもむだだった。それに、デレクが止まらず、すぐに戻ろうともしなかった段階で、時すでに遅しだった。後になって彼が思い直しても、いいことはなかっただろう、わかるね？ 轢《ひ》き逃げ事件は、とくに労働者が大学生に当てられた場合は、ひじょうな偏見を引き起こす。イローナはわしに黙っていることを誓わせ、わしはそうした。わしがしゃべったところで正義は報われなかっただろう」

彼の言い訳が執拗《しつよう》なのは、良心に不安を感じているからだった。わが身の清廉潔白と友への忠誠が相入れなかったあの場合、自分ははたして正しい選択をしたのだろうか。彼には確信がなかった。

「少佐、あなたの『手続き上の変則』はそれだけではないでしょう？」わたしは言った。

「なんのことだ、ロヴェル」

「あなたは警察に証拠の品を隠した」

「ああ、そういうことか。関連証拠ではないよ」

「それを決めるのはあなたじゃないはずです」

彼は人を見下したような笑いをかすかに浮かべた。「きみ、きみもわしの年になったら、価値あるものとそうでないものを見分けられるようになるよ」

彼の独りよがりにはしばしば唖然とさせられるのだが、彼もそれほど鈍感ではないことがつぎのことばでわかった。

「きみはあの中傷文を読んだかね?」彼はややおずおずと言った。

「ドネリー事件についての父のファイルですか?」

「わしの言うのは、とくにわしについての記事だ」

「ええ、読みました」

「ロヴェル、わしをあんなふうだとは思わないだろう? ど、道化などと」

少佐は初めて、他人の目に自分がどう映っているかに気づいたのだった。四〇年前だったら、それは彼のためになっただろう。だが今となっては遅過ぎた。それは彼を傷つけるだけでなんの役にも立たなかった。

「もちろん思いませんよ」わたしは声に確信を込めるように努めながら、言った。

「それを聞いて嬉しいよ」たちまち元気づいて言った。「しかし地元の巡査たちに笑われるのはいやだからね。彼らにはあれがうその塊《かたまり》だとはわかるまい。だからファイルを隠さなきゃならなかった、わかるか?……それにもちろん」と慌ててつけ加えた。「ロヴェル夫人も守らんとな。夫人は、ドネリーの事故でデレクがしたことを明かしたくなかった」

「なぜ隠しただけなんです? なぜファイルを破棄しなかったんですか?」

そうするつもりだったのだ、と彼は言った。日曜の朝ファイルを事務所に戻したとき、プレスコットの箱からピンクのフォルダーを出して家に持ち帰り燃やしてしまうつもりだった。しかし事務所でぐずぐずしているうちにイローナから電話があり、警察がファイルを取りにこちらに向かったと警告してきた。とっさの間に、ピンクのフォルダーを入れたままのプレスコットの箱を地下室の床に隠すのが精一杯だった。

「残念だが、その努力も水の泡です」わたしは言った。「記事は金曜のトリビューンに載ります」

衝撃の沈黙があった。隣室のタイプの音はしばらく前から止んでいた。

「まさか」少佐はそっと言った。顔が青くなっていた。

わたしは肩をすくめた。「今日の午後、ウィラードから聞いたんです」

「どっちのウィラードだ？　父親か、息子か」

「両方から。しかし――」

「卑劣なやつめ！　汚い豚野郎！」彼がこんなに激昂《げっこう》するのを見たことがなかった。もう、「ものに動じない」どころではなかった。

「ウィラードさん！」彼は叫んだ。

即座に彼女が入ってきた。ドアの後ろに立っていたに違いない。

「カートライト少佐、なにか？」

「お兄さんに会ってもらいたい、ミス・ウィラード。そして止めるように言ってください、その、ある――中傷文書を新聞に載せるのを。わしの言う文書がなにか、彼にはわかる。わしは――」

「それを載せたがってるのはルーではなくて、父親のほうだ」わたしは口をはさんだ。

二人はわたしを無視した。「兄はわたくしの言うことを聞くかしら」エヴァは疑わしそうに言った。

彼女のくちびるには、かすかな笑いが潜《ひそ》んでいた。彼女は見かけ以上に知っていた。実際、少佐自身と彼の職業について、彼女が知らないことはほとんどないだろうとわたしは推察した。

少佐は疲れたように額を手でぬぐった。「悪かった、ミス・ウィラード」彼は言った。「頼むべきことではなかった。どうか許してほしい。お兄さんには明日、わしが話そう」

彼女は気取ってほほえんだが、返事はしなかった。この女がこんなに不愉快なのはなぜなんだろう？めったに会うこともなかったし、話したこともないのに、彼女はすでにわたしをいきり立たせていた。

ひと呼吸置いてから、彼女は言った。「カートライト少佐、ほかにご用は？」

「ない――いや、ある。座って、ミス・ウィラード。わしはこのロヴェル氏と話があるんだが、あなたもいたほうがいい」わたしの方を向いた。「聞いただろうが、わしがデレクの弁護を引き受けた」

「ええ」わたしは感情を出さないようにして、言った。

「きみの母上に」――今度はもう、訂正する気もなかった――「頼まれた。わしの義務だと思ってね。一家の旧友としての、わかるね？」

そうは言っても、彼はそのことを嬉しいとは思っていないようだった。ついに彼も自分の限界をおぼろげに感じたのではないだろうか。

「考えたんだが、マーク」彼は言った（ドネリー事件が片づいた今、彼は堅苦しさをいくぶん捨てて、ロヴェルをマークと呼び変えた）。「考えたんだが、こちらから精神障害を申し立てられないだろうか」

「精神障害？　でもデレクはあなたやぼく同様、正常ですよ。どんな医者だって――」

彼は吐息をついた。「きみはそう言うと思ったよ。これは実に難しいケースなのだ。というのはここにいるミス・ウィラードは――」彼はことばを止めた。

「え？」わたしは先をうながした。

話を続けたのはエヴァだった。「わたくし、あなたの弟さんが土曜の夜のことでうそをついているのを知ってますの」彼女は言った。

「どういうことです？」わたしは訊《き》いた。

「彼は父の家に八時五五分までいたと言ってますが、いなかったの。八時二分過ぎに帰ったわ。わたくしは家にいて、彼が出ていくのを見ました」

ルーの言葉を思い出した。「エヴァなら、デレクが何分何秒に帰ったかまで話してくれるよ……計算機みたいにこまかい女なんだ」

「そういうわけだ」少佐は言った。「デレクの話に反するのはポール・ウィラードのことばだけじゃない。こうなると一対二だからね」

「仮にデレクがその件でうそを言ってたとしても、それで彼が父親を殺したことの証明にはなりません」こう言ったが、わたしには確信がなかった。ここの部分こそデレクの守りの要《かなめ》なのだから、彼が真実を語っていなければならない箇所だ。それが偽りだというなら、彼の話はどれも信じることはできない。

しかしもしデレクを信じるなら、当然の帰結としてポール・ウィラードとエヴァの両方がうそをついていることになる。一時間近くの相違はあまりにも大きく、思い違いということはあり得ない。ウィラードがうそをつく動機はわかるが、なぜエヴァがうそをつく必要があるのだろう?

彼女をもっとよく知っておけばよかった。エヴァは、唇のあたりにあるかなきかの微笑《ほほえ》みを浮かべて、落ち着き払ってすまして座っていた。めがねの奥の目の表情を読むこともできなかった。

「偽りの供述で人に罪をきせるのはゆゆしいことですよ、ミス・ウィラード」わたしは言った。

「なんだ、ロヴェル、そんなことは言わせんぞ」少佐は怒って口をはさんだ。「そんな権利はきみには――」

しかしわたしはエヴァを見つめていた。彼女はびくともしなかった。「わたくしはうそをついておりません」取り澄まして言った。

「お兄さんによると、あなたはキャロルに嫉妬しているとか」こう言って反応を探った。

彼女は頬《ほお》をぱっと染め、唇を怒ったようにとがらせた。ほんの一瞬、父親の執念深さと残忍さを見せた。それから彼女はまたもとのように落ち着いた。それでじゅうぶんだった。彼女がうそをついているかどうか、まだわからなかったが、彼女がうそをつけることがこれでわかったのだから。

「そういうあてこすりは撤回すべきだと思うぞ、ロヴェル」少佐が冷たく言った。

「もしお気を悪くさせたのなら、謝ります、ミス・ウィラード」

彼女は謝罪の言葉を無作法に手で払いのけた。しかし少佐はそれで満足したようで、もとの話題に戻った。

「わしはキンダースレイを考えているんだが、きみの意見はどうだ？　手堅いやつだろう？」

「申し分ありません」わたしは厳かに同意した。

「この弁護について、どうもまだやり方がはっきりせんのだ」彼は続けた。「もちろん全体の方向の心づもりはあるんだが……」

つまり援助を求めているのだった。どう進めるべきか、彼にはさっぱりわからなかったのだ。たぶん、エヴァがいつもほど助けてくれなかったのだろう。

「もちろんジョージ・フレイムとは密接に協力して進めるんでしょう？」わたしは言葉巧みに言った。「彼は刑事面ではとても信頼できますから」

熱意が冷めたのが、はっきり感じられた。

「実のところ、それは考えてない」少佐は硬い声で言った。「フレイムは並の事件なら大丈夫だが、この件は彼の分際では無理だ。彼にはそれだけの手腕はないよ」

愚かで思い上がった年寄りめ、わたしはかっとした。これで決心がついた。なんとかしてこの事件をカートライトから奪い取るのだ。

「少なくともジョージは、依頼人が有罪だと仮定して始めることはしませんよ」声に軽蔑を込めずにはいられなかった。そのとき、あることを思いついた。「ひとつあなたがやることがある。土曜の一二時四五分から四時のあいだに父と話した人を全部調べてみたらどうだろう」

「なぜ？」訊いたのはエヴァだった。

わたしは説明した。どういうことだかわからないというカートライト少佐のために、くり返し説明しなければならなかった。

「ところで少佐」とわたしはつけ加えた。「あなたは土曜日に父とけんかをしたそうですが、なんのけんかだったんです？」

「けんかなどではない」まるで、下品なことばを聞いたかのように少佐は言った。「意見の交換だ」

その訂正を受け入れた。「いいでしょう。なんについての意見を交換したんですか？」

彼は気がとがめるようにちらとエヴァを見た。「わしが勝手に話すわけにはいかんのだ」

「窮しても動じない顔つき」だと自分で考えている表情をつくって、彼は答えた。

エヴァはほほえんだ（なんといやな笑顔だ！）。「カートライト少佐、わたくしを守ろうとなさる必要はありませんわ」冷静に言うと、わたしに向き直った。「あなたのお父様は、わたくしがオフィスのファイルから個人の情報を父に流して、トリビューンに使わせたと非難したのです」

「わしは彼を厳しくたしなめなければならなかった、わかるだろう?」少佐は言った。「無礼にもほどがある」

それについては彼らはじゅうぶん釈明できた。初期の秘密漏洩《ろうえい》は、エヴァが事務所に入る前に起きていたのだから。

「フレイムを責めるなら話はわかるが。彼ならそういうことをやりかねない」

少佐はフレイムを理由もないのにひどく嫌っていたので、うまくいかなかったすべてのことを彼のせいにする傾向があった。老齢の兆候だ。わたしは彼のことばを無視した。

「父はプレスコットのファイルのことを言いましたか?」

今度もカートライトは女の方をちらと見た。そして今度も答えたのは彼女だった。「ええ、言ったわ。前の日のトリビューンの記事についてのことでした」

「父は土曜の午前中に、きみのお父さんと電話で話そうとしただろう?」

彼女はためらってから、「ええ」と言った。「その情報を父がだれから手に入れたか、教えてほしいって。以前にも知りたがってたわ。でも父は、金の卵を産むガチョウを殺すような人じゃないわ」どうやら彼女は父親のこの姿勢をよしとしているらしかった。

「そういえば、あなたのお父様は午後も家に電話してきたわ」彼女は言い足した。「わたくしは父に言われたとおりに、外出していますと答えたの」

「ミス・ウィラード、それは何時でした?」

「二時三分前よ」

これが本当なら、範囲はさらに狭まった。犯人が父に話したのは、土曜の午後二時から四時のあいだに違いない。

しかしもっと重要なのは、父がエヴァ・ウィラードを責めたことだった。それが明らかに責めるに値しなかったことはさておき、それでわかったのは木曜夜から土曜の朝のあいだに、デレクの有罪にふたたび疑問を抱かせるなにかが起きたということだ。おそらくそれは、金曜のトリビューンのプレスコットの紹介だろう。

「プレスコット夫人の遺産を扱ったのはだれです？」わたしは訊いた。

「わしだ」少佐が言った。

「父はあなたを手伝いましたか？」

「わしが遺産の始末をつけるのに『手伝い』はいらない」彼は威信を傷つけられたように言った。もっと上手に質問すべきだった。

「ぼくが言ったのは――その、あなたが病気かなにかだったのじゃないかと。父はそれにまったく関与しなかったんですか？　ファイルを家に持ち帰るというようなことは？」

「あのファイルがオフィスを出たことは一度もない――きみの父上が土曜に家に持っていくまでは、の話だが。そのときでも彼は、持ち帰るとちゃんとわしにことわったよ」

少佐は、自分の言っていることがどんな意味を持つのか、わかっていなかった。しかしエヴァにはわかった。彼女は形勢を回復しようとした。

「カートライト少佐、そう言い切れますかしら」彼女は言った。ほほえみは冷ややかにこわばっていた。「ロヴェルさんが今までに持ち出したことがないとは断言できませんわ。あの方はご自分の事件でなくても、よくファイルを持ち帰って調べてらしたわ」しかしそれは説得力がなかった。

ついに、デレクに有利なはっきりした証拠が見つかった。プレスコット・ファイルは土曜まで家にはなかった。ということは、デレクはそれに近寄れなかった。したがって、トリビューンに載った遺言書の引用文を提供したのは、彼ではなかった。

# 第一六章

午後六時半になっていた。帰るときジョージの部屋を覗《のぞ》いたが、彼はいなかった。

街灯の下の舗道は降りだした雨でキラキラ光っていた。あたりにはだれもいなかった。クレセント街は、オフィスが軒並み閉まる六時以降はいつも静かだった。道の向かいの二九番地ではブラウン医師が夕方の診療を始めていて、明かりのついた待合室の窓の向こうには何人かの患者の頭が見えた。

わたしが事務所のドアを背にしたとき、フォルクスワーゲンが近づいてきて止まり、女が出てきた。女が歩き出したとたんに、わたしは彼女がわかった。

「シリア」と呼びかけた。

彼女は立ち止まると、ゆっくり振り向いた。

嬉しそうに笑った顔が輝いていた。

「あら、マーク・ロヴェルじゃないの」

握手をしたとき、シリアの手は礼儀上必要な長さをちょっと超えて、わたしの手のなかにとどまった。

「ジョージに会いに来たの。まだいるかしら?」事務所の窓を見上げたが、明かりがついているのは少佐の窓だけだった。

「彼は帰った」わたしは言った。

「あらいやだ！」しかし彼女はそれほど困ったようでもなかった。

彼女は水曜までニュークロスにいる予定だが、美容院を予約していたので今日の午後帰ってきたのだという。

「一杯やらないか」わたしは誘った。

ふたたび、ほんと、嬉しいわ、というあの輝くような笑顔が返ってきた。

「いいわよ、マーク」車のドアをわたしのために開けてくれた。「どこへ行くの？」

急いで考えた。どこか大きくて、一般的で、回りに人がいるところ。

「メトロポール」わたしは言った。彼女は喜んでうなずいた。

昔ながらの住宅が並ぶシャノン・ロードに立つメトロポールホテルのコンクリートとガラスの建物は、立てた親指のように目立っていた。出来たのは戦争直後で、新都市郊外計画法が発効する前だった。今ならどこの計画局も、このような環境に建てるのを認可しないだろう。

メトロポールについての予測は明るいものではなかった。リヴァーヘッドは大きなホテルを二つも維持できないだろう、と言われた。それに、ヨーロッパ風料理はロンドンでならいざしらず、ここではもっと簡単な食事が好まれるのでは、とも言われた。

ところがメトロポールは繁盛した。ピンチを感じたのは古い、昔ながらのロイヤルホテルのほうだった。

わたしたちはバーの隅の静かなテーブルに座った。客はちらほらいたが、知った顔はなかった。

シリアは毛皮のコートをするりと脱ぐと、それを椅子の背に落とした。茶色のウールのドレスを着ていて、パールの一連のネックレス、それと揃いのイヤリングをつけていた。艶のある濃い色の髪は自然な感じにセットされている。

テーブルの下で彼女の脚がわたしの脚をさっとかすった。わたしは脚を引っ込めた。しかしすぐにまた、接触は始まった。シリアの行為は執拗で、その意図は疑いようもなかった。

彼女のもう一つの武器は、男をうれしがらせることだった。相手に、彼こそが彼女が初めて出会った本当の男だと思わせた。そのテクニックがわかっていても、抵抗するのは難しかった。

わたしはなんとなく、彼女に放縦《ほうじゅう》な生活の跡が残っているのではないかと思っていた。しかしそんなことは少しもなかった。最後に会ったときよりいっそう美しくなっていた。彼女の姿態は以前はこんなに魅惑的だっただろうか？　デレクが参ったのもふしぎはない。

そのデレクのことを彼女は話していた。

「彼のこと、気の毒に思ってるわ、かわいそうなぼうや」彼女は言った。「わからないのは、なんでみんなは彼が父親にナイフを突き立てたなんて思うんでしょう。デレクは行動の人じゃないわ。あなたと違ってね、マーク」

これは五年前の夜のことを遠回しに言ったものだった。夫が部屋から出ていったときに彼女はわたしといちゃつこうとし、わたしは彼女の顔に平手打ちをくわせた。

彼女はドライベルモット入りのジンを一口飲むと、いたずらっぽく瞬《まばた》きして言った。「あなたのことを考えると、頰《ほお》がまだズキズキするのよ。あなたは女の子をみんな、あんなふうに手荒く扱うの？」

「女の子がへんなふるまいをするときだけだ」

「まあ！　うそでしょう、ダーリン。あなたはちょっぴり関心があったんじゃなくて？　白状なさいよ。あなたはわたしにキスしたかった。あのとき、もし――」

「もしジョージがいなかったら」わたしはぴしゃりと言って彼女をじっと見た。

「ああ、そう、ジョージね。わたしが彼にひどいことをしてると思ってるんでしょ？」

「へえ、そうじゃないのか？」

彼女はこの問いかけを、これまで考えてもみなかったことのように、じっと考えた。「どうもそうらしいわ」ゆっくり言った。「でも――あの、彼は結婚したときからわたしがどんな女か知ってたわ。彼はその代わり、欲しいものは手に入れたわ」

それはまさにフランシスが言ったとおりのことばだった。「彼が欲しかったのはきみの金だったというのか？」わたしは訊《き》いた。

「それはひどいわ、マーク。彼はわたしをとても好いてるのよ。それに、わたしがどんなに浪費家か、それを考えたらむしろ気前のいい人だと言えるわ。もし彼がお金のために結婚したのなら、パパが死んだ日にわたしをおっぽり出してたでしょうね。パパの借金を払ったあとには、一文も残らなかったんですもの。いいえ、マーク、ジョージはわたしを愛してるわ――いつも愛してたわ」

「じゃあ、きみはどうなんだ、シリア。彼になんの感情ももってないのか？」

彼女はまぶしいような笑顔を見せた。「いやだ、もちろんじゃないの。わたしはジョージを愛してるわ」

「ポール・ウィラードやデレクを愛するのと同じように？」

彼女はまだにこにこしていた。「たぶん、もうちょっと多く」

それからわたしの嫌悪の表情を見て、激しい口調でつけ加えた。「そんな偉そうな顔しないでよ。わたしは一人の夫を守るタイプじゃないわ――だからどうだっていうの？　これが男なら問題ないんだわ。変化が欲しくなればこっそり赤い灯のつく所に行って、それでみんなが幸せになる。わたしはどうすればいいの？　ウィラードの娘たちみたいに抑圧されて欲求不満の塊《かたまり》になる？」

「ウィラードの娘たち？　そのくらいならわたしは――」

「彼女たちをいっしょくたにするのか？」

彼女は笑って、機嫌を直した。「そうね、それじゃあキャロルに悪いわね。そうは言っても、もしキャロルがたまにはデレクとさっさとベッドに入ってたら、彼を迷わせずに済んだんじゃないかしら……マーク、いい子だから、もう一杯ちょうだい」

シリアの乱行《らんぎょう》は、ほかのいくつかの結婚生活に傷跡を残したにちがいない。だからといって、彼女をすっかり嫌いになることはできなかった。彼女が引き起こす大荒れは、自制できない衝動がもたらすものだったから。彼女は身持ちは悪いが、悪意はない人だった。

「土曜の夜、デレクはどうだった？」彼女に訊いた。

「たいへんけっこうでした。だいぶ前に初心者マークがとれたわ」

「そういうことじゃないよ。彼にまず会ったとき、動揺してたか？」

「興奮してたと言うべきでしょうね。ポールと別れてすぐだったでしょう、だからわたしと出かけるのが刺激になったんだわ。ポールとわたしは——」

「ああ。きみとポールのことは知ってる」彼女は恥ずかしげもなくにっこりした。

「デレクと会ったのは何時だ？」わたしは訊いた。

「ちょうど九時を過ぎたときよ。わたしは広場で一時間待ってたの。デレクはポールからやっと逃れてきたと言ったわ。あきらめて帰るところだったのよ」

彼女はさっきのわたしの質問にまだ答えていなかった。「デレクの状態から見て、父を殺したその足でやってきたと考えられるだろうか？」

「ああ、そういうこと！　でも言ったでしょう、ダーリン、デレクは殺人を考えるかもしれないけど、絶対にやりはしないわ。ポール・ウィラードから命令書でももらってたらべつだけど。そうだわ、あの男ならきれいな短剣をふるうこともできるし——きれいな首を絞《し》めたりも——」彼女は夢見るような目つきで幸せな思い出にひたった。

「ウィラードは白だ。アリバイがある」

「それはそうでしょうとも」彼女はつぶやいた。「それじゃ、ルーはどうなの？　彼のことは考えた？」

「考えるべきかな？」

彼女は肩をすくめた。「ルーは、これまでにわたしのことを見ようともしない唯一の男よ。脇目も振らない、冷酷な人だわ。ウィラード家の人は、キャロルのほかはみんな冷酷ね。でもルーは最悪だわ」

彼女は目を無意識にわたしの背後に向けていたが、とつぜんにっこりすると手を振った。わたしは振り向いた。弁護士のハーヴェイ・スコットが、彼そっくりの恰幅のいい友人とバーに入ってきたところだった。スコットはシリアに笑いかけていたが、わたしに気づくと顔を赤めた。なぜ彼のほうが狼狽《ろうばい》するんだろう、と考えて、察しがついた。

「なんだ、ハーヴェイ・スコットもきみが征服したと言うのか？」

彼女は満足そうにうなずいた。「落ちるのに時間がかかったけど、最後には夢中になったわ」

「どうやって逢うんだ、シリア」わたしは尋ねた。心底興味があった。「ジョージにはっきり、『今夜はいない、ハーヴェイ・スコットと寝るから』とか『ポールのところに行く』とか言うのか？」

彼女はおもしろがっているようだった。「違うわ。わたしたち、体面は保つのよ。ニューロスにとても協力的な従姉妹《いとこ》がいるの。週末はほとんど彼女と過ごすのよ。そしてデートもたいてい週末にしてるの」

「先週の週末のように？」

一瞬、間が開いた。「いいえ、先週のは本物よ」彼女は言った。「ヘスターが病気なの。だか

訊いた。
今度はまちがいなく、ためらいが見られた。「なんでそんなことを知りたがるの？」彼女は
「それじゃあ、昨夜は外出しなかった？」
らこんどは水曜までいるの」

「今朝二時半に女の声でデレクに電話があった。パティー・ヤングだと名乗ったが、どうもそれらしくないんだ。デレクは、もしやきみじゃないかと思った」これは厳密には正しくなかった。シリアの声だと思ったのはわたしだった。二人の声の、低くてハスキーなところが似ていたからだ。現に今もそれを再確認していた。

「まさかあなたは、わたしがパティー・ヤングみたいな話し方をするとは思ってないでしょうね？」シリアは、電話をしたと疑われたことよりも、似ていると言われたことで怒っていた。

「教養のないアクセントを真似るのは簡単だろう？」わたしは指摘した。

彼女は機嫌を直した。「それなら、わたしじゃないわ、ダーリン。わたしはニュークロスのベッドでふとんにくるまってたわ。一人でね。ヘスターに訊いてみて。出かけたのなら気がついたはずよ」

わたしは、すでに従姉妹に訊いてみるよう人を手配した、と話した。

彼女はぽかんと口を開けてわたしを見た。「いったいだれを手配したの？」

「フランシス・チャールトンだ。というより、彼女のお母さんだ。きみの従姉妹を知ってるって」

「おやまあ！」それから彼女は頭をのけぞらせて笑いだした。「まったく、マーク、それがあなたの悪いところだって、ジョージはいつも言ってたわ。世の中の難問を一手に引き受けて解決しようとするって。どうして警察にまかせないの？　それが彼らの専門よ」

「その専門家がまちがった男を逮捕してるんだ。きみもそう言っただろう」

これで彼女はまじめになった。「たしかにね。それでも、なぜわたしに目をつけたの？　わたしがデートの合間に二つの殺人をしたとは、まさか思ってないでしょう？」

思っていなかった。本気ではなかった。そんなことは考えられないほど、彼女はあまりにものんびりと落ち着いていた。

しばらくして彼女は言った。「フランシスとはまた仲良くやってるの？」

わたしは首を振った。

「それなら用心するんだわね。あの人は複雑すぎるわ。主義主張が多過ぎて。わたしはいつも、自分の主義や主張はベッドルームの外に置いとくの。そうすれば人生はもっと楽しいのに」

彼女は立ち上がった。コートを着せかけているとき、彼女は言った。「じゃあ、ダーリン、お会いできてよかったわ。でも氷山を溶かしてるみたいだったわよ。あなたもたまにはリラックスしなきゃ。神様だって七日目には休んだのよ」

彼女はわたしの腕にしっかりと腕を回した。歩いて出るとき、ハーヴェイ・スコットの目がじっと注がれているのを意識した。

家まで送るという彼女の申し出をやっと断わった。

車を出しながら、彼女は言った。「覚えといて、マーク、寂しかったらいつでも……」

彼女は本気で言っていた。

シャノン・ロードを音をたてて走っていく車が、信号を左に曲がるまで見送った。彼女のつけていた香水があとまで漂っていた。

⁝　⁝

戻ってみるとイローナは出かけていた。「夕飯は冷蔵庫に」とメモがあった。

タンが二、三切れとトマトが一個。わたしがこれで満足すると、イローナはほんとうに考えているんだろうか？　わたしはパンの厚ぎれを数枚とチェダーチーズの塊を切りとり、コーヒーを入れた。

ちょうど食べ終ったとき、キャロル・ウィラードが訪ねてきた。

「マーク、体はだいじょうぶなの？」居間に案内するわたしに彼女は言った。「動き過ぎじゃないの」

キャロルはいい子だ。デレクのことを死ぬほど心配しているのは顔を見ればわかったが、その上にわたしが疲れているのを気づかってくれた。

「あなたはデレクが有罪だとは思ってないでしょ？」彼女は訊いた。

「ああ」

「おお、マーク、彼がわたしのことを少しでも思ってくれればいいのに！」

彼女は警察で、デレクは彼女に会いたくない、と伝えられた。

「それはイローナの仕業だ」わたしは慰めるように言った。「デレクはそんなこと言わないだろう」

しかしわたしにも確信はなかった。きのう彼から聞いた、軽蔑を込めた言葉を思い出した。

「明日になればキャロルは、涙ながらに許しを求めて舞い戻ってくるよ」デレクとキャロルの婚約は、彼の側から言えば、本来仕事上の取り引きだった。キャロルの父親と決裂した今となっては、デレクにとって彼女はそう重要ではないのかもしれない。

彼女の気をそらすために、わたしはプレスコットの記事からわかったことを話した。

「これがデレクの疑いを晴らす助けになるだろう」と話を終えた。

「ありがたいわ」と言ってから、彼女はつけ加えた。「警察にはもう知らせた?」

「今日の午後わかったばかりなんだ。だから――」

「知らせるべきよ。すぐに」彼女はわたしをじっと見ていた。

「まだじゅうぶんじゃない。もっとはっきりした証拠を手に入れるまで待ちたいな」

「遅くならないで、マーク、お願い」

わたしは少しいらいらしてきた。「もう一日くらい待っても、デレクに害はないよ」

「わたしが考えてるのはデレクのことじゃないわ」彼女は静かに言った。

「どういうことだ?」

「あなたのお父様が殺されたのはなぜだと思う?」

「トリビューンに情報を売ってた人物を見つけたからだ」

「いえ、見つけてはいなかったわ。父からそれを引き出そうとしてただけだわ。それに、エヴァが言うのは正しいわ——父はけっして教えなかったでしょう」

「それで？」

「わからない？　彼が殺されたのは、あなたが家に帰ってきたからよ。あなたがお父様からいろいろな事実を教わるのを、止めなきゃならなかったのよ。あなたはお父様より賢いわ。あなたなら正しい結論を引き出したでしょう」

彼女はわたしからたばこを取ると、火をつけた。それから深刻な顔をして言った。「マーク、あなたはもうすべての事実を手にしたわ。お父様の書類も見たし、彼が話そうとしたことも全部知ったわ……」

「ぼくが危険だと？」

「甘く見ないで」激しく言った。「パティー・ヤングがどうなったか、考えて」

二人で黙ってしばらくたばこを吸った。

「おかしいな」とうとうわたしは言った。「きみが今、パティー・ヤングと言ったとき、ハッとわかりかけたことがある。ゆうべ、なにかがちょっと違う、という気がしたんだ。ただ、それがなんだったのか、どうしても思い出せない」

「パティーのことを話して。詳しいことをまだ聞いてないの」

彼女は注意深く聞いた。

「絞め殺されてから浴槽に入れられた、と言うの?」話し終わると、彼女は尋ねた。

わたしはうなずいた。

「なんで彼はそんなことをしたんでしょう?」

「彼? 犯人は男だと思うのか?」

「裸の女の子が絞め殺されたら、ふつうは男を捜すんじゃない?」

「これは性犯罪じゃなかった」とわたしは指摘した。そしてデレクへの電話が女だったことを話した。

「わかったわ。男であれ女であれ――なぜパティーの死体を浴槽に入れたのかしら?」

ちょっと間を置いて、彼女は続けた。「ねまきがバスルームの床にあったんですって?」

「ああ。短い、ショーティって言うのか? 透き通ったナイロン製だ」

「ほかにはなにも?」

「濡れたストッキングが一本。これで絞め殺された」

「部屋着のガウンは?」

「ない。それがなにか?」

「ただ変に思ったからよ。あんな寒い夜にバスルームに行くのに、なにか暖かいものを体に巻きつけたと思わない?」

覚えている限りでは、寝室にも部屋着はなかった。下着は椅子の上に丸めてあった。ドアの後ろのハンガーにはスカートがかかっていた。しかし部屋着はどこにもなかった。たぶん彼女はそういうものを使っていなかったのだろう。

キャロルはもう別のことを考えていた。「ねえ、お湯の温度のことで、こういう説明はどうかしら。犯人は二時半にパティーを絞殺し、おふろに入れる。彼女はデレクに電話し、彼が着くまで隠れている。デレクが床に伸びてしまうと、すぐバスルームに戻って熱湯を注ぎたし、死亡時刻を混乱させデレクに疑いがかかるようにした」

「デレクがそんなふうに意識を失うのを、犯人の女はどうして予見できた?」

彼女はにやっと笑った。「ごめんなさい。わたしはあんまり頭が良くないわ。それでも、脳細胞の刺激にはなったんじゃない? ハッとひらめいた?」

「まだだ。今にひらめくよ」

「そのときには警察に行ってね。デレクが潔白なら——ほんとにそう思ってるでしょ?」

彼女はことばを自分で中断して、心配そうに訊いた。

「ああ」

「あなたにはとても慰められたわ、マーク。今夜来てよかった。ところで、言おうとしたのは、デレクが潔白なら、犯人が野放しになってるのよ。気をつけてね」

彼女は立ち上がった。「行かなくちゃ。フランシスは元気?」

「元気だ。今日昼食をいっしょにした」

「よかった」

わたしはいら立った。「なにがいいんだ?」

彼女は目を見開いた。「うまくいってないの？　ごめんなさい」

「いいか、キャロル。きみはフランシスを誤解してる。彼女にとって、今ではぼくはなんでもないんだ」

「彼女に謝った？　うまく？　ほんとにきちんと？」

「謝る？　ぼくがなにを謝るんだ？　フランシスのほうが――」

「なるほどね。フランシスはもらった指輪を送り返した。あなたに腹を立てていて、教訓を与えたかったのね。あれからずっと彼女は後悔してるわ。でも女にはプライドがあるのよ。あなたのやり方次第で、彼女はいさぎよく譲歩する気でいたのに。あなたは彼女を訪ねもしなかったし、手紙も書かなかった」

「しかしぼくはてっきり――」

「そう、理詰めに考え過ぎるのよ、マーク。Xは婚約指輪を返した、故にYとの婚約は終結した、以上、ってね。法律の本ではそうでしょうけど、あなたが扱ってるのは血も涙もある女なのよ。わたしたち女は、言ってることと意味することが反対のことがあるの。今日やったことを明日は取り消したりするの。彼女にやさしくして、マーク。あなたが悪かったと言ってやって。彼女を離しちゃだめよ。あなたとフランシスはお互い、なくてはならない存在なのよ。デレクとわたしも――」と彼女は声を詰まらせてつけ加えた。「そうだったらどんなにいいか――」彼女はそのままドアに向かった。涙が頬に流れていた。

そのとき玄関のドアが開いてイローナが入ってきた。彼女は一目で状況を把握し、キャロルに言った。「ミス・ウィラード、ここに来ないようにはっきり言ったはずですが？」

キャロルはハンドバッグの中を探っていて、返事をしなかった。

「キャロルはぼくに会いに来たんです」わたしは言った。

「マーク、忘れてはいないでしょうけど、ここはわたしの家ですよ」彼女はコートと帽子を脱いでいて、キャロルには背を向けていた。新しいコートのようだが、流行には長過ぎた。イローナの衣類は、いつも流行遅れに見えた。

「行こう」わたしは静かに言って、キャロルと門に向かった。

彼女はやっと臆病そうに笑った。「ばかなまねをして、ごめんなさい」

笑顔がどんなに顔を変えることか、ふしぎなほどだ。キャロルと妹のエヴァは、外見上とても似ていた。金髪も、鼻も、あごも、同じだった。エヴァのほうが唇が薄く、めがねをかけていたが、二人が姉妹だということは一目でわかった。ただ、笑ったときが違った。エヴァのほほえみはかすかで、冷たく、彼女の意地の悪さが現われていた。一方キャロルは、笑うと美しかった。

デレクは大ばか者だ、とわたしはもどかしく思った。

∴　∴

イローナはキャロルについてさらに文句を言おうとしたが、わたしは彼女をさえぎった。

「イローナ、ぼくはときどきあなたがどっちの側なのか、わからなくなる。キャロルはデレクの救いになってるじゃないですか。本当のところ、彼にはもったいないくらいだ」

イローナは答えなかった。傷ついて押し黙る、というのがイローナの最も効果的な武器だった。これをされると、こちらが正しいとわかっていても、悪いことをしたような気分になる。

「イローナ」わたしは言った。「土曜のことを思い出してくれますか。午後、父を訪ねてきた人はなかったですか?」

「それがあなたになんの関係があるのか、さっぱりわからないわ、マーク」彼女はすねて言った。「カートライト少佐が言ってるけど――」

「少佐のことは気にせずに。あなたに聞きたいんです」

「――彼が言うには、あなたをおだててばかげたことをやらせるなって」

それでは彼女は少佐と会ってきたんだ。たぶんいっしょに食事をしたんだろう。

「イローナ、いいですか」わたしは言った。「あなたはぼくを嫌ってる。いいでしょう――お互い様だ。しかし今度だけはいっしょにやろうじゃないですか。デレクは彼が犯さなかった罪で逮捕された。ぼくはそれを正したいんです」

「少佐がおっしゃるには――」

「少佐なんかくそくらえだ。彼はもう過去の人だということがわからないんですか? もう耄碌《もうろく》してるんです。デレクを助けたければ、あのおしゃべり老人でなく、ぼくの言うことを聞かないとだめです」

「どならないで、マーク。耳は聞こえますよ」しかしその叱責《しっせき》は自動的に出たもので、そのあとこうつけ加えた。「なにが知りたいの」

　声にはまだ敵意がこもっていたが、ついに彼女に話が通じた。

「土曜の午後――そうだな、二時から四時まで、父はなにをしましたか？」

「事務所から帰ったのは遅かったわね。昼食後ポール・ウィラードの家に電話したけど――」

「二時頃ですね？」わたしは口をはさんだ。

「ええ。ウィラードと話ができなかったものだから彼は怒ってね。あなたのお父様の気分ときたら、近頃とてもむらだったから――」

「それはいいです。それからどうしました？」

　彼女は気に入らないと言うように眉を動かしたが、そのまま続けた。「彼は箱ファイルを書斎に持ち込んで――」

「どうやってファイルを家に持ってきたんです？　重いのに」

「タクシーで。車の運転をやめてから、よくタクシーを使ってたわ」

「午後じゅう書斎にいたんですか？」

「四時まで」

「だれか訪ねてきましたか？」

「だれも」

「彼は四時頃また出かけた、そうでしたね？」

「ええ。事務所まで車で送りましたよ」

「あなたが事務所まで？」

「よくそうするわ。買い物もあったし」

「途中彼はだれかと話しましたか？」

イローナの忍耐は切れかかっていた。「マーク、いったいこれはなんなの？」彼女は言ったが、わたしがそのまま彼女を見つめていると不機嫌そうに答えた。「いいえ、だれとも。車で事務所にまっすぐ行って、ドアの前で彼を降ろしたのよ」

父は、二時にはまだポール・ウィラードと約束をとりつけようとしていた。二時間後にフレイムに、約束がとれたと話した。父はこの間にだれかと話したはずだ。

「それじゃあ、電話はどうです。父に電話はありましたか？」

「いいえ」と言ってから訂正した。そういえば午後に電話はあった——たしか三時一五分ごろだと思う。しかし玄関ホールに出ていったときには、父がすでに電話をとっていた。

「だれでした？」わたしは訊いた。

「なによ、マーク、わたしが知るわけないでしょう」

「これはとても重要なんです、イローナ。相手がだれなのか、わかる手がかりはなかったんですか？」

しかしイローナは、電話をとる父をちらと見ただけでキッチンに戻ってしまった、と言った。またしても、なにかがひらめきそうな感じがした。だれが電話したのか、わたしは知っているはずだ。

# 第一七章

「警察に行って」とキャロルは言った。しかし警察になにを話したらいいのか？　わたしが唯一確かめ得たデレクに有利な事実——彼がプレスコットのファイルを見た可能性はないこと——だけではスレイド警部は動きそうになかった。それに、ここ二日間にわたしが人びとから聞き取った話を未消化のまま語ったところで、スレイドが聞いてくれるとも思えなかった。しかしこのごったな言葉の集積のどこかに、重要な手がかりが隠れているのではないか。それをより分けるのがわたしの任務だ。そうしてから警察へ行くべきだろう。

こんなに疲れていなかったらいいのだが……。父の死、パティーの殺害、デレクの逮捕に加えて、二晩ほとんど眠っていないことのつけ
がきていた。父の机に向かって座り、集中しようとしたが、頭は眠気でこっくりしはじめた。

一杯飲んでみようか。イローナはもう寝ていたので、自分で調達することになった。ウイスキーが見つからないので、ブランデーとソーダで間に合わせた。

書斎に戻るとき、玄関ホールの電話を見てキャロルの言った別の言葉を思い出した。会話のなかで何気なくつけ加えた感想だが、確かめる価値はあるだろう。電話帳でヘクター・ロイストンを探し、かけてみた。

出たのは彼だった。

「へんなことを訊《き》きたいんだが」とわたしは言った。「昨夜パティー・ヤングと別れたとき、彼女はガス火で暖まりながらたばこを吸ってたと聞いたけど、なにを着ていた？」

ロイストンは鼻で笑った。「スレイド警部によれば、彼女は尻もあらわなねまきを着てたそうだよ」

「スレイド？　でもなんで彼が――？」

ロイストンは聞いていなかった。「まったくばかげてるよ」彼は続けた。「あの部屋は火にあたってたって冷蔵庫みたいに寒かった。そんなとこでナイロンの布切れ一枚でいるなんて、想像できるかね。まったくばかげてる」

ロイストンは、一時半にパティーと別れるとき彼女がガウンを着ていたと供述した。しかし家のなかでガウンが見つからなかったので、どうやらスレイドはロイストンの話を信用しなかったらしい。

「どんなガウンだった？」わたしは訊いた。

「薄茶色の厚いやつだ。ラムウールかなんかの」

「それはたしかなのか――」

彼は大声を出した。「なんだ、おまえ、おまえもか！　いいか、彼女はベッドから足を出すやいなや、そいつをさっと羽織ったんだ。あの部屋は北極圏みたいだったからな」

「ガウンはどうなったと思う？」

彼は無愛想に笑った。「そんなこと知らんよ、ロヴェル。だけど、警察がなんかうまい説明を考えつかない限り、あんたの弟には形勢有利になる話だな」

残念なのは、ロイストンの評判がきわめて悪いことだった。彼の供述はあまり重要視されないだろう。それでもその供述で、少なくともデレク犯人説に疑問が生じるにちがいない。

ロイストンと話し終わると、わたしは警察に電話してスレイド主任警部を求めた。

「すみませんが今は出られません。どちらさまですか？」

「マーク・ロヴェルです」

しばらく間があった。「ピーコック警部につなぎましょうか？」

ためらったが、こう答えた。「けっこうです。明日電話します」


…　…


ブランデーの効きめが出てきた。わたしの脳は刺激され、疲れは一時的に消えた。今こそチャンスだ。集めた事実と印象を整理し、無関係なものを捨て、残ったものに共通するパターンを見分けるのだ。

まず父の性格から始めた。なぜなら起きたことの多くは父の性格が関係していたからだ。わたしの記憶の中の父は背が高く、血色が良く、まばらな白髪の、いくらか太り気味の人だった。怒りっぽいが情け深く、仕事では洞察力があったが、人を見抜くという点では頼りにならなかった。もともとは健全で順応性があった。

これでわかるのは、危機に面したときの人の反応を予測するのがどんなに難しいかということだ。ロイストン事件で父は様変わりした。二人の息子との軋轢《あつれき》で重心を失ってしまった。父は極端から極端に振り回されたのだ。最初はわたしとメロドラマのような争いをして、仲直りの申し出も拒絶した。つぎに新たな証拠が出てくると、まるで狂ったように夢中になってわたしを再評価した。

これは彼が行った調査の結果を納めた個人ファイルにはっきり現われていた。彼はこれまでずっと、ピンクのフォルダーに所得税や保険関係の個人の通信文をファイルしていた。しかしロイストンのファイルは通信文のファイルというよりも私的な日記だった。そこには彼が抱いた不安が現われていた。そしてその不安の原因である罪の意識が示されていた。

それにしても父の調査はポール・ウィラードとデレクを大いに悩ませたことだろう。二人は、ロイストン事件でのいんちきの真相が世間に知られないように、父を止めなければならなかった。

彼らが用いた手段で問題の公表は先送りされたが、それが原因で今度は父がドネリー事件を調べはじめた。まもなくそれは、事務所のファイルにある個人情報がトリビューンに洩《も》れているという、より大きな問題を提起した。

この経過から考えると、日付けと時間が重要になる。一〇月三一日木曜日の時点では父は漏《ろう》洩《えい》の源はデレクだと確信していた。その夜、幻滅を感じ途方に暮れた父は、わたしに手紙を書いて帰宅をうながした。

翌金曜日、プレスコットに関する記事がトリビューンに出た。記事にはプレスコット家の財産管理のファイルから引用したと思われる事実が含まれていた。そのファイルはデレクが近づけないものだった。ポール・ウィラードは金曜はロンドンだったので、つぎの日父はなんとかして彼に会って情報提供者の名前を聞き出そうとした。午後二時にはまだだめだった。しかし二時間後の四時に父は、ウィラードと八時一五分の約束がとれたとジョージ・フレイムに話している。この二時間で父と話をしたのはイローナと、三時一五分に電話をかけてきた人物だけだ。

ポール・ウィラードとの約束はいんちきだった。それは死との約束となった。ウィラード自身にはアリバイがあったが、乗換え駅でわたしと会っていたキャロルを除き、ほかの人にはアリバイはない。ルー・ウィラードは八時一五分より少し前にオフィスにいて、父親の部屋を歩きまわる犯人の足音を聞いている。その部屋に通じる階段室を使えるのは、ウィラード親子、デレク、シリア・フレイムだけだということがわかった。

最初の殺人についてほかになにがあるだろうか？　そうだ、階段室の電球はなぜ取り去られたか？　たぶん死体の発見を遅らせるためだろう。一一時に着いたウィラードは死体に気づかなかったし、その少し後に来たパティー・ヤングもそれを見つけなかった。

第二の殺人はなぜ起きたか？　パティー・ヤングは父を殺した人物を知り、あるいは推測し、犯人をゆすろうとした。同時に彼女はデレクに接近して、彼にかかった疑いを晴らす情報を売りつけようとした。高い値段をつけたほうと取り引きするつもりだったのか、あるいは両方と取り引きする気でいたのか。危険な、そして案の定、命取りとなったせり売りだった。

彼女がデレクにかけた最初の電話は午後九時半で、二度目のは（もしそれが本当にパティーからだとしたら）午前二時半だった。二度目の電話の結果、デレクは彼女の家に出かけ、浴槽で死んでいるパティーを見つけた。それが二時五〇分だ。ジョージ・フレイムとわたしが四時一〇分に着いたとき、デレクは正体もなく床に伸びていた。

⁂

これが事の起こった大まかな順序だった。答はまだわからないにしても、これで少なくとも疑問点がわかった。だれがトリビューンに情報を売っていたか？　だれが土曜の午後三時一五分に父に電話したのか？　犯人はウィラードの部屋にどうやって入ったのか？　パティー・ヤングはどうやって犯人をつきとめたのか？　月曜の午前二時半にデレクに電話したのはだれか？　パティーの死体はなぜ浴槽に入れられたのか？　なぜ浴槽の湯は四時二〇分にまだ温かかったのか？　パティーのガウンはどうなったのか？

このほかにも失くなったファイルの問題もあるが、これについては犯人はわかっていた。イローナと少佐だ。彼らはドネリー事件の真相が現われるのを望まないので、それが入っている父のファイルを隠したのだ。フレイムが気がついてくれなかったら、ファイルは見つからなかっただろうし、プレスコットの記事の意味合いもわからないところだった。これは本筋の問題ではないが、たいへん重要なものかもしれない。

さらにひとつの疑問が起きた。父はなぜウィラードとの約束をイローナに隠そうとしたのだろう？　父はジョージ・フレイムにとくに頼んで八時に電話してもらい、前もっての約束で出かけるのでなく、不意に呼び出されたとイローナに思わせようとした。これについて納得のいく説明は思いつかなかった。

これらの疑問はすべて相互に関連していることは確かだ、とわたしは思った。ひとつに答が出れば、残りのすべてにも答えられるだろう。

あることが、わたしの意識の端に引っ掛かっていた。小さなことなのだが——手が届きそうでいて届かない、それが気分をいら立たせていた。わたしが目にしたものだったか、誰かが口にした一言だったか？　思い出せない。追いかけているのは実体のないもので……。

電話のベルにはっとして、玄関ホールに出て受話器を取った。

フランシスだった。

「ヘスター・ヴェイジーのことを知らせようと思って。彼女は——」

「ヘスター・ヴェイジーって？」

「シリア・フレイムの従姉妹《いとこ》よ」フランシスの声はちょっととがめるような調子になった。

「調べてくれって言ったでしょう——」

「ごめん、そうだ、今思い出した」

「母に電話して、今夜行ってもらったの。本当だったわ——ヘスターは風邪で寝込んでて、シリアが看病してたのよ。シリアが昨夜出かけなかったのは確かですって。でも……」

「なに？」

「でも、たとえシリアが外出したとしても、出なかったとヘスターは言うんじゃないかしら。彼女はとても忠実なの」

「するとわれわれは前進してない？」

「ええ」

わたしは待っていた。フランシスが電話をくれたのはそれを言うためだけではなかった。

「マーク、ごめんなさい。わたし今日はとても不愉快な態度をとったわ」

「それはいいよ」

「いいえ、ほんとに。無作法だったわ。わたしは怒りっぽいの。すぐ思い出してしまうのよ、あなたが——四年前のことを」

これはキャロルが忠告してくれた降参を申し出るきっかけだった。婚約破棄の責めを負い、許しを乞うチャンスだった。

しかしわたしにはできなかった。フランシスこそ四年前にわたしに味方すべきだった。彼女を取り戻したいのはやまやまだが、自尊心を犠牲にしたくはなかった。

「もういいよ、フランシス」わたしは言った。

彼女はため息をついた。「疲れてるようね、マーク。まだ捜査課と競争してるの？」

「警察がまちがってるのは確かだから、それについてなにか手を打たなければ」

「でもなぜあなたが？　マーク、なぜいつもあなたでないといけないの？」

「そういう運命なんだろう」

「それなら、やり過ぎないで、ダーリン。あなたがいくらばかでかい体をしてても、耐えられる限界ってものがあるのよ。お休み、マーク」

彼女の声は優しく、愛情がこもっていた。アーネスト・ベイリスを愛してたら、ぼくにこんなふうに話しかけたりしないだろう。違うかな？　彼女はぼくを愛してるか、それとも愛してないか……。

⁚　⁚

受話器を置いたとき、確かめておくべきことがあったのを思い出した。わたしはニューイントン・ロードに一人で住むルー・ウィラードに電話した。

「マーク・ロヴェルだ」とわたしは始めた。「悪いが——」

「なんだ、ずぶといやつだな、ロヴェル」彼はさえぎって言った。「今日の午後みたいに、おやじに乱暴をはたらいて無事で済んだやつはいないぞ。おやじは怒り狂ってる」

「彼がみずから招いた災いだよ」

「それでも仕返しされるぞ。父はきみをやっつける気だ」

しかしポール・ウィラードはわたしを傷つけられないだろう。わたしにはこれ以上失うものはないのだから。

「ぼくの面目も丸つぶれだよ」ルーは続けた。「カートライトの記事の原稿を見せたことでね」

「それは気の毒に」わたしはおざなりに答えた。

彼は笑った。「なんとかなるさ……ところで、用件は？」

「父の事務所のファイルから個人情報をトリビューンに売ってたのはだれか、聞きたい」

彼は答えるのに慎重だった。「確かめておきたいことがある」と言った。「ぼくはデレクの特集を読んだとき、彼の父親の事務所のだれかが内部の秘密を外に洩らしてるな、と思ったことが一、二度ある。そのことを言ってるのか？」

「そうだ」

「ぼくがばかだったらごめんよ、でもそれはデレクに訊くべきことじゃないのか？」

「訊いた。彼は、資料はきみのおやじさんからもらったと言ってる」

「それで、おやじはなんと言った？」

「資料はデレクからだと」

「それじゃあ、どっちでも好きな方を取れよ。ぼくは助けてあげられない。トリビューンにしょっちゅう載るつまらない話の元を、いちいち構っちゃいられないよ。ぼくに言わせりゃ、きみは些細《ささい》なことを大げさに騒いでるだけだ。どうってことのない記事だし、ちょくちょく起こってたわけじゃないだろう？　一つの法律事務所から使えるものなど、限りがあるんだから」

「父は少なくとも一四例をつきとめた」

「ほらみろ――たったの一四だ。デレクがトリビューンに書いた数百の記事を考えてみたらいい」

「一四だろうと一一四だろうと違いがあるとは思わない」

「わかった、わかった。すると、だれかが内密の情報を洩らした、と。でもそいつは金持ちにはなれなかっただろうよ。そういうものにわれわれがいくら払うと思う？　知ってのとおり、うちは地方の三流紙で大手の全国紙じゃない。デレクは五ポンドくらい握らせて、それを経費につけたんだろう。そんな程度の話さ」

「きみのお父さんが払ったのかも……」

「いいか、ロヴェル、うちの商売の営業面をやってるのはぼくだ。大きい額が支払われたらすぐわかる」

「おやじさんのポケットから払った、と言おうとしたのさ」

ルーは鼻で笑った。「おやじが新聞用のおもしろい話を買うために自分の財布を開けるなんて図は、想像するだにあり得ないな。しかし金を貸すんだったら、話は別だ。彼の趣味なんだから。きみの昔の仲間だってそれは知ってるよ。ぼく自身も経験済だ。このアパートを買うために父から借りたんだ。その契約書ときたら、国会制定法よりきっちりしてたよ」

「じゃあ、きみは漏洩をどう説明する？」

「おやじが、情報提供者はデレクだと言うんなら、ぼくはそっちを取るね。彼は知ってるはずだもの」ルーは飽きてきたようだった。

「彼はデレクに恨みを持ってる。彼がどんなに執念深いか、今日の午後話してくれたね」

「わかったよ」彼はいら立って言った。「好きなようにしろ。デレクではなくて――ジョージ・フレイムか、妹のエヴァか、あのじいさんだって――なんて名前だっけ？――チンストラップ少佐《あごひも》か。それがどうだって言うんだ？　はした金だよ。それで得る金なんて、こづかい銭だ」

「はした金だろうとなかろうと、父はそれを見つけようとして殺されたとぼくは思う。きみのおやじさんはそれがだれか知ってて、パティー・ヤングに話した。そしてパティーは犯人をゆすろうとして殺された」パティーを殺人者に取り次いだのはポール・ウィラードだという考えは、今浮かんだばかりだった。

長い沈黙があった。それからウィラードは言った。「そこんとこは間違ってるぞ、ロヴェル。おやじが殺人者を知ってるとは思えない。本当にデレクがやったと信じてるかもしれない。しかしとにかく、パティーが情報を得たのはおやじからじゃない。ぼくが土曜の夜、ちょっとの間オフィスにいたことは話したね？　じつは、パティーが一緒だったんだ――というより、彼女は外で待ってたんだ」

「パティーを知ってたのか？」

彼は陰気に笑った。「知ってた？　やれやれ、そうだよ。ぼくは客だった。ずいぶんぼられたよ」

「ロイストンが言ってたが、彼女は金については愚かで、自分の価値を知らなかったとか」

「そう言ってたか？　じゃあ、ぼくのところへ来るまでに、彼女、商売のこつを二、三教わったな。ぼくには値引きをしてくれなかったよ。彼女がロンドンで文無しになったというあの話はたわごとだよ。ああいう体で商売してたら、金に困るはずが……とにかく、土曜の午後彼女はぼくのこの部屋にいた。八時頃彼女を街まで送った。オフィスに立ち寄り、彼女を外の車に残してぼくはパイプを取りに行った。そのとき彼女はなにかを見たんだ。当の人物か、その車をね」

「でもきみは、オフィスに行ったとき犯人はすでにおやじさんの部屋にいたと言った」

「そうだったか？　いや、そうかな。たぶんぼくのすぐ後に着いたんだろう。とにかく、彼女はなにかを見た。おそらく、犯人の車をね」

「どうしてそれを知ってる？」

「彼女が話したもの。そのときじゃなく、翌日話してくれた――つまりきのうの朝だな」

「きみもきのう彼女と話したのか？」

「どうして？　ほかにだれが話したんだ？」

「わかってるだけでジョージ・フレイムとデレクとロイストンだ。それにもちろん犯人も」

「きのうは集金日だったんだ。彼女はみんなから集めて回ってた。今日になったら南に飛んで逃げるつもりだったらしい。彼女は、土曜の夜ぼくがオフィスにいたときになにかを見て、それを金に換えるつもりだと言ってた。自慢げにね。ロイストンの言うとおりかもしれないな」

彼は考え深げにつけ加えた。「たしかに彼女は少々鈍かったな。自慢するとは愚かだった」

「なにを見たとか、だれをゆするとかは言わなかったか？」

「いや、言わなかった。でもその話の続きでデレクの名前を出したものだから、彼が逮捕されたとき、ぼくはそれほどショックを受けなかったのさ」

「デレクがやったと思ったのか？」

「前にも言ったように、よく弱いやつほど――」彼は話をやめ、笑いだして、言った。「ほんとはそう思ってないよ。とにかくデレクとは思ってない――彼は骨なしの小人物だからな。殺人なんかできそうもない」

「それじゃあ、なんとかしてくれよ。おやじさんに土曜の夜について本当のことを言ってもらえないか？　彼が――」

「だめだ、ロヴェル」決定的な調子で言った。「ぼくには関係ない。警察には知ってる限りを話したから、これ以上やることはない」

世間の評判では、ルーはウィラード家でいちばん手ごわく、いちばん利己的だそうだ。その意味がわかった。

＊＊＊

書斎に戻ると、ふたたび思考の筋道をたどろうとした。しかしわたしの頭はついにいうことをきかなくなり、目を開けていられなくなった……。

一時間以上寝ていたらしい。目が覚めたとき、腕の時計は一二時一五分を指していた。なにかが眠りのじゃまをしたのだ。コツコツたたく音だ。ほら、また聞こえた。だれかが書斎の窓をたたいていた。

小さな電気スタンドがついていただけなので、窓は影になっていた。眠気でぼうっとしていたわたしは危険を察知しなかった。立っていってカーテンを開け、止め金をはずし、窓を押し上げた。

わたしの潜在意識のどこかに、この窓がいつも固くて開けにくいという記憶があった。だから力いっぱいぐいと押し上げた。ところが窓は、ばねでもついているかのようにさっと上がったので、わたしはバランスを崩して倒れかかった。それがわたしを救った。ほとんど同時に銃声が鳴り、背後の机上のスタンドはこなごなになった。

暗くなった部屋にさらに五発の銃弾が続けざまに撃ち込まれた。わたしはひれ伏し、それから体を丸めて窓の下の壁に寄りかかった。やがて静かになった。

わたしはじっとしていた。まだその辺にいるかもしれない。頭の上でカーテンが微風になびき、冷たい夜気が入ってきた。

イローナはどこにいるんだろう？　この物音で眠っていられるはずはない。きっと怖くてベッドで震えているんだろう。だれが彼女を責められようか。
三、四分たったころ、一台の車がスピードを上げて走ってくる音を聞いた。車が家に近づくとヘッドライトが部屋をさっと照らした。向かいの塀を照らして走っていく車の明かりで浮かび上がる人影はなかった。襲撃者は立ち去ったらしい。わたしは立ち上がり、玄関ホールに出ていった。
イローナは濃い色のシルクのガウンを体にしっかり巻きつけて、階段の中ほどに立って見下ろしていた。真っ青でおびえた顔をしていたが、それだけではないなにかがその表情にあった。最初わたしはそれを解釈できなかった。

「だいじょうぶですか、マーク」言う一方でこう続けた。「これをデレクのせいにはできないわ、そうでしょ」あれは喜びの表情だったのだ。息子が釈放されることを予想した、勝利の表情だったのだ。

ドアのベルが大きく響き、意気込んだ声が叫んだ。「開けなさい。警察だ」

# 第一八章

「すると、あなたはその人物を見分けなかったんですね？」皆より一〇分遅れて到着したスレイド主任警部がふたたび取り仕切っていた。

「なにも見なかったんです」

「男か、女かは？」

「言ったでしょう、警部、ぼくはなにも見ませんでした」

彼は不満そうにうなった。目のまわりには疲労のしわがきざまれている。ここ数夜は彼もあまり眠っていないらしい。

「逃げていく車の音を聞きましたか？」彼は訊《き》いた。

「いいえ」

スレイドはあくびをした。「車を使ったとしても、当然近くには止めなかっただろう」

「これでデレクを釈放してくれますか？」わたしは訊いた。

「たぶん」あいまいに答えた。

「しかし――」

「率直に言いましょう」彼は続けた。「今夜あなたを撃った人物は、ミス・ヤングを絞殺した者と同一人とは必ずしも言えません」

本当にそう思っているのだろうか？　そんなはずはない。スレイドは自分が間違っていたことを認めたくないのだ、そうにきまってる。

「ミス・ヤングのガウンはもう見つけましたか？」わたしは知らぬ顔で尋ねた。

彼はいやな顔をしたが、やがて苦い笑いをうかべて言った。「いいでしょう、正直に言いますよ。朝には弟さんを釈放します。失くなったガウンも問題ですが、ほかにも疑問点があるもんで」

「それじゃあ、振り出しに戻ったんですね？」

彼はまた顔をしかめた。「わたしはそうは思ってませんがね。それでも、あなたの話を聞きましょう。今夜のことだけでなく、ここに至るまでの経過をね。聞くところによると、あなたはわれわれの仕事をやってくださったとか？」

「だれかがやらなきゃならなかったから」

彼は怒って言い返したいのをぐっとこらえて、穏やかに言った。「それでは話して」

主任警部はパイプに火をつけ、長丁場に備えるように椅子に落ち着いた。

「あれについては――？」わたしが窓のほうをあいまいに手で示すと、彼はその意味を察した。

「ご心配なく、ロヴェルさん」いかめしい笑いを浮かべて言った。「リヴァーヘッドの警官の半分が捜索に出てますよ。わたしはここに留まってあなたに質問することにしたんです。異議がありますか？」

「失礼しました」わたしは言った。

しかし彼は自分の言うことに夢中になっていた。「あなたは、自分が危険な目にあったのは警察が間違った人を逮捕したからだと思っている。そうですね？　しかしわれわれとしては、あなたが単独行動をとっていたから今夜のようなことになったと考えているんです。ですから、これでお互い帳消しにして、今後は協力しようじゃありませんか」

「ぼくもよろこんで協力します」わたしは言った。憤りの気持ちはなくなっていた。

「よろしい」彼は言った。「こうしてお互い、わかり合えたからには……先に行きましょう」

わたしは、さっきのように命が危険にさらされたことが過去に一度だけあったが、その折の自分の反応を思い出していた。それは一九五八年春のスノードン山でのことだった。死ぬような思いで下りてきてから、フランシスに電話し、結婚を申し込んだ。彼女はあとで、わたしの雄弁は岩をも溶かすようだった、と言った。

今夜、わたしはそのときと同じ気持ちの高揚と、言葉を自在に使いこなせる力を感じていた。すべてのできごとが心に鮮明に刻み込まれ、どんな会話もはっきりと覚えていた。スレイドに語る話は欠落がなく、写実的で、重複しなかった。ただ、欠けていたのは解釈だった。

しかし警部はすでに結論を出していた。わたしが話し終えると、彼は考え深げに言った。

「この人物はやけっぱちになっている、と言うんですね？」

「犯人が？　ええ、そうだと思います。三夜のうちに殺人が二件と殺人未遂が一件ですから」

「たしかに。たいへん不安定だ。少しでも発覚の恐れがあると暴力に訴える危険なタイプです。

ナイフ、絞殺、銃と多彩でもある。つぎは青酸カリかもしれないぞ」

これらの意見は、満足げに吐き出すパイプの煙の合間合間に発せられた。スレイドは落ち着きを取り戻していた。わたしは彼を疑わしげに見た。

「あなたはだれだか知ってるんですか？」わたしは訊いた。

「ああ！　知ってますよ」彼はわざと驚いたようにいった。「きみはわからない？　きみの異母弟を除いたら、ほかに可能性のあるのは一人だけだった。そしてきみが話してくれたことが決め手になった。残念ながら証拠はまだない。どれも決定的とは言えない。しかしそのうち手に入るでしょう」

「だれです？」わたしは訊いた。

「ロヴェル君、わたしが答えると思ったらいけませんよ」

主任警部は楽しんでいた。

「ほかに知りたいことはありますか？」わたしは冷たく訊いた。

「いや、けっこう。検視は明朝一〇時半です。忘れないように。少し寝るといい。寝てないように見えますよ。二人ほど見張りをつけるから、二度と襲われることはないだろう。ところで」出ていこうとするわたしに彼はつけ加えた。「ワイフがきみによろしくと。彼女はとても音楽好きなんだ。話したっけ？」

その朝四時半に、それまで思い出せなかった部分の最初の断片が、あるべきところに納まった。土曜の午後に父に電話したのがだれなのか、わたしは知った。

かつて学んだ法律の先生の一人がいつも言っていた。論理的思考を妨げる最大の障害は、われわれの無意識の先入観であり、思い込みである、と。「どんなに自明のことであろうと、すべてに疑問をもて」と彼はよく言った。「チェスタトンの推理小説に出てくる郵便屋を思い出せ。彼が見えなかったのは、人びとが郵便配達人は手紙を配るだけの人だと思い込んでいたからだ」

わたしが間違ったのもそこだった。ある人たちはそんなふるまいはしない、と公理のように思い込んでいたのだ。疲れ過ぎて眠れず、ベッドで転々としている今になって初めて、わたしはあくまでも理性的に、客観的に考えることを自分に課した。

するとすぐに答がやってきた。といってもこれは、求めるべきいくつかの答のうちの第一の答だった。生じた疑問はいくつかあり、全部が一繫《つなが》りの関連性があったわけではないからだ。大事な電話をかけた人物がわかっても、それが終点ではなかった。

階下に行ってコーヒーを入れ、寝室に運んだ。それから再度問題に取り組んだ。感情を排し、知能のゲームとしてそれを扱った。ついに第二の幸運がやってきた。パティー・ヤングの殺人に関して、長いことうっかり見逃していたちょっとした異例を思い出した。

わたしはもう、ゴール近くの直線にいた。二つの可能性が残った。たった二つだ。このうちの一つが正解にちがいない。手持ちの証拠を拡大鏡にかけてあらゆる細部を調べた。そしてそれが容赦なく一方向を指すのがわかった。

まだ理解できないこまかい点があったし、解明すべき小さい矛盾もあった。しかしだれが父とパティー・ヤングを殺し、わたしを殺そうとしたかは、疑う余地もなくわかった。


……　……


だれかが静かにわたしをゆすった。

「『目覚めよ！　朝《あした》は夜の杯に……（オマル・ハイヤーム『ルバイヤート』のフィッツジェラルドによる英訳の一節）』九時半だぞ、マーク」

起き上がったが頭はズキズキし、目は焦点が定まらなかった。デレクがベッド脇に立っていた。白いシャツに濃い色の部屋着を着て、とてもこぎれいに見えた。両手でトレーをかかげている。

「これを飲めよ」湯気の立つコーヒーカップを差し出した。「昨夜どんな目にあったか、母から聞いた」

やっと目が覚めてきた。「いつ出た――？」訊きはじめた。

「朝食は女王陛下持ちさ。ベーコンエッグとトーストだ。いつもの食事より時間が早いのを除けば、たいへんけっこうだった。それからスレイド主任警部がやってきて別れのことばと謝罪を述べ、互いに友好を確認し合って別れたというわけだ」

彼はベッドのわたしの脇にトレーを置いた。「滋養を摂《と》りたければ食物もある。しかし急がないと。検視は――」

「そうだ、検視だ！」どっと記憶が戻ってきた。なぜ目覚めたとき胃の底に憂鬱な気分を感じたか、今わかった。今日は悪い日になるだろう。

デレクは窓に行ってカーテンを開けた。「また雨だ」彼はだれにともなく言った。空は黒ずんで、こまかい雨が降っていた。聖ステパノ教会の屋根に黒い防水服を着た作業員が二人いるのが、ベッドのわたしから見えた。

電気かみそりを差し込んで、朝食をとりながらひげを剃った。

「ふろの湯を出してくれないか、デレク」

デレクは浴槽の縁に腰かけてしゃべった。予期しなかった釈放で元気づいた彼は、上機嫌だった。振り返ってみれば、彼には逮捕も投獄も英雄的行為のように思えてきたのだろう。

「これこそトリビューンに載るぼくの最大のスクープになるぞ。おお、すごい好機だ！」

「トリビューンには載らないよ」わたしは言った。「石けんを取ってくれ、デレク」

「どういうことだ？」

彼の迷いを覚ますときがきた。「もうトリビューンには一行だって書けないだろう。ポール・ウィラードは――」

「しかし今なら――」

「思い違いをしちゃいけない、デレク。なにも変わっちゃいないよ。ウィラードはきみのやったことを許さないだろう」

彼は口をとがらせた。彼の満悦の時に影を差しているのはわたしだった。

「そうか、とにかく」彼はすねたように言った。「キャロルは怒ってないよ」

「ああ、その点きみはすごく運がいい。彼女と結婚してここを引き払い、どこかで出直したらどうだろう？」

彼はふたたび明るくなった。「それがいい、マーク。きっぱりやめる、それが大事なんだ。新たな出発。そしてこれからは品行方正を崩さない」

彼の言うことを聞いて、わたしはいっそう憂鬱になった。悲しいのは、彼が本気でそう思っていることだった。哀れなデレク！　弱く、わがままで、自分を甘やかす。知性はあるが気骨がなく、ハンサムだが思慮分別に欠ける。今の立派な決心も長続きしないだろう。彼の行く末はとうの昔にわかっていた。キャロルが彼を助けるだろうが、どんな犠牲を払うことか！　彼女にそれを求めるのは正しいことなのだろうか？

わたしはふろから出て体を拭きはじめた。

「今朝スレイドが言ってたけど、ぼくに代わっていろいろ調べてくれたんだって？　ぼくが感謝してないなんて思わないでくれよ、たとえ母さんがなんと――」

「イローナの言うことなんかどうでもいい。きみは彼女から離れなければ、デレク。きみの問題の元はそこにあるんだ。もう大人なんだぞ」

「言うことはわかるよ、マーク」彼はなだめるように言った。「母はうるさいこともある。しかし彼女がぼくのためにしてくれたことを忘れちゃいけない。彼女は――」

「ああ！　やめとけ」わたしはいら立って言った。望みはなかった。

# 第一九章

クライヴ・ホールは検視法廷の場としてとくに推奨できる所ではなかったが、収容力だけはあった。とにかく広くて、雨の中で待っていた人びとのかなり長い列も木のベンチのいくつかに納まった。しかしそこは陰気で薄暗く、すきま風が吹き込んだ。壁から見下ろす元市長たちの肖像画の顔も、寒さで青ざめているように見えた。

リヴァーヘッドの連続殺人は全国紙の見出しになっていたので、記者たちが大勢来ていた。今までの数日間でわたしは記者たちを相手にするのに慣れてきた。ところがこれまでは近寄ってきても一人か二人だったのに、今日はデレクの車から降り立つと、記者がイナゴの群れのように群らがってきた。カメラがカシャカシャ鳴り、口早な質問がとんできた。しかし彼らは連れがだれかを見ると、わたしを置き去りにした。わたしはそのまま階段を上り、デレクは記者たちに応対した。たくさんの鉛筆がメモ帳の上を忙しく走った。

「マーク・ロヴェル氏?」ドアにいた警官はリストを見て名前をチェックした。「前列に席があります」

「スレイド主任警部に会いたい」

「すみません。警部は忙しくて」

「でも重要なことです。ぜひ――」

「すみません」彼は繰り返すと、固い表情でわたしの肩の向こうを見つめた。

わたしは肩をすくめて、あきらめた。まだ時間はある。

前の二列が家族と証人のためにとってあった。イローナは少佐と座った。少佐は今朝車で彼女を迎えにきたのだ。イローナの片側には少しあいだを置いて、どことなく医学関係者だとわかる見知らぬ人が座っていた。その隣にはピーコック警部ともう一人の私服刑事、またあいだがあってジョージ・フレイムとシリア・フレイム、最後に列の端にキャロル・ウィラードがひとりでいた。

キャロルの後ろに残りの家族――父親とルーとエヴァがいた。二列目のずっと離れたところにヘクター・ロイストンを見つけた。いつもと同じようにだらしなく、茶色の服に赤のボウタイ、フランネルのシャツを着ていた。

これで主要な人たちはみな揃った。あとはフランシスだ。目をずっと後ろにやると、ドアのそばに彼女を見つけた。ひとりでいるらしかった。彼女はわたしを見なかった。

わたしはシリア・フレイムの隣に座った。彼女は反射的に一、二インチこちらに体をずらし、脚をわたしの脚に押しつけてきた。

「すごいじゃない、マーク」彼女は言って、まぶしいような笑顔をさっと見せた。「ゆうべはアル・カポネを撃退したんですって?」

「そう言われると嬉しいけど、シリア、そうじゃないんだ。やつが立ち去るまで床にへばりついてたのさ」

ジョージが妻の向こうから身を乗り出した。「そうか、無事でよかった、マーク」彼は言った。「デレクが出たって?」

「そこにいるよ」わたしはドアの方をあごで示した。

デレクがちょうど入ってきた。彼は母親の合図を無視して、列の端にいるキャロルと並んだ。キャロルの顔は喜びと勝利で輝いた。

かわいそうなキャロル。それはむなしい勝利だった。イローナは待っていればいいのだ。有利な立場にいるのはイローナのほうなのだから。

リヴァーヘッドの検視官はここ一五年来、心臓医のエドワード・リミントン博士だった。彼はとび抜けて背が高く、豆づるの支柱のように痩せていて、生真面目《きまじめ》な長い顔をしていた。単調なかすれ声は、ゲティズバーグの演説をしてもあくびを誘っただろう。今日彼は主席裁判官にふさわしい威厳をもって入場した。

前置きが済むとわたしは最初の証人として呼ばれ、壇上の検視官のテーブルのそばの椅子についた。陪審員は壇の脇の二列の椅子に並んでいた。

スレイドによれば今日の審問は形式的なもので、わたしの証言と医師の証言が終われば延期されるとのことだった。わたしはただ父の死体を見つけたことを証言すればいいらしい。

しかし検視官はべつの考えを持っていた。四年前わたしが父とけんかして、以来話もしなかったのは本当か、と尋ねてきた。わたしはそうだと答えた。

「なにについてのけんかだったんです？」リミントンは尋ねた。

前列の仲間にあとから加わっていたスレイドは、そわそわと落ち着かない様子を見せた。

わたしはといえば、皆の前で古いスキャンダルを掘り返されたことでかっとした。おぼろげな記憶ではリミントンは、家族は神聖で親には尽くすべきだという昔風の考えの持ち主だった。こうしている間も殺人者はこの場に座っているのだ。それを劇的にあばいて叫んだら、どうなるだろう、とわたしは考えた。

「なにについてのけんかでした？」リミントンはいらいらと繰り返した。

「わたしは異母弟やほかの人たちを偽証罪で訴えました。父はそれが気に入らなかったんです」

「その告発は実証されませんでしたね？」リミントンは明らかにこの件をよく知っていた。

しかしその後の話は知らないはずだ。「父はのちにそれが本当であることを見つけました」

答えたが、こうつけ加えずにはいられなかった。「父はまた、その不正で異母弟が演じた役割は小さなものだと知りました。不正を行った当人はポール・ウィラードでした」

法廷にどよめきが起きた。ウィラードは立ち上がってどなった。「うそもいいとこだ。この仕返しはするぞ、ロヴェル」

スレイド警部はかんかんに怒った顔で壇上に駆け上り、検視官に激しい調子でささやいた。

騒ぎが治まるとリミントンはわたしに向き直った。彼は声を抑えようと苦労しながら、土曜の夜のできごとを簡単に述べるように言い、そのあとわたしを席に帰した。

検視官はつぎの証人に矢継ぎばやに専門的な質問をして、ようやく落ち着きを取り戻した。

前列の見知らぬ人は、検視をした病理の医師だった。その証言からは新たなことは出てこなかった。

最後にスレイド本人が証言した。彼はまずデレクに謝罪し、証拠に基づき逮捕し告訴をしたがそれがのちに誤りだとわかった、と言った。警察は彼の無罪を確信しており、第二の殺人を含むその後のできごとに照らして調査を続行中だ、と言った。スレイドは審問を二週間延期することを求め、検視官はしぶしぶ承諾した。

さらにちょっとした劇的場面があった。検視官が立ち上がったとき、前のほうでうめき声がして、カートライト少佐が床に崩れ落ちた。

なんてことだ、まさか——。わたしは思った。

「ただの気絶です」証言をした病理の先生が少佐にかがみ込んでいた。

「心臓が良くないのよ」イローナはだれにともなく言った。

…　…

「スレイド警部」会場を出ようとする彼をつかまえた。

「なんです」彼は無愛想に言った。

「話があります。ぼくはだれがやったか——」

彼は手を振ってわたしを黙らせた。「ここではだめだ」彼は言った。「駅まで送ります」

黒い大型車ハンバーが待っていた。

「諸君、言うことはありません」スレイドは言うと、記者の群れをかき分けてわたしのあとから車に乗り込んだ。「ピーコック警部に会いなさい。彼が発表するプリントを持っている」カメラのフラッシュがまた光り、車は動き出した。

スレイドはいたずらっぽくにやりと笑った。「あれが明日の一面に載るぞ」彼は言った。「『マーク・ロヴェル氏、スレイド主任警部が同行してリヴァーヘッド警察署へ』ってね。それでなくてもポール・ウィラードに爆弾を投げたことで一面に書かれることはたしかだが。どうしてあんなことを?」

「腹が立ったんです」

彼はうなずいた。「そうだな。老リミントンはいやなやつだ。それにしても……」

「そうか」わたしは皮肉を込めて言った。「トリビューンの社主を悪く言ってはいけない、か」

「時と場所を考えなければ、ロヴェルさん」言ってからつけ加えた。「ロイストン事件のお父さんのファイルは公訴局の長官に回しておきました。彼が公訴するかどうかを決める。わたしの手を離れましたよ」

彼を誤解していたようだ。わたしはファイルが密《ひそ》かにうやむやにされるだろうと思っていた。

スレイドはこのあと、自分のオフィスに帰るまで口をきかなかった。

「では、どうぞ」彼はきびきびと言うと、腕の時計をちらと見た。

「ぼくはもう、犯人がだれか知っています」わたしは言った。

彼はメモ帳から一枚をはがし取ると、机の向こうからそれをよこした。「名前を書いてください」

わたしは書いた。

彼はそれをちらりと見た。「理由は？」

理由を述べた。

「どうも、ロヴェルさん」わたしが話し終えると、彼はこう言って椅子から立ち上がり、帰っていいという身ぶりをした。わたしはそのまま座っていた。

「これからどうするつもりですか？」わたしは訊《き》いた。

彼は座り直し、パイプを出して詰めはじめた。

「なにも」彼は言った。

「でもまさか――」

「率直にいいましょう。あなたの話はどれもわたしがすでに知ってたことです。というよりも」彼は訂正を加えた。「たしかに一つ二つは新しいヒントがありました。しかし本物の証拠はない――陪審員が本気で食いつくものはないんです」

「じゃあどうするんです？」わたしは訊いた。「尋問は？」

「いや、してない」

彼は暗黙のうちに、わたしが書いた名前が正しいことを認めていた。でもなにか変だった。

普通の手順だと第一容疑者をきびしく尋問するはずなのに。

スレイドはわたしの不審顔を見てとった。「われわれは今夜、スコットランドヤードの援助を頼もうと思っているんです」彼は言った。「だからそれまでは静かにしていたほうがいいと考えて」

こう言うまでには——とくに『われわれ』という主語を使うのは——たいへん辛かったことだろう。無念の思いがにじみ出ていた。この事件は彼の手から取り上げられようとしていた。デレクの逮捕とそれに続く釈放でスレイドの評判は傷つき、上司たちは二度目の失敗を恐れたのに違いない。

スレイドはまた時計を見た。

わたしは急いで口をはさんだ。「パティー・ヤングのガウンがどうして片づけられたのか、もうわかりましたか?」

「いや。ひとつわかったことはあるが、それじゃない」彼はなにか言おうとしたが、思いとどまった。

「なにかあるんですね?」わたしは言った。

彼はためらっていたが、やがて肩をすくめると、言った。「ガウンとは関係ないことだが、病理の医者が言うには、女の右手が死んでからこすられてるそうだ。手のひらと指の先が」

「こすられた?」

「そう。軽石かなにかでね。一部では皮膚が破れるほど強くこすられてる」

「なにも残って——」

「ない。なにがついていたにせよ、完全にきれいになってた……どうかしましたか?」

わたしは彼を凝視していたらしい。

「なんでもありません」ゆっくり言った。「なぜ死体が浴槽に入れられたのか、たった今わかったんです。なぜガウンが失くなったか、そしてなぜ手がこすられたのかもわかった」

警部にわたしの推理を話した。

「あり得るな」彼は考えながら言った。それからもっと確信をもって言った。「そうだ、それに違いない。しかし実際問題として――それを証明できんだろう」

「できるかもしれませんよ」わたしは心のなかで形になりつつあった計画のあらましを話した。

「それは許可できないな」彼は言った。「きみはすでに一度襲われてる。危険すぎる」

「でも――」

「悪いがだめだ」そうは言っても彼がやりたがっているのはその目の輝きを見ればわかった。

「残念だな。あなたの功績になるのに。しかし」――わたしは立ち上がった――「明日になればスコットランドヤードがうまく決着をつけてくれるでしょう」

彼はパイプをふかしながら天井を見つめ、不明瞭な声で言った。「もちろん、きみがその気なら、友達に会うのを止めることはできない」

言い換えれば、「やりたければやれ、だがわたしには言うな」ということだった。

それではじゅうぶんではなかった。わたしは警察に手近にいてほしかった。しかし彼はそれも考えに入れていた。

「容疑者には尾行をつけてある」まだわたしと目を合わせないようにしながら彼は言った。

「今夜は増員するかもしれない。用心に越したことはないからな」

それは正式許可も同然だった。スレイドの虚栄心をありがたく思った。

帰ろうとすると彼は言った。「教えてほしい。きみがこんなに熱中するのはなぜだ？　追跡を楽しんでるのか？」

わたしは彼を見つめた。「ぼくがこれを楽しめると思いますか？」

「いや、悪かった。言うべきではなかった」

＊

警察署を出たのは正午だった。まだやると決めたわけではなかった。最終決定はまだだ。家に着くと、イローナもデレクもいなかった。ケイがトロントから一二時一五分頃電話をくれる予定だった。電話を待つあいだにわたしはある決意をした。もしケイがわたしの計画に賛成したら、やってもいい。そうでなければ……。

わたしは彼女に、この前の電話以後起きたことをすべて話した。姉は動揺しない人だと思っていたのだが、わたしが到達した結論を告げると彼女はひどいショックを受けた。

「そんなはずはないわ」彼女は言った。「信じられない」

「じゃあ、どこがおかしいか、言ってくれ」彼女は言えなかった。

わたしはやろうとしていることの概略を話した。

「やってはだめよ、マーク。絶対」

「なぜ？　自分で考えなさい、警察にまかせるな、と言ったのは姉さんじゃないか」

「そうよ、でもこんなことになるとは——ああ！　でも、あんたはもう決めてるんでしょう？」

「ああ」こう答えたとき、わたしは自分がそう思っていたことがわかった。わたしはその気でいた。だれがなんと言おうと、ケイでさえ、わたしを止めることはできない。

# 第二〇章

ジョージ・フレイムをオフィスに訪ねると、来客中だった。そこで少佐の部屋をのぞいた。外の部屋でエヴァ・ウィラードが机に向かって法令集を熱心に読んでいた。

彼女はこちらを見た。

「彼はいないわ」少佐の部屋のドアをうなずいて示しながら言った。「家で横になるために帰ったの。彼には刺激が強過ぎたのね」目を本に戻した。

「なにを勉強してるんです、ミス・ウィラード」わたしは椅子を引き寄せて座った。

彼女はわたしを相手にしないつもりで眉をひそめたが、思い直した。「ここで離婚を扱うことになったの」彼女は言った。「その件が一九三七年の条例のこの項にあてはまるかどうか、わからないものだから」

彼女は問題点を説明し、わたしは答を与えた。彼女はわたしを尊敬を込めて見つめた。「頭がいいこと」彼女は言った。

「そんなことはない。経験を積んだ弁護士ならだれでも答えられるさ。なぜジョージ・フレイムに訊《き》かなかったんだ?」

「彼はいつも忙しいから」

「でもミス・ウィラード、なぜきみが――？」

「秘書の仕事じゃないって言うんでしょ？」彼女は苦い笑いを見せた。「だって、わたくしはただの速記者やタイピストじゃないのよ、ロヴェルさん。今度の五月にロンドンの法学士の最終試験を受けるの。少しは法律を知ってるの。ここ数年はわたくしが少佐を脱線させないようにしてきたのよ」

「それは聞いてる」

彼女は今では親しげでさえあった。しかし彼女のつぎの言葉にわたしはひどくむっとした。

「デレクが釈放されてよかったわ」

「なにを言うんだ」わたしは怒って言った。「彼が捕まったのは、きみときみのお父さんのうその供述のせいなんだぞ」

「わかってるわ。ごめんなさい」彼女はためらってから話を続けた。「デレクと結婚するはずだったのはわたくしなの。それが父の最初の考えだったの。でもデレクは言われたとおりにしなかった。うちの家族にならなきゃいけないんなら、きれいなほうのキャロルを取るって……。ところで、ウィラード家には意地悪な性格が伝わってるの。それからはデレクに仕返しを考えたわ」

彼女はふたたび笑顔になった。その笑顔がきわめて不愉快なのは残念なことだった。

「でもね」彼女はつけ加えた。「終わってよかったわ。気になってたから」その発言はおざなりで、たぶん心からの言葉ではなかっただろう。しかし少なくとも、彼女がなぜうそをついたかはわかった。

「ミス・ウィラード、教えてほしい」わたしは言った。「ここのファイルからお父さんに情報を流していたのがだれか、ほんとに心当たりはありませんか？」

「漏洩《ろうえい》があったというのは確かなの？」

「と思う。確かだ」

彼女は肩をすくめた。「オフィスのだれにも可能性はあるけど、見習生ではないでしょう。彼らがマル秘ファイルを読んでたら目についたでしょうからね。だからあり得るとすれば、パートナーの一人か、主任事務員のシンプソンか、わたくしだわね」

「でも、あなたじゃない？」

「ええ、わたくしじゃないわ。それにシンプソンのはずもないわ。彼はずっと病院でしたから」

「すると、残るはカートライト少佐とフレイム氏か。二人のうちの一人だと、本気で言えるはずはないね？」

そんな持って回った言い方をしたが、エヴァ・ウィラードに雇い主たちのことを聞くのに、それだって適切とは思えなかった。しかしこの際、エチケットにかまってなんかいられない。

「そうね」彼女は言った。「まず少佐は除外していいわ。なんにせよ秘密を洩《も》らすなんてことは、少佐にとっては盲目の物乞いからものを奪うに等しい行為なの。『信頼を裏切る行為だ』って、少佐なら言うでしょう。それからフレイムさん？　彼のことはよく知らないけど、彼だって除外できると思うわ。とてもりっぱな人よ。でも、あなたが見逃してる人がいるんじゃない？」

「だれ？」

「あなたのお父様よ」

給仕の少年がドアをノックして顔を出した。

「フレイムさんがロヴェルさんにお会いになります」少年は言った。

出るとき、最後の質問をした。

「お姉さんとの仲はどうなんです？」

「キャロルと？　あら、彼女はいい人よ。優しくて。だれでもそう言うわ。わたくしがとやかく言うことじゃないでしょ？」

またあの笑顔を浮かべた。苦く、覚めた笑顔を。


…　…


「きみの言うことがわからないな、マーク」ジョージの論点はいつものように経験を踏まえた常識人の見方に拠っていた。「デレクは釈放された。きみは目的を達した。それ以上のなにを望むんだ？」

「真犯人が逮捕されるのを見たい」

「皆がそう思ってるよ。しかしわれわれが警察に金を払ってるのは、それをしてもらうためなんだ。一個人が責任を負うべきことじゃない」

「だれかがゆうべ、ぼくを拳銃で撃った。ぼくには個人的な関心がある」

しかしこれは答の一部にすぎなかった。わたしにとってこれは、父の殺害者に対する私的な復讐《ふくしゅう》を意味するようになっていた。ハムレットの思いが理解できた。天罰が下るまでは心は安まらないだろう。同時にわたしは、時間があまりなく、通常の法の歯車が回るのを待っていたのでは遅過ぎる、という不吉な予感をもった。殺人者は、網が狭まるにつれて危険を顧みなくなっていた。逮捕が遅れれば遅れるほど、罪のない人びとの危険は増すだろう。スレイド警部がわたしの計画推進を許したのも、それがあってのことに違いなかった。

「わかった」ジョージは言った。「そのことにわたしが賛成だとは思わんでくれ。しかし念のため聞いておきたいが、なにを考えてる？　今夜パティー・ヤングの家に来いという話だが、なぜだ？」

ジョージに一部始終を話すわけにはいかなかった。まだ、今のところは。ほかのだれにも話せなかった。

「殺人を再現したいんだ」わたしは言った。「弱い点はそこだから。最初の殺人はほとんど完璧だった。しかし二度目のは違う。あまりにも手の込んだ脚色をしたために、いくつかの誤りをした」

「家にはどうやって入る？」

「ヘクター・ロイストンの協力がいるだろう。彼が借りた家だから」

「それで、なぜわたしをそこに呼ぶ？」

「あの夜あの家にいた者全員にいてほしいんだ。きみと、デレクと、ヘクター・ロイストンと、ぼくだ。もちろんパティーはだめだが、代役を使う。そしてもう一人、ゲストが来る。実演中のタイミングのいいときに来るといいが」

「犯人が?」

わたしはうなずいた。「われわれのゲストが招待を受けてくれるかどうかは保証の限りではない。しかし望みはある」

「だれなんだ、マーク」

わたしはためらった。しかし、まあいいだろう。名前を口にした。

「わたしは信じない」彼はきっぱりと言った。

彼の電話が鳴った。わたしは受話器を取ろうと体を伸ばした自分を押し止めなければならなかった。この部屋がまだ自分のものだと無意識に思っていたようだ。そうか、ジョージが温かく誘ってくれても、今となってはここに戻ることはできないだろう。思い出はあまりにも悲痛だろうから。

興奮しているらしい依頼人を相手に、ジョージが頼もしい声で道理にかなった助言を与えるのを聞いて、彼が弁護士として人気があるのももっともだと思った。彼は、こびへつらうことなく同情を示すという適切な態度をとっていた。

彼はまた、あることからほかのことへ、即座に気持ちを切り換える才能をもっていた。

「それはとてもひどい言いがかりじゃないか、マーク」受話器を置きながら彼は言った。「それを実証できるのか？」

「それが今夜の実習の目的だ」

「しかしなんらかの根拠がないことには」

「根拠はある。それは今夜話す」

「今、聞きたい」

「今はだめだ、ジョージ、頼むよ」

「そういうことなら、残念だが、協力できない」彼は固い声で言った。

「いいか、ジョージ、これでどんな害があるっていうんだ？　もしぼくが間違ってたら、ゲストは現われないだけだ。もしぼくが正しかったら——」

「もしきみが正しかったら、われわれはみんな、頭を吹き飛ばされる」

「そうか、もちろんきみがそれでは危険すぎると思うのなら——」

これが彼をつかまえた。彼はにやっと笑った。「きみの勝だ。乗るよ。何時だ？」

九時に彼を迎えにいくことにした。

立ち上がって帰ろうとしたとき、わたしは言った。「今朝はシリアと一緒だったようだが、家に戻ったのか？」

彼は顔をこわばらせた。「彼女は検視審問のために出てきたんだ。明日家に戻る」

彼は、わたしがシリアのことを知っているのがいやなようだった。

……

……

ロイヤルホテルで遅い昼食をとり、二時半頃家に着いた。デレクの意気揚々は長くは続かなかった。ポール・ウィラードと会ってきた、と彼は言った。

「きみが正しかったよ、マーク。ぼくは失業者の列に加わった」

彼は首になったことが腑《ふ》に落ちなかった。シリアとは終わったとウィラードにはっきり言ったのに、それはウィラードの怒りに油を注ぐだけだったという。デレクは、人の心理を理解する能力にふしぎなほど欠けていた。

「彼とは手を切ったほうがいい、デレク。きっぱり罷《や》めるんだ。リヴァーヘッドを出て、やり直すんだ」

「でもどこで職を見つけられるだろう？　ウィラードなら――」

「ウィラードは井の中の蛙《かわず》だ。リヴァーヘッド以外では物の数に入らない。フリート街で試したら、あそこだってそれほど才能ある人で溢《あふ》れているわけじゃないから、雇ってくれるかもしれないぞ。ただしきみが、はしご段の下から始める覚悟があればね」

彼はすこし明るくなって、言った。「ひとつ良かったのは、トリビューンがカートライトの例の人物紹介を載せないことだ。ドネリーの事故を書いた原稿だ。あれが出たら、ぼくはおしまいだったろう」

「だれに聞いた？　ポール・ウィラード？」

「いや、ルーからだ。警察がおやじさんに圧力をかけたらしい」

同じくルーの話によれば、警察はまだ、父の事務所からトリビューンへのルートをつきとめられず、ポール・ウィラードは今でも、デレクが自分で資料を集めたと言い張っているという。

「だれの仕業か、思い当たることはないのか、デレク」わたしは言ってみた。

しかし彼は思いつかなかった。デレクが書く記事に盛りこむべき概略は、たいていはポール（または息子）が指示し、その後の資料集めはデレクに任されていた。しかしときには（ロイストンの記事のように）ポールから情報を渡され、それを使うように言われた。いかにもデレクらしいことだが、それらの情報が常に正確だとわかってからは、ウィラードがどこから事実を得たのか、デレクは尋ねようともしなかった。

「とにかく、すべてが父さんのオフィス・ファイルから出たとはかぎらないだろう」デレクは言った。

そのとおりだろう。ウィラードにはほかにも情報をもらう相手がいただろうから。

デレクは、フレイムとはちがって、よろこんでわたしの実験に協力すると言い、やっかいな質問などしなかった。デレクがうわべの洗練にもかかわらず、どんなに自主の気概を持っていないかがよくわかった。彼には命令を下す人が必要だった。そして今のところ、ポール・ウィラードに代わる人物はわたしだった。

わたしたちが話していると、イローナが現われた。

「今夜は家で夕飯をとるの？」彼女はわたしに訊いた。

わたしは急いで考えた。「ええ、もしよかったら、イローナ。ありがたいです」イローナとデレクを二人だけにしておきたくなかった。

「わかってよかったこと。そうとなれば用意できるわ」皮肉に言った。昼は外で食べると伝えなかったからだ。

彼女はデレクのほうを向いた。「話があるの、デレク。ちょっと――」

「デレクとぼくは出かけるところです」わたしは素早く口をはさんだ。

彼女は口出しを無視した。「ちょっと居間まで来てくれる？」

デレクは口のなかで不明瞭に言った。「マークが言ったでしょう、母さん。出かけるところなんです」

「どこへ？」

「ぼくの時間の一分一秒まであなたに報告しなくてもいいでしょう」

真っ向からの反抗に応じるのはイローナのやり方ではなかった。彼女はただ眉を上げると歩き去った。デレクにはあとで対処するつもりなのだろう。

「よくやった、デレク」わたしは言った。

「あんなに乱暴に言わなきゃよかったかな」プライドと心配が混じった顔で彼は言った。

「今日はイローナと離れていてほしいんだ、デレク。約束してくれ」

「親愛なるマークよ」――自信が戻ってくると、学生風の気取りも戻ってきた――「きみが先程思い出させてくれたが、ぼくはもう大人だ。エプロンのひもは切り放った。母の言いなりにはならないよ」

彼はそのつもりだった。予想される幻滅を話してその気をくじくことはないだろう。「よし。コートを取ってこいよ、デレク」

「ほんとに出かけるのか？」

「ああ。キャロルに会いに。昼前に電話で約束しておいた」

⁂

キャロルは自分が演じる役割を聞くと、デレク同様熱意を示した。

「なぜフランシスに頼まなかったの？」彼女は言った。「フランシスは本物の女優よ。わたしは舞台に上がったことがないの」フランシスはリヴァーヘッドのアマチュア・ドラマ・クラブの大黒柱だった。

「近頃彼女のことはよく知らないんだ」わたしは素っ気なく答えた。

「あら！　それなら、彼女の留守に便乗させてもらうわ。衣装はどんなのにする？」

「衣装はなしだ」デレクが言った。「この場面はヌードでやらなきゃならない」

「だめよ。ジョージ・フレイムにショックを与えてはいけないでしょう？」とキャロルは言った。「そうだわ、デレク。午後いっしょに来て、水着を買うのを見てちょうだい。どっちみち、新しいのが要るの」

「ビキニがいい」デレクが提案した。

「そうね。見てみましょうよ」

二人が今夜のことを期待してわくわくしているのを見て、わたしは不安になった。彼らを危険にさらしていいものだろうか?

しかし、わたしの計画どおりにやれば、危険はなかった、あり得なかった。

「残念なのはきみの髪だ」デレクが言った。「その髪の毛をパティーのもじゃもじゃ頭と間違える人はいないだろう」

「パティーが死からよみがえったと思わせるつもりはない」わたしは指摘した。「知りたいのは、女が——どんな女の人でもいい——浴槽にいるのを見たあとの反応なんだ」

わたしはキャロルに目で合図して、彼女だけと話をしたい、と伝えた。キャロルは即座に理解した。

「デレク」彼女は言った。「いい子だからシガレットケースを持ってきて。寝室にあるの。化粧テーブルの上だと思うわ」

「ぼくのを吸ったら?」デレクがたばこの箱を取り出した。

「ありがたいけど、フィルター付きがいいの」彼は素直に出ていった。

「二つあるんだ、キャロル」わたしは口早に言った。「まず、デレクをこれから見張っててくれ。夕食まで家に帰らせてはいけない。イローナはこの計画から彼を遠ざけようとして、今夜出かけるのを止めるかもしれないから。ぼくは彼を七時一五分前に迎えにくるよ。二番目は、きみの今夜の役割をある部分変更したい」そして彼女に新たな指示を与えた。

彼女は驚いた顔をした。「ねえ、それじゃあ一致しない——」

「いいんだ。それで頼む。それから、デレクには言わないように。きみは演技できるだろうが、彼のほうはあやしいから」

デレクが戻ってくる気配がした。

「キャロル、寝室のどこにも見当たらないよ」

「でもあるはずなのよ、ダーリン——いやだ、わたしってなんてばかなんでしょう。あそこの椅子の上にあるわ。ほんとにごめんなさい」

たしかに、キャロルは演技できた。


…　…


つぎはヘクター・ロイストンだ。彼にも昼前に電話して、学校が終わってから会うことになっていた。

わたしは正門前の道路の向かいに立って、ベルが鳴ってからぞろぞろと出てくる生徒と教師たちを見ていた。フランシスが一人で出てきて、通りを斜めに横切り、公園に入っていった。わたしは彼女に見られないようにした。

四時二〇分にロイストンは現われた。

「待たせたかな、ロヴェル」彼は言った。「午前中はほとんど検視審問でつぶれた」彼はあごまでマフラーを巻きつけ、雨もないのに傘をさしていた。

「ひどい寒さだ」彼は言った。

「歩けば暖まりますよ」

「歩くって？　わしが歩くのはあそこの自分の家までで、それ以上はいやだよ」

「ぼくと買い物に行くんです」

彼は立ち止まり、わたしをねめつけた。「まっぴらごめんだ！　あんた、いったい何様だと思ってるんだ？」

「ロイストン、パティー・ヤングを殺したやつを捕まえたいと思わないのか？」

彼はまたゆっくり歩き始めた。「なにをするんだ？」彼は言った。

「歩きながら説明する」

彼はそれ以上文句を言わなかった。わたしは彼を大きなチェーン店のひとつに連れていき、必要なものを捜してもらった。その間、わたしは別の売り場で小さな買い物をして、それをポケットに忍ばせた。

ロイストンは小脇に包みをかかえて出てきた。

「あったか？」わたしは訊いた。

彼はうなずいた。「でもちょっと費用がかかったぞ」わたしにつり銭を渡した。

わたしは彼に、包みを例の家に今夜九時前に持っていくように言い、それをどこに置くかを教えた。

五時。しかしまだ、準備のなかで最も手ぎわのいる部分が残っていた。その他のことはこれ次第できまるという部分だ。

それをするのをすこし延ばして、スレイド主任警部に電話して進行状況を報告した。

「どこからかけてる？」警部はわたしが話しはじめるまえに言った。

「郵便局の外の電話ボックスです」

彼はうなった。「実は電話を待ってた。この件を中止してもらいたい」

「なぜです？　なにか新事実が？」

「いや。しかしもしうまくいかなかったら――」

「どうしてそんなことを」わたしは彼にこれまでに済ませた準備のことを話した。

「主賓はどうだ？」

「これから手配します」

沈黙があってから、彼は言った。「きみがやるつもりなら、わたしもそこにいたほうがいいな」

「けっこう。そう願ってました」

「何時だ――？」

「第一幕は九時。フィナーレは一〇時です」

「一〇時ちょっと前にそっと入ることにしよう。しかし覚えておいてくれ、ロヴェル君、危険を冒さないように。ほかの人たちの命を賭《か》けてはいけない」

彼は電話を切った。

・・　　・・

さて、しなければならない電話が、もうひとつあった。

# 第二一章

デレクの車を使うことにした。わたしたちはまずキャロル・ウィラードを拾い、つぎにジョージ・フレイムを拾った。ケアリ・ストリートの家には九時きっかりについたが、デレクにそのまま走ってもらってつぎの通りに車を止めた。

歩いて戻ってくると、また雨が降ってきた。静かなしっとりした雨で、日曜の夜の豪雨とは比べるべくもない。大気は風もなく穏やかだった。

ヘクター・ロイストンがわれわれを迎えた。彼は黒い服に黒いタイという、葬式のような身なりだった。その物腰も葬儀屋の職業的厳粛さを感じさせた。

「包みを持ってきたか？」わたしは彼にささやいた。

「浴槽の下に入れてある」彼は言った。

彼の息にアルコールが匂った。飲んでいたのだ、それでいつもと違ったのだ。

裸電球の味気ない光に照らされた薄汚れた小さな居間で、水性塗料を塗った壁とみすぼらしい家具に囲まれていると、うらぶれた生活を描く写実ドラマのセットにいるようだった。炉には石炭の火が燃えていた。

テーブルの上にはあの夜のようにボトルがあったが、今度はブランデーでなくウイスキーだった。水差しとグラスが六個あった。

「ちょっと一杯やれば気分が出ると思ってね」ロイストンが言った。彼はもう、みなのグラスに注ぎはじめていた。彼を観察したが、手つきはまだしっかりしていた。

「いい考えだ」ジョージが言った。

グラスの数を数えていたキャロルが言った。「ねえ、六つめのグラスはだれのため？」

ロイストンは笑った。「は！　お客さんのさ」彼は自分のグラスにほぼ満杯の酒を注ぎ、水で割りもしなかった。

「殺人に乾杯」彼は言うと、テーブルの上の空のグラスにお辞儀をし、一気に飲み干した。

彼の手はふたたびボトルに伸びた。

「だめだ」わたしは強く言った。

彼はうるんだ目でわたしに向き直った。「なんだと！　いったい自分をなんだと思ってるんだ？　わしは――」

「ロイストン、パティーは二日前にここで絞《し》め殺された。だれがやったのか見つけたいんじゃないのか？」

顔から怒りが抜けていき、彼は崩れるように椅子に座り込んだ。

「ストリップはいつやるの？」キャロルは言って、持ってきたバッグをちらと見た。声がちょっと震えている。彼女はぴりぴりしていた。ほかの人より知っていたからだ。

「まだ時間はある。飲んだら、キャロル」わたしは言った。

ロイストンに訊《き》いた。「水は熱くなるだろうか？」

「水温器のスイッチは何時間もまえに入れた」

九時二〇分。時間の調節をうまくやらなければならない。わたしはキャロルに合図して、部屋を出る彼女についていった。

「手伝おうか？」デレクが呼びかけた。

「ありがと、だいじょうぶ」彼女はかわいく答えた。

玄関ホールに立って、もう一度彼女に指示を与えた。

「どこで着替えるの？」彼女が訊いた。

「寝室だ。どのくらいかかる？」

「五分——でもお湯を入れる時間をみて一〇分あったほうがいいわね」

「わかった。九時半に舞台稽古《ドレス・リハーサル》をしよう」

「衣装なし《アンドレス》のリハーサルでしょ」不安そうにクスクス笑った。

「キャロル、ほんとにこれをやりたいか？」

「ほんとにやりたいわ」強く答えた。「さあ、ほかの小道具はどこにあるの？」

彼女にわたしが買った小さな包みを渡し、ロイストンの包みの置き場所を教えた。

居間に戻ってみると、ジョージとデレクのあいだで議論が起きていた。ロイストンはどんよりした目でそれを見守っていた。

「きみはこれまで、兄さんにそんな殊勝な信頼を寄せていなかっただろう？」ジョージは言い、わたしを見た。「デレクは魔法の箱からなにが出てくるか、黙って見てるつもりだ。しかしわたしの考えでは」――彼は暖炉に行ってパイプの灰をたたいて出した――「わたしの考えでは、きみの方からわれわれに説明すべきだよ、マーク」

「わかった。警察は犯人がだれか知っている。しかしじゅうぶんな証拠がない。ぼくのねらいはその証拠を提供することだ。簡単に言えばそういうことです」

「スレイド警部はこれに加わってるのか?」ジョージは訊いた。

「いや」スレイドを守らなければならなかった。

「それで、ここに犯人を呼んでるのか?」デレクが訊いた。

わたしはうなずいた。

「彼女が来るのは確かか?」ジョージは言った。

「彼女?」デレクがそのことばに飛びついた。

「そうさ」わたしは言った。「女だ。わからないのか、デレク。彼女はきみと電話で話したんだぞ」

「ぼくと? ああ! 電話はパティーじゃなかったのか?」

「そうだ。きみは声が変だったと言っただろう、覚えてるか、それに――」

「あの音はなんだ?」デレクがさえぎって言った。

「あれはウィラードんとこの女がふろの湯を出してるのさ」ロイストンが舌なめずりして言った。「ショウの時間か、え?」

わたしは時計を見た。「そのようだ。さて、聞いてくれ。きみたち三人は日曜の夜ここにいた。これからバスルームに入るが、きみたちに確認してほしいのは、すべてがあの時と同じかということだ」

彼らを率《ひき》いて玄関ホールに出た。バスルームのドアの下には明かりが見えていた。わたしはドアをノックした。

「どうぞ」おずおずした声が答えた。

なにを見るかはわかっていたのに、それはショックだった。キャロルは、パティーがそうだったように、浴槽に仰向けに横たわっていた。口を開け、目は天井を見つめていた。彼女は肌色の小さな水着を着ていた。

金縛りのわれわれをロイストンが正気に返らせた。彼は浴槽の彼女に色目を使って言った。

「あんたは才能を無駄にしてるよ。ウィンドミル劇場のセックス・ショウに出るべきだ」

キャロルは真っ赤になって浴槽に座り直し、ひざを抱えた。

「黙るんだ、ロイストン」わたしは怒って言った。それでも彼はキャロルをむさぼるように見つめた。

デレクの顔が青くなっていた。

「デレク、どうした?」

「日曜の夜を思い出したんだ。女の首からストッキングをはずそうとした。ちくしょう!　あの光景が頭から離れない。しっかり摑《つか》めなくて——浴槽の中で体がすべるんだ。それにあの飛び出た目……」彼の声は震えていた。

「行って、ウイスキーをもう一杯やってこい、デレク」わたしは言った。彼はぐずぐずしていたが、やがて出ていった。キャロルの方をほとんど見もしなかった。

ジョージ・フレイムは自分のまわりを一心に見回していた。バスルームはほかの部屋同様、感じのいい場所ではなかった。壁から青いペンキがはげ落ちて、ところどころに下地の白が見えていた。便器も洗面器もひびが入っていた。浴槽は旧式の背の高いもので、二つのかぎ爪状の脚できたない茶色のリノリウムの床に立っていた。

「正確に再現するなら」とジョージは言った。「ストッキングはここだ、そうじゃないか？そしてねまきは床の上だった、覚えてるか、マーク」

たしかにそうだ。「ロイストン」わたしは言って、振り向いた。しかし彼はもう行きかけていた。

「わしが取ってくる」彼は答えた。「パティーのものはまだ寝室にある」

「だいじょうぶか？」わたしはキャロルに訊いた。

彼女はうなずいた。「どのくらいかかるの？」

九時四〇分だった。「彼女が来るまであと二〇分ある。それからたぶん一〇分はかかる」

彼女は身震いした。寒いからでなく神経質になっているのだろう。それでも彼女は言った。

「お湯をもっと入れるわ」

「それがいい。犯人もそうしたんだから」

ジョージは考え深げにわたしを見た。「ということは、彼女が――？」

言いはじめたところにロイストンが戻ってきて戦利品を掲げた。「婦人用ナイロンストッキング一本とすけすけのショーティが一枚だ」それらを床に注意深く置いた。

「まさかそれは彼女が日曜に着てたねまきじゃないだろうな」ジョージが言った。

「違うよ」ロイストンは言った。「それは警察が持ってる。これは形は同じだが色合いが違うものだ」

「さあ、きみを一人にするよ、キャロル」わたしはいった。「一〇時に再演してくれ。あとひとつ。今度は、パティーがそうだったように頭を水に漬けなきゃいけない。金髪のカールを濡らしてもいいかな？」

彼女は歯を見せて笑った。「かまわないわよ」

　　　　　…　　　…

「ぼくに言わせればだな、マーク、これは稀《まれ》にみるくだらない余興だよ」居間に戻るとジョージは言った。

それにもかかわらず、ジョージは緊張していた。われわれは皆、緊張していた。

「仮に彼女がショックを受けたとしても」ジョージは続けた。「仮に彼女が悲鳴をあげたり気を失ったにしても、それがなんの証拠になる？　浴槽に死体を見たことの自然の反応、と言えないだろうか？　デレクは知ってたのに気を失いかけたんだから」

デレクは良くなったように見えた。彼は手にグラスを持ち、口にはたばこをくわえていた。ロイストンはテーブルで酒を注いでいた。今度は彼を止めなかった。

「まあ見てろよ」わたしはジョージに言った。「きみは知らないけど、彼女を驚かせるちょっとしたものがあるのさ」

「彼女ってだれなのか、まだ言わないのか」デレクはすねて言った。

「わからないのか？　その人は父さんをよく知っている。土曜または日曜の夜にアリバイがない――あるいは偽のアリバイがある。彼女はトリビューンのオフィスに入る鍵を持っていた、あるいはその鍵を手に入れた」わたしは時間を稼いでいた。ジョージにはすでに知らせてあったけれども、わたしはその名をまだ口に出したくなかった。

「彼女に今夜来るように、どうやって説得した？」ジョージは訊いた。

わたしはロイストンをちらと見た。彼の頭はこっくりしていた。眠りかけているようだ。

「ロイストンの名前で伝言を送ったんだ。ここに来るのはゆすりを相手にするためだと、彼女は思っている」

ロイストンは頭をさっと上げた。「なんだって！　なんてずうずうしいやつだ」彼は怒ってうなったが、すぐに笑いだした。この思いつきが気に入ったようだった。

九時五三分。スレイドが来るころだ。わたしが気づかないうちに、こっそり入ったのだろうか。

わたしはしゃべり続けなければならなかった。「もう一つ、われわれが犯人について知っているのは彼女が――」

「彼女が来たぞ」デレクがさえぎった。彼の聴覚はとても鋭い。わたしは耳を澄ませていたのだが、玄関ドアが開き、そして閉まったときのかすかな音をやっと聞き取ったばかりだった。

「そんなはずはない」わたしは言った。「彼女は鍵を持ってない。ベルを鳴らさないと入れない」

デレクは不安そうだった。「ぼくはたしかに聞いたが――」

わたしは居間のドアに行ってそれを開けた。ホールの向こうの寝室のドアが音もなく閉じるところだった。

「だれもいないよ」わたしは言って、部屋に戻った。

一〇時三分前。緊張が高まってきた。みんなの顔にそれが見えた。

「犯人の手がかりがもう一つあるって言ってたが」デレクが言った。

「ああ、そうだ。犯人はなぜパティーのガウンを取り去ったか？　なぜ彼女はパティーが死んでからその手を軽石でこすったのか？」彼らは軽石のことは聞いていなかった。そこでわたしはスレイドから聞いたことを繰り返した。

「なぜ犯人がそんなことをしたのか、あんたが言ってみたらどうだい？」ロイストンが言った。

「だれかが絞め殺されるとき、なにが起こるか？　絞殺者の手を引っ掻き、傷つける」

ジョージがまず、意味をつかんだ。「ときに犯人は血を流す」彼は言った。

「そのとおり。犯人は血を流すことがある」

外で、時計が鳴っていた。

「それがガウンが失くなった理由だ」わたしは言った。「ガウンに血がついた――犯人の血だ。軽石の意味するところはそれだった。彼女はパティーの指、パティーの爪から血の気をすっかり除いてしまう必要があった」

二分経った。絶対、彼女は来るはずだ！

「だれの手にも引っ掻き傷は見あたらなかったよ」デレクは言った。

「そうか？　でも女性は手袋をして手首を隠すことができるんだよ」

ドアのベルが鳴り響いたとき、デレクは飛び上がった。

「わしが出る」ロイストンが言った。

「いや、行かないほうがいい」わたしは言いはじめた。「彼女は――」

「冗談じゃない、彼女はわしの客だ。あんたがそう言ったじゃないか」

「それじゃあ、気をつけて。彼女はもしかしたら――」しかしすでに彼は行きかけていた。

ドアの開く音がして、かすかな人声がしてから、ロイストンが戻ってきた。

「さあパーティーにどうぞ」彼は言った。

ロイストンは彼女を通すために脇に寄った。しかし彼女は戸口に立ったまま、じっと動かずにわたしたちを見ていた。

凍りついた沈黙を破ったのはデレクだった。「なんてことだ」ひきつった声で彼は言った。

「フランシス！」

彼女は薄いグリーンのレインコートを着ていた。帽子はなく、とび色の髪の毛は濡れて光っていた。

「入って、フランシス」わたしは静かに言った。「入って、座って」

それでも彼女は動かなかった。「どういうことなの?」彼女は言った。

声は落ち着いていたが、喉《のど》が不規則に脈打っているのが見えた。顔はとても青かった。

「なぜ今夜ここに来たんです?」ジョージが尋ねた。

「ぼくにまかせて、ジョージ」わたしは言った。彼にじゃまされたくなかった。

しかし彼女はごく落ち着いて答えた。「ロイストン先生から伝言をいただいたんです。パティー・ヤングのことで話したいって」

「変だと思いませんでしたか?」今度もジョージが主導権をとった。

「ええ、たしかに」

「じゃあ、なぜ——?」

「なぜなら、マークのために、なにかがわかるかもしれないと思ったんです」彼女はわたしを見つめた。「でもどうやら、わたしは騙《だま》されたみたい」

彼女にはかぶとを脱がねばならない。彼女は氷のように冷静だった。

「そうだ」わたしは言った。「これは策略さ。あの伝言はぼくが送った」

「なぜ?」

「ねえ、フランシス、ちょっと時間がかかるよ。入ってすわったら? ロイストン、彼女に飲み物を頼む」

彼女はゆっくりと部屋に入ってきた。

「コートをどうぞ」わたしは言った。

彼女は少しためらったが、コートをするりと脱ぐとわたしに渡した。茶色のスカートとセーターを着ていた。だが即座に目についたのは、左手首の包帯だった。

「フランシス、手首を痛めたのか？」わたしは言った。彼女は座ってロイストンから飲み物を受け取っていた。

「きのう学校で、すべってくじいたの」

「それは聞かなかったぞ」ロイストンが言った。

彼女は返事をしなかった。わたしも追及しなかった。

「きみはこれまで六か月、父とずいぶん会ってたね、フランシス」

「そうね、よく会いにいらしたわ。前にも言ったように――」

「父が死んだ日にも話をしたんじゃないか？」

彼女はもじもじした。「わたし――覚えてないわ」

「覚えてるはずだ。ほんの三日前のことだよ。それに、きみは自分で言ったじゃないか」

「ああ！　そうだわ、今思い出した。あなたが帰ってくると聞いたもんで、電話して、いつ着くのかうかがったわ」

「何時に電話した？」

また口ごもった。「午後の何時かよ。はっきりとは覚えてないわ」

「かまわないよ。ぼくが教えてあげる。三時一五分だった」

彼女は目を細めてこちらを見たが、なにも言わなかった。

「たばこをいただけるかしら、どなたか」デレクからもらうと、火をつけた。

「なんでその電話がそう大事なんだ？」ロイストンが訊いた。

「なぜかといえば、ぼくの考えでは、その電話をかけた者が父を殺したからだ」そしてわたしはその理由を説明した。

フランシスは立ち上がった。目は怒りに燃えていた。「あなたはわたしがやったと――」彼女は言いはじめた。

「そうだ」わたしはゆっくり言った。「そう思ってる。座ってくれ。まだ始まったばかりだ」

彼女はドアのほうへ行こうとした。

「座れ」わたしが大声を出すと、彼女は従った。

部屋は暑く、息苦しいように感じられた。わたしはほかの人たちを見回した。ジョージ・フレイムは座って微動もせず、顔を見れば神経を張りつめて集中しているのがわかった。彼は少しまえから口もきかなくなっていた。デレクは、理解しがたい状況に追い込まれた人の不安な表情を見せていた。ロイストンはあからさまな敵意を見せてフランシスをにらんでいた。

「いったいなぜ、わたしがあなたのお父様を殺さなければならないの？」フランシスは冷たく言った。

「そのことはあとで触れよう。しかし今言えるのは、動機はトリビューンの漏洩《ろうえい》にはなんの関係もないことだ。そう思わせるように、きみはとても上手にほのめかしたね。ちょっと教えて、あとはぼくが捜し出すように仕向けた」

フランシスは半分吸ったたばこを火に投げ入れた。

「デレク、もう一本くれる?」彼女は言った。

デレクは箱を差し出したが、彼女の顔から目を離せないでいた。まるで蛇ににらまれた兎だ。

「すると一本の電話でわたしは犯人の烙印《らくいん》を押されたってわけね?」軽蔑を込めた調子で言った。「お忘れかもしれないけど、わたしは土曜の夜の殺人の時刻にはリアルト座にいたのよ。ルー・ウィラードが出てくるわたしに会ってるわ」

「ルー・ウィラードは出てくるきみを外で見た、というほうがもっと正確だ。きみが映画館に入ったとは思えない。警察には映画が終わった八時五五分に劇場を出たと言ったそうだが、実際はあの夜、終わったのは九時過ぎだった」

「頭がいいこと」彼女はあざけるように言った。「今度はわたしの時計が遅れてたから有罪だっていうのね。いいでしょう。仮にわたしがドック・ストリートにいたとして、どうやってポール・ウィラードの部屋に入れたの?」

「ぼくの考えでは、きみとルー・ウィラードはきみたちが認めてる以上に親しいのではないか。きみは彼からトリビューンのオフィスの鍵を借りるか、盗むかして、彼の父親の部屋に入った」

彼女ははじめて動揺を見せた。「うそだわ」彼女はつぶやいた。

この機を逃さずに言った。「フランシス、きのう昼食をいっしょにしたとき、きみの手首にその包帯はなかった。赤いみみずばれを見たよ」

「言ったように、きのうの朝転んですりむいたのよ」

「さっきは『くじいた』って言ったね」

「包帯を取って見せてもらおうよ」ジョージが提案した。

「そんなことするもんですか。じゃあ、失礼して……」

また立ち上がってドアに向かおうとした。

わたしはまた彼女を止めた。

「ぼくたちがきみを断罪するのは一つの殺人に関してでなく、二つの殺人についてだ、フランシス」わたしは言った。「きみは日曜の夜、ここでパティー・ヤングを絞め殺した」

「これまでこの家に来たことはないわ」彼女はしわがれた声で言った。

「きみはうそを言ってる、フランシス。今度はそれを証明できるぞ」

「どうやって?」

「パティーはバスルームで殺され、死体は浴槽に入れられた。そこに行ってもらいたい。きみに見せるものが――」

「いいえ。わたし、家に帰るわ」今ではおびえているように見えた。

「フランシス、きみは無実だという。もしそうなら、なにをこわがっているんだ?」

わたしたち全員が彼女を見つめていた。「わかったわ」とうとう彼女は言った。その声はほとんどささやくように小さかった。

わたしは時計を盗み見た。一〇時一五分。思ったより時間がかかってしまった。キャロルの辛抱が続いていればいいが……。

ロイストンが先導し、フランシスとデレクが続いた。ジョージとわたしがしんがりをつとめた。

バスルームのドアの下に、今度は明かりは見えなかった。ロイストンがドアを開け、手探りでスイッチを捜した。彼の後ろに皆が重なっているとき、わたしは黒い人影が寝室からこちらへ、暗いホールをそっと横切るのを目の端でとらえた。

明かりがついた。

わたしがかいま見た人の姿は、浴槽でなく床の上に伸びていた。薄茶色のガウンを着た女で、濃い色の髪を肩にたらし、首にストッキングを巻いていた。彼女の顔は土気色だった。ガウンの前側から下にかけて、鮮やかな緑のしみがついていた。ストッキングを生気なくつかんだ手も、緑に染まっていた。

フランシスが悲鳴を上げた。しかしわたしが注目していたのはフランシスではなかった。籠《こも》ったような罵声《ばせい》が聞こえた。それから、「ちくしょう、今度ははずさないぞ、ロヴェル」と聞こえた。素早く押えようとしたが、そのまえに彼の手はポケットから出ていた。拳銃がキラリと光った。一瞬、わたしは必死で彼に組みついた。彼は腕を水平に上げようとしていた。そのときスレイドが飛びかかり、バスルームの外の床に彼を仰向けにひっくり返した。倒れるとき彼は発射し、弾はわれわれの後ろの壁にめり込んだ。つぎに警部は彼の手首を踏みつけ、拳銃は手からすべり出た。わたしはそれを遠くに蹴飛ばした。それでも彼は怒った狂人のように暴れたので、皆で力を合わせて彼を押えた。

銃の発射音を聞いて、家の外に配置されていたスレイドの部下が現われた。手錠をかけてから、ようやくスレイドは告発のことばを発した。「ジョージ・フレイム」まだ息をはずませながら彼は言いはじめた。「以下の罪で告発する……」ジョージはうつろな目で、わけがわからないように警部を見つめていた。

# 第二二章

「コーヒーをもっといかが？」

　わたしはうなずき、フランシスは注いでくれた。フランシスの部屋にいると心が安らいだ。小さなスタンドからの柔らかい光、赤く燃える石炭の火、そしてそばにフランシス。

「ジョージに注意を向けたのはなぜ？」

　彼女は話したがっていた。いいだろう、時間はたっぷりある。

「小さなことがたくさん重なった。土曜の夜、家を訪ねたとき、彼は子猫のようにびくびくしてた。彼はそれを、シリアを心配するせいだと思わせようとしたが、シリアの好ましくない行動については何年も知ってたはずだ。なんでとつぜん、そんなに動揺したのか？　本当は、彼が最初の殺人から戻ったばかりだったからだ。

　つぎに、土曜の昼間のことを考えてみよう。父は午前中ずっとポール・ウィラードと連絡をとろうとしていたが、二時になってもまだとれなかった。フレイムによると、四時に父はウィラードと夜の八時一五分に会う約束がとれたと言った。その約束はいんちきだった。ということは、犯人は二時から四時のあいだに父に接触したことになる。しかしその時間帯に父が言葉を交わしたのは、（殺人には鉄壁のアリバイのある）イローナと、三時一五分に電話をかけてきた人物だけだ」

「それがわたしだとどうしてわかったの？」

「日曜にきみは、きのうの午後父と話した、って言ったじゃないか。きみは電話以外に父と話す機会はなかったんだから、その電話はきみだったに違いない。それで今日の午後きみに確かめた。おかげで、フレイムがうそをついているのがわかったよ」

「それはどうも」彼女はすまして言った。「それじゃあ、ウィラードとの約束はどうやってとれたの？」

「フレイムは父に八時に電話して、ウィラードが一五分後にオフィスで二人に会うそうだと言ったんだ」

「ああ、そういうわけなの。わたしもジョージの電話はおかしいと思ったのよ。お父様がイローナに口実をつくるために彼に電話させるなんて、とても変に思えたわ」

「そうなんだ。ジョージにとってはイローナが電話に出たのは災難だった。声でわかるんじゃないかと恐れた（事実、イローナはわかった）。だから彼は電話したことを自分から申し出て、不自然な理由をくっつけた」

「ウィラードのオフィスにはどうやって入ったんでしょう？」

「シリアが持ってる鍵を使ったんだ。父に電話したときにはもうオフィスにいたんだと思う。めぐり合わせの悪いことに、パティー・ヤングが八時頃トリビューンの建物のそばで彼か彼の車を見た。そしてあれこれつき合わせて推測したんだろう」

「彼女はゆすったの？」

「ゆすろうとした。彼女は日曜の朝、彼を訪ねた。それを見られた場合を考慮して、彼はまたも自分でその訪問のことを話した。しかし今度も彼の話は見え透《す》いたうそだった。シリアについての情報を提供され、それを買った、と言ったが、ジョージはもう妻のことをすべて知ってたんだから、情報に金を払う必要はなかった。

　ともかく、彼はその夜、というよりも朝の二時に、パティーを訪ねた。彼女と取り引きするつもりだったかもしれないが、万一にそなえて拳銃は持っていたに違いない。パティーはデレクをだしにして情報の値段をつり上げたんだろう。それが決め手になった。パティーを黙らせなければならなくなった。しかし彼はまず、彼女に電話をかけさせ、デレクを呼び寄せた」

　フランシスは身を震わせた。「それでパティーの声がへんだったのね？」

「そうだ。きっと頭に銃をつきつけられていたんだろう。電話が終わるや、彼はパティーを絞《し》め殺した」

「なぜ銃を使わなかったんでしょう？」

「デレクを巻き込もうとしたのさ。拳銃を使ってはそれはできない」

「そしてガウンは？　まだわからないんだけど――」

「そうだな、はっきりしてたのは、パティーのガウンと手がなにかで汚れたことだ。犯人にとって見られては困るなにかで。すぐ思い浮かぶのは血だ。しかし引っ掻き傷はだれにもないようだし、手のひらの血を落とすのに軽石はいらない。洗えば落ちるからね。それじゃあなんだったのか？

フレイムを疑っていなかったら、思いつかなかっただろう。きのうぼくは彼がサインするのを見ていた。緑色のインクでね――彼はいつもグリーンのインクを使った。彼は前日に買ったばかりの新しい万年筆が調子が悪いとこぼした。後になってぼくは、前の万年筆はどうしたのか、と考えたんだ」

「それじゃあ、インクのしみだったの？」

「ああ。グリーンのインクだ。必死でもがいたとき、パティーの手は彼の胸ポケットの万年筆にかかってそれを壊し、インクがこぼれた。だから彼はパティーを浴槽に入れたんだ。インクをこすり落とすのにいちばんやり易いからだ。ガウンを脱がせたのもそれが理由さ」

「するとあなたは今夜、推測だけでやったの？　確信はなかったの？　あの寸劇は失敗したかもしれなかったの？」

「フレイムについては確かだった。たくさんの手がかりが彼を指していたから。しかしインクについて言えば、たしかに推測だった。でもぼくとしては知的推理と言いたいな。ほかになんのしみが考えられる？　それに、彼が万年筆を失くしたばかりという事実も重要な手がかりだった」

「なるほど」フランシスは言った。「犯人は彼女を浴槽に入れてきれいに洗った。それから？」

「彼はガウンを持って急いで立ち去った。数分後、デレクが着き、すぐにパティーの首のストッキングをほどいた。それから居間の床に酔いつぶれた。コートの両袖をびっしょり濡らしてね。まるで自分がやりましたと署名したようなものだった。

一方フレイムは家に戻った。帰ってすぐ、デレクを心配するイローナから電話があった。それからぼくがやって来た。殺人者は犯行現場に戻りたがるそうだが、本当のようだな。ともかく、彼がしたことはそれだった。シリアとデレクがそこにいるかもしれないとぼくを説きつけた。パティーから、シリアがボーイフレンドたちをもてなすのはそこだと聞いたんだそうだ。ちょっと考えたら、ありそうもない話だとわかるが。

パティーの死体を見つけ、ぼくが警察に電話してから、ジョージはふろの湯が温かかったと言った。彼がそう言えたのは、ぼくが湯に手を入れなかったのを知ってたからだ。からくりはもちろん、ぼくが電話しているあいだにそっと熱い湯を足したのさ。これは大成功で、デレクの立場を決定的に悪くしたかに見えた。パティーが殺されたのはデレクが着いた二時五〇分以後だという証拠になったからだ。しかしジョージは間違いもした。ひとつ大きな誤りを」

「どんな?」

「覚えてるだろうが、彼はあの家には来たことがないと言ってた。それなのに二人でデレクを見つけたあと、ジョージは真っ暗なホールに出ていって言ったんだ。『バスルームのドアの下に明かりが見える』って。どうして彼はそこがバスルームだと知ってたんだろう？　そのときは矛盾に気がつかなかった。しかし心の奥では虫歯のようにしくしくと、なにかが違うと感じていた。それがついに昨夜、思い当たったんだ」

フランシスはまた体を震わせた。

「寒いのか、フランシス」

「いいえ……それほどでも」しかし彼女は石炭ばさみを取り上げると塊《かたまり》をひとつ火に乗せた。「そうじゃないの、ジョージのことを考えてたの。これまで彼のことはあまり好きではなかったわ。なにか誠実さが感じられないのよ。あまりにも野心的で。でも夢にも思わなかった。……マーク、なんで彼はそんなことをしたの？」

「彼はずっと、かなりいかがわしいことをやってきたが、それが見つかりそうになった。それに耐えられなかったんだ。彼が大切にしてきたすべて――仕事、社会的地位、名声――を失うことになるからね」

「トリビューンに秘密情報を洩《も》らしていたのはジョージだったの？」

「そうだ」

「でもなぜ？　まだわからないわ」

「フランシス、ジョージの暮らしぶりをふしぎに思ったことはないか？　ヒル地区の大きな家、二エーカー近くもある庭、常駐の庭師とメイド、二台の車。家の維持費を考えたって、税金やシリアの衣装代を考えたって――」

「だから彼はシリアと結婚したんでしょ――彼女のお金のために」

「おそらくね。しかしシリアの金は父親が亡くなった時点で干上がった。彼女がそう話してくれた。ジョージはその事態に適応できなかった。生活水準を落とすのが耐えられなかったんだ。だから彼は事務所で奴隷のように働いて、必死で収入を上げようとした。しかしそういう生活を支えるにはじゅうぶんではなかった」

「それで彼はトリビューンで副業を始めたの？」

「そうでもないんだ。ルー・ウィラードが言ったように、あれはたいして金にならない。それに、そういう不正に陥るまでには、ふつうもっと時間がかかるものだ。そうでなくて、彼の場合はポール・ウィラードから金を借りた。実際、ルーはその話をしたのに、ぼくはそのとき気がつかなかった。彼が言ったのは、おやじはちょっとしたシャイロックで、そのことは『きみの昔の仲間も』経験からわかってる、だった。ぼくは気づくべきだった。ルーはフレイムのことを指したんだ。フレイムの金欠状態は知られていたんだな。そして返済が遅れると、圧力がかかってきた。


もの哀しいのは、フレイムから絞り出す情報など、ウィラードにはあまり必要でなかったことだ。息子が言ってたように、それはつまらない資料で、トリビューンにとってはとくに価値はなかった。ただ、ウィラードは締めつけていじめるのが好きだった。彼にはサディスティックなところがあるから。彼の要求は初めは控えめなものだったから、情報を流しても害はないだろうとフレイムは思ったんだろう。しかしすぐに締めつけは厳しくなった。見つかればフレイムは面目を失い、弁護士生命は断たれる。それで土曜の夜、彼は必死だった。おそらく父はその時点で、フレイムが漏洩《ろうえい》に関与していると疑った。だって、デレクではないとわかった以上、残るはフレイムかカートライト少佐だったから。エヴァ・ウィラードは入所間もないので除外された。土曜の午後ジョージ・フレイムに会ったとき、父は彼をその件で非難したのではないかと思う。

フレイムは否定し、無罪を証明するためにウィラードとの三者会談を提案した。それまで父は父でウィラードをつかまえようとしていたが、ウィラードは避けていた。ところが八時に、会合を設定したとフレイムから電話があった。フレイムとしては素早く行動しなくてはならないもうひとつの理由があった。父がぼくと話すのを、なんとしても止めたかったんだ」

「ひとつわからないのは」とフランシスが言った。「お父様がジョージ・フレイムを疑ったのは、金曜日のプレスコットの記事を見たからだわね？」

「そうだ。父はそれを見て、秘密を流してたのはデレクではないと気がついた」

「そうね。でもプレスコットのそのファイルが見つからなかったら、あなたはわからずじまいだったでしょう？　お父様があなたと相談するつもりでそれを持ち帰っていたとは、知らなかったんだから」

彼女が言いたいことはわかった。カートライトが地下室に隠したファイルを見つけたのはジョージ・フレイムだった。それが見つかれば彼のためにならないのに、どうして彼は捜してくれたのか？

わたしにはわかった。「彼は、ドネリー事件のことが入っている父の個人ファイルをぼくに見せたかった。それはデレクに不利なひどい証拠になったから。しかしフレイムは、少佐がそのファイルを入れたのはロイストン関係の箱ファイルだと思い込んでた。それがプレスコット家の財産関係の箱に入っているのを見たときには、彼はぼくよりもショックを受けただろう。

しかしもう遅かった。彼は最善をつくすしかなかった」
置いた石炭に火がついて、炎が塊のまわりをなめるように上がった。スタンドの明かりの影にいたフランシスの顔が一瞬ちらと見えて、わたしをじらした。彼女の表情は読み取れなかった。

「マーク、今日の午後いらしたとき、なぜ全部を話してくれなかったの？」

「だれのためにショウをやるのか知ってたら、きみの演技はきっと不自然になってしまうと思ったからだ」

わたしは前もってフランシスに、二件の殺人の容疑を彼女にかけて、いくつか証拠を挙げるから、それに答えてほしいとだけ話し、あまり詳しいことは言わなかった。フランシスが犯人だと本心から思っているようにフレイムに見せなければならなかったし、フランシスも（フレイムは彼女が無実だと知っているのだから）、本気で自身を弁護し、わたしと共謀しているのでないことをフレイムに納得させる必要があった。

「この計画全体が、なんだか複雑で危険だったんじゃない？」フランシスが言った。

「なにかをやってみる必要があったんだ。証拠がないために、スレイド警部は彼を逮捕する許可を上司から取れなかった。フレイムが捕まらないでいれば、それだけ人の命が危険にさらされる。彼はたしかに正気を失いかけていたからね。昨夜のぼくへの攻撃ぶりを見てもわかる。スレイドは彼に尾行をつけたが、それでも安全とは言えなかった。ぼくは、いっそ強行したほうが害は少ないと思った。スレイドも個人的に賛成してくれた。計画は、なにか劇的なもので彼にショックを与え、おかしな行動に追い込むことをねらった。彼がこのからくりに気がつくのではないかと、ぼくは絶えず彼を観察していたよ。しかし彼は完全にだまされたようだ。きみはすばらしかった」

彼女は笑った。「あなただって悪くなかったわ。あなたの尋問にはほんとに腹が立ったわよ。ルー・ウィラードの女じゃないかと言われたときなんか——」突然彼女は話を変えた。「でも今夜の本当のスターはキャロルだったわ、そうじゃない？」

「たしかにキャロルは最大限の努力をしてくれた。いったいどうやってあの顔のメイクをしたんだろう！　それにあのかつら。フレイムにすごいショックを与えたにちがいない。しかしグリーンのインクこそ致命的だった——それに加えて薄茶色のガウンだ。彼はそのとき、われわれが彼だと気づいているのを知った。平静を失った彼は、われわれにはそれを証明する証拠がないことに気づかなかった」

しかしフランシスは聞いていなかった。「今夜のデレクを見た？　終わったあとのことよ。彼はキャロルにとても優しくしてたみたい。二人はもう、うまくやっていけるんじゃないかしら」

「たぶんね」

彼女はわたしの冷淡な口調に気づいた。「そうは思わないの？」

「思いたいさ、フランシス、でもぼくはデレクを知ってる。それにイローナも。悪いことに彼は職を失った。デレクはとても頭が良く、すばらしい文才がある。しかし彼は独創性とか気骨

に欠ける。彼の将来を高く評価することはできない。ぼくならキャロルに、彼とのつき合いを
あきらめるように忠告するだろうな。とても残念だけどね」
　フランシスはゆっくり言った。「あなたってすごい人ね、マーク。先がはっきり見通せて、
現実的だわ。ときどきあなたが怖くなる」
　わたしは答えなかった。しばらくして彼女は続けた。「それでいて別の面もあるのね。音楽
でしょう、結びつかないわ。それと、法と正義に取りつかれてること。世の中の重荷があなた
の双肩にかかろうとも、あなたは世の中を正さずにはいられないんだわ」
「きみはぼくのそちらの面をあまり好きじゃないようだね、フランシス」
　彼女はほほえんだ。「いっしょに暮らすには居心地良くないわ」
　とつぜん、彼女に腹が立った。「なんの権利があってあざ笑うんだ。きみは現実を見ようと
しない。ダチョウみたいに砂に頭を突っ込もうとする。ロイストン事件に不正があった、しか
し口に出すな——だれかが傷つくから。デレクが犯してもいない殺人で逮捕された、でも成り
行きにまかせろ——かかわったら痛い目にあうから。これがきみの哲学だ。どんな犠牲を払っ
ても居心地良くしていたい、というやつだ。いいか、言っておくが——」
「やめて、マーク！」彼女は鋭く言った。「あざ笑ってなんかいないわ。悪かった、と言おう
としたのよ。わたしは学んでるところなの。でも時間が要るわ。今夜あなたの寸劇に加わった
でしょう。四年前だったらやらなかったわ」
「こっちに来て、フランシス」わたしは優しく言った。

「いいえ、まだだめ……あなたはメイプルフォードに戻るつもり？　役所に戻るの？」

「たぶん」

「本当はそうしたくないんでしょ？」

「ああ」

「事務所を引き継いで、もう一度やり直せないの？」

「あそこにはあまりにも多くの不幸な記憶があるから」

「まさか偉大なマーク・ロヴェルが自分の過去から逃げ出すなんて言うんじゃないでしょうね？」

「間違った、フランシス。不幸な記憶はひとつだ。ひとつだけだ。ほかのは大したことじゃない」

彼女の口調がとつぜん変わった。「四年前にへんなことがあってね」彼女はそっと言った。「わたし、指輪を失くしたの。とてもすてきな――ダイヤモンドのひとつ石の指輪なの。どこにいったのかわからないのよ。それを取り戻したいと思ってるの。思い出の品だから」

「これかな？」わたしはそれをポケットから取り出した。

# 時計が巻き戻されるとき

真田啓介

※本書の結末や細部にふれています。

本書は、D・M・ディヴァインの第三作『The Royston Affair』(一九六四)の翻訳である。『兄の殺人者』や『五番目のコード』と同様、ミステリの仕掛とストーリーテリングの妙、精彩ある人物描写が渾然ととけ合った傑作である。J・クーパー&B・A・パイク著『Detective Fiction: The Collector's Guide』では、『五番目のコード』と本書をディヴァインの代表作としている。

以下、本書の探偵小説としての出来栄えについて、いくつかの要素に分けて吟味してみることにしたい。

A　ストーリー

この作品の面白さは、まず第一に、二転三転するストーリー展開にあるといってよいだろう。物語の先を読むことに長けたすれっからしのマニアをも満足させるだけの展開の妙味がある。

まず導入部がすばらしい。主人公マーク・ロヴェルは四年前にある事件のために父から義絶され、フィアンセからは婚約を解消され、弁護士の仕事をやめて家を出たが、突然父に呼び戻されて故郷の町に帰ってきた。ところがその夜父には会えず、父は弟が勤める新聞社の中で死体となって見つかった。父はこの半年ほど四年前の事件を再調査し、何かを発見したようだったが……。四年前の事件とは何だったのか、父は何を発見したのか——巧みに読者を物語の中に誘い込む魅惑的な書出しである。

やがて四年前の事件の内容が明らかになってくるが、それが「ロイストン事件」で、女生徒にいかがわしい行為をしたと新聞に書き立てられた教師ロイストンが新聞社を相手に起こした名誉棄損訴訟の中で、新聞社側が証人を買収して偽証させたという事件である。この内容は父が作ったファイルの中身をマークが読むという形で読者に知らされることになるが、一連の文書をたどることによって事件の輪郭が徐々に浮かび上がってくる過程はなかなかにスリリングである。この事件には「目的は手段を正当化するか」という古来の哲学的テーマが絡んでおり、この問題に対する態度によって各登場人物の性格が浮き彫りにされることにもなる。

第二の事件として犯人の正体を知ったと見られる人物が殺され、さらに主人公も襲撃を受ける、というあたりの展開は定石どおりといえるが、そのうちに、ロイストンの件はこの事件の核心ではなく、問題は弁護士事務所からの個人情報の漏洩であることが分かってくる（実はこの問題はかなり早い段階で（三三頁）さりげなく頭出しされている）。一転して極めて現代的なテーマが登場してくるわけだが、情報漏洩じたいの危険性よりも弁護士の職業倫理的側面に重きが置かれているのは、一九六〇年代が情報化社会の到来にはまだ間がある時代であったことを思わせる。

そしてラスト前の大芝居が来る。この場面も巧みに描かれているので、フランシスを犯人と信じてしまった読者も少なくないのではあるまいか。サスペンスは全篇を通じて漂っているが、この場面ではそれが特に強くみなぎっている。

以上が大まかなストーリーの流れだが、これに寄り添うサイド・ストーリーとして、マークとフランシスの物語がある。『兄の殺人者』や『五番目のコード』でも主人公が別れた妻やかつての恋人との愛を取り戻したように、マークはフランシスとの愛を取り戻す。おずおずと、しかしまことにスマートに二人が歩み寄るラスト四行の心地よさは格別であり、このシーンのゆえに本書の読後感はさらに味わい深いものになるだろう。

フランシスの言葉を借りれば「時計を巻き戻す」こと——それは一度失われた人間関係を回復する行為であり、本筋の謎解きとパラレルの関係にもなっている。謎解きもまた犯行の時点まで、さらにそれを遡って「時計を巻き戻す」作業であり、失われた秩序を回復する行為であるわけだから。

B　プロット

プロットという言葉はストーリーと同義に用いられることも多いが、ここでは物語の表面に現れた時間順の筋運びであるストーリーとは違って、その背後にある、原因結果の関係から見た一連の事実の連なり――具体的には犯人の動機の形成と犯行のプロセスをいう。「構成の論理」、「犯人側の論理」などとも呼ばれるもので、その首尾一貫性のチェックが探偵小説の吟味には不可欠である。

この作品のプロットを調べてみて気づくのは、一見極めて錯綜し、複雑であるかに見えながら、探偵小説のフレームに関わる部分は非常に単純であることである。要約すれば次のようになる（以下、便宜上犯人を「X」と呼ぶ）。

Xは、刻苦勉励のすえ弁護士事務所の共同経営者という現在の社会的地位を築き上げた。浪費家の妻をもち、自らもぜいたくな暮らしに慣れたXは多額の金を必要としたが、あてにしていた妻の父の金は手に入らなくなり、奴隷のように働くしか道はなくなった。しかし、いくら頑張っても仕事の収入だけではやっていけなくなり、新聞社主のポール・ウィラードから金を借りた。返済が遅れると、圧力がかかってきた。事務所のファイルから新聞のネタになりそうな情報を流すことを要求されたのだ。要求に応じるしかXに手はなかった。

しかし、「ある事情」からそのことを共同経営者のパトリック・ロヴェルに知られそうになった。見つかればXは職業生命を絶たれ、必死で守ってきた社会的地位を失う。そこでXはパトリックを殺し、そのことを知ったパティー・ヤングを殺し、真相に迫りつつあったマークをも殺そうとしたのだ。

以上がこの作品のメイン・プロットである。すぐに生じる疑問は、「ロイストン事件」はどこにいったのか、ということだろう。表題にもなっている「ロイストン事件」はこのプロットとどのような関係にあるのか。

その答えは、右の要約中の「ある事情」が生じる原因をなしたということにすぎない。「ロイストン事件」の再調査の結果ポール・ウィラードの不正を発見したパトリック・ロヴェルは、ウィラードと対決する。窮地に追い込まれたウィラードが切り札として持ち出してきたのが「ドネリー事件」だった。妻イローナと息子デレクが関わっているこの事件を公表すると脅されて、パトリックはウィラードの追及を諦めざるを得なくなったが、この件はより大きな問題にパトリックの目を開かせた。デレクが情報漏洩をしていたのではないかという疑惑である。この件に対処するためパトリックはマークを呼び戻すが、マークが帰る前日にデレクへの疑いは晴れた。すると、情報を流していたのは誰か。パトリックはウィラードをつかまえてそのことを聞き出そうとするが……。と、いうのが「ある事情」であり、「ロイストン事件」とXのプロットを結ぶ因果の鎖は相当に長いのである。実際、「ある事情」の中に「ロイストン事件」が組み込まれるべき必然性は何もないといってもよいのだ。

この点をどう評価すべきかは難しいところだが、探偵小説のプロットの一貫性、有機的関連性を重視する立場からは、このようなプロットの断絶（とまではいえないが）は歓迎されないだろう。J・バーザン&W・H・テイラーの『A Catalogue of Crime』では『ロイストン事件』を「ごたごたと混乱した物語」であるとして低く評価しているが、その評価は右のようなプロットの構造に由来しているのかもしれない。

しかし、一方ではそれが前項で見たような意想外のストーリー展開となって現れるわけで、作品全体を見渡した上でこのプロットをどう評価すべきかは一概には言い難いところがある。犯行手段等の細部については、若干説明不足を感じさせる部分もあるが、大きな疑問点は見当たらない。

C　謎解きのプロセス

最終章、マークとフランシスの会話の中で事件の絵解きが行われるが、それは基本的に種明かし――プロットと伏線の解説にすぎず、解明の論理としては不十分な感を否めない。Xを犯人と考えた手がかりとしては、

①土曜の夜に家を訪ねたとき子猫のようにびくびくしていたこと

②土曜の午後二時から四時の間にパトリックと言葉を交わしたのはイローナと電話をかけたフランシスだけであることから、パトリックがウィラードと夜に会う約束ができたと言ったというXの言葉はウソと考えられたこと

③パティー・ヤングの死体を発見した際、家の間取りを知らない筈のXが真っ暗なホールで「バスルームのドアの下に明かりが見える」と言ったこと

などがあげられているが、①は手がかりというよりは伏線の意味しかないだろうし、決定的に見える③も、そこから導かれる結論はXが前にもその家に入ったことがあるということだけで、犯人特定の決め手としては今一つの感がある。いずれにせよ、謎解きのプロセスとしてはそれらの手がかりから迫るというのは迂遠なやり方であって、この事件の場合、犯人の特定はより

直截かつ簡明になしうるのだ。というのも、この事件はパズルとしては非常に容易だからである。

動機から追うならば、この事件の犯人はパトリックがウィラードから情報漏洩の真相を訊き出すのを阻止しようとした人物であり、それは情報を漏らしていた当の人物にほかならない。そして情報漏洩が可能だった人物といえばその範囲はたちまち限定されるのであって、選択肢はXとカートライト少佐しか残らない（エヴァ・ウィラードは入所間もないので除外されるし、「見逃している人物」としてエヴァがマークに指摘したパトリック（三〇五頁）は、ミスディレクションとしてもかなり苦しい）。二人のうちどちらかということになれば、他の事情とも考え合わせてXに目星をつけるのは造作もないことだ。マークが犯人に思い当たった際（二八七頁）の思考過程も右のようなものだった筈なのだが（「二つの可能性が残った。たった二つだ」）、最後の謎解きの場面が遠回りの説明になっているのは、作者がパズルの容易さをカムフラージュしようとしたせいでもあろうか。

決定的な証拠がないXを罠にかけるための最後の大芝居は、この小説のクライマックスとして読ませるが、かなり危うい計画ではあった。この計画の要の部分を支えているのはXの万年筆についてのマークの推理なのだが、「知的推理」というよりは大胆な推測というべきであり（万年筆を買い替える理由などいくらでもある）、やや作者の詰めが甘いと思わざるを得ない。

謎解きそのものとは別に、謎解きの雰囲気の演出はなかなか巧みである。たとえば、次のようなセリフや描写がある。

「ゆうべ、なにかがちょっと違う、という気がしたんだ。ただ、それがなんだったのか、どうしても思い出せない」（二五九頁）

「またしても、なにかがひらめきそうな感じがした。だれが電話したのか、わたしは知っているはずだ」（二六六頁）

「あることが、わたしの意識の端に引っ掛かっていた。小さなことなのだが――手が届きそうでいて届かない、それが気分をいら立たせていた。わたしが目にしたものだったか、誰かが口にした一言だったか？」（二七三頁）

こうした記述を読むとき、読者もまた眼前に真相がちらついているような気分に誘われ、謎解きの思考に引き込まれずにはいないだろう。

ただ、この種の演出は度が過ぎると逆効果になる場合もある。二八七頁ではかつて学んだ法律の先生の言葉の引用という形でチェスタトンの郵便配達人を持ち出しているが、ブラウン神父譚の「見えない男」で展開されたような鮮やかな逆説的推理は残念ながら本書には見られないので、せっかくの引用が生かされない上に期待外れの印象ばかりが残る。

## D　テクニック

探偵小説的技巧の面からこの作品を見ると、随所に敷かれた伏線やミスディレクションなども指摘できるが、ここでは犯人を読者の疑いから守るテクニックに注目したい。

先述のようにこの作品はパズルとしては単純なので、読者は容易に犯人を当てられる筈なのだが、実際にはXを犯人と考えた読者は少なかったのではあるまいか。それは、心理的なバリアともいうべきものによってXが保護されているからである。

まず、主人公マークの信頼がある。読者は本書を読み始めてまもなくマークの人柄と判断力を信頼することになると思われるが、すべての人物はマークの目を通して語られることになるので、読者は自然にマークの評価を肯定することになり、Xは実直で信頼できる人物として受け入れられる。かつて「ロイストン事件」でXだけがマークを支持したというエピソードもきいている。

これと併せて、逆に読者が信を置けない人物にXのことを悪く言わせるというやり方も用いられる。パトリックが殺されたことを知るやイローナは「(犯人は) Xですよ。あの男は信用ならなかった」(七一頁) とマークに言うが、それまでにイローナが嫌な人間として描かれているので、Xには傷がつかない。という以上に、読者はイローナに対する反発から無意識のうちにもXを容疑の外に置いてしまいかねない。また、情報漏洩の件でもカートライト少佐が「Xを責めるなら話はわかるが。彼ならそういうことをやりかねない」(二四五頁) と述べるが、少佐の判断力も読者は信用していないので、逆にXではないだろうという気持にさせられてしまう。こうしたマイナス人物によるマイナス評価ともいうべき手法によって、Xにとってプラスの効果が生じているのである。

他人の評価ということではフランシスもXを嫌っているが、それは彼が金目当ての結婚をした計算高い人間だという理由からである（一〇五頁）。だが、その結婚は結局金にはならなかったことが後に分かるので、読者は、フランシスは不公平な見方をしているというマークの見解に同意したくなるのである。浮気な妻に耐えている夫、という図柄も役に立っているかもしれない。

種々のミスディレクションに加えてこうした巧みなテクニックによって守られているために、論理による犯人割出しの容易さにもかかわらず、Xはなお「意外な犯人」たりえているのである。

E　キャラクター

本書の探偵小説としての吟味は前項までで終わってもよいのだが、ディヴァインの場合にはgood characterization が一つの売りになっているので、この点についても見ておこう。といっても、ことさら筆者が「解説」すべきことは何もなく、作品を一読すれば人物描写の巧みさはお分かりいただけよう。簡潔な表現ながら各人物の性格を鮮やかに浮き彫りにしていく作者の腕の冴えは見事である。

信念を曲げることを潔しとせず、そのために不幸を身に引き受けることも辞さないマーク、豊かな才能に恵まれながら自分というものをもたないデレク、といった主要な登場人物はもちろん、カートライト少佐やエヴァ・ウィラードのような脇役にいたるまで各人が明確な個性を付与され、しっかりと描き分けられている。本格ものについてよく非難される「将棋の駒」的人物は一人もいないといってよい。

パトリック・ロヴェルにはマークが賞賛してやまない美徳——勇気、清廉、誠実、気取りのなさ——が備わっており、マークもそれらを受け継いでいた。そのような人物を知ることは、実人生においてはもとより、フィクションの世界においても我々の願いとするところである。本書を読んで得られる一番の慰めは、主人公の誠実さが最後に報われることであるかもしれない。

（現代教養文庫版『ロイストン事件』解説を改稿再録）

本書は一九九五年、社会思想社より刊行された。

訳者紹介　1938年生まれ。東京外国語大学英米科卒業。翻訳家。訳書にリンスコット「推定殺人」、オームロッド「左ききの名画」、ディヴァイン「兄の殺人者」「五番目のコード」「こわされた少年」、パーマー「ペンギンは知っていた」などがある。

# ロイストン事件

2024年11月22日　初版

著　者　D・M・ディヴァイン

訳　者　野《の》中《なか》千《ち》恵《え》子《こ》

発行所　(株)東京創元社
代表者　渋谷健太郎

162-0814 東京都新宿区新小川町1-5
電　話　03・3268・8231-営業部
03・3268・8201-代　表
URL　https://www.tsogen.co.jp
暁印刷・本間製本

乱丁・落丁本は、ご面倒ですが小社までご送付ください。送料小社負担にてお取替えいたします。

©野中千恵子　1995　Printed in Japan

ISBN978-4-488-24014-1　C0197

最高の職人は、
最高の名探偵になり得る。

〈ヴァイオリン職人〉シリーズ

**ポール・アダム◎青木悦子 訳**

創元推理文庫

**ヴァイオリン職人の探求と推理**

**ヴァイオリン職人と天才演奏家の秘密**

**ヴァイオリン職人と消えた北欧楽器**

創元推理文庫

**〈イモージェン・クワイ〉シリーズ開幕！**

THE WYNDHAM CASE◆Jill Paton Walsh

# ウィンダム図書館の奇妙な事件

**ジル・ペイトン・ウォルシュ　猪俣美江子 訳**

◆

1992年２月の朝。ケンブリッジ大学の貧乏学寮セント・アガサ・カレッジの学寮付き保健師《カレッジ・ナース》イモージェン・クワイのもとに、学寮長が駆け込んできた。おかしな規約で知られる〈ウィンダム図書館〉で、テーブルの角に頭をぶつけた学生の死体が発見されたという……。巨匠セイヤーズのピーター・ウィムジイ卿シリーズを書き継ぐことを託された実力派作家による、英国ミステリの逸品！

創元推理文庫

**フランス・ミステリを変えた世界的ベストセラー！**

LES RIVIÈRES POURPRES◆Jean-Christophe Grangé

# クリムゾン・リバー

**ジャン＝クリストフ・グランジェ　平岡 敦 訳**

◆

大学町で相次いだ惨殺事件。同じ頃、別の町で謎の墓荒らしと小学校への不法侵入があった！　無関係に見える二つの町の事件を、司法警察の花形と裏街道に精通する若き警部がそれぞれ担当。なぜ大学関係者が奇怪な殺人事件に巻き込まれたのか？　死んだ少年の墓はなぜ暴かれたのか？　「我らは緋色の川《クリムゾン・リバー》を制す」というメッセージの意味は？　仏ミステリの概念を変えた記念碑的傑作。

英国推理作家協会賞最終候補作

THE KIND WORTH KILLING◆Peter Swanson

# そして ミランダを 殺す

**ピーター・スワンソン**

**務台夏子 訳** 創元推理文庫

◆

ある日、ヒースロー空港のバーで、
離陸までの時間をつぶしていたテッドは、
見知らぬ美女リリーに声をかけられる。
彼は酔った勢いで、１週間前に妻のミランダの
浮気を知ったことを話し、
冗談半分で「妻を殺したい」と漏らす。
話を聞いたリリーは、ミランダは殺されて当然と断じ、
殺人を正当化する独自の理論を展開して
テッドの妻殺害への協力を申し出る。
だがふたりの殺人計画が具体化され、
決行の日が近づいたとき、予想外の事件が……。
男女４人のモノローグで、殺す者と殺される者、
追う者と追われる者の攻防が語られる衝撃作！

王女にして法廷弁護士、美貌の修道女の鮮やかな推理
世界中の読書家を魅了する

# 〈修道女フィデルマ〉シリーズ

**ピーター・トレメイン**

創元推理文庫

甲斐萬里江 訳

死をもちて赦《ゆる》されん

サクソンの司教冠《ミトラ》

幼き子らよ、我がもとへ 上下

蛇、もっとも禍《まが》し 上下

蜘蛛の巣 上下

翳《かげ》深き谷 上下

消えた修道士 上下

田村美佐子 訳

憐れみをなす者 上下

昏《くら》き聖母 上下

風に散る煙 上下

スパイ小説の金字塔！

CASINO ROYALE◆Ian Fleming

# 007／カジノ・ロワイヤル

新訳版

**イアン・フレミング**

白石 朗 訳　創元推理文庫

◆

イギリスが誇る秘密情報部で、
ある常識はずれの計画がもちあがった。
ソ連の重要なスパイで、
フランス共産党系労組の大物ル・シッフルを打倒せよ。
彼は党の資金を使いこみ、
高額のギャンブルで一挙に挽回しようとしていた。
それを阻止し破滅させるために秘密情報部から
カジノ・ロワイヤルに送りこまれたのは、
冷酷な殺人をも厭わない
007のコードをもつ男——ジェームズ・ボンド。
息詰まる勝負の行方は……。
007初登場作を新訳でリニューアル！

ミステリを愛するすべての人々に――

MAGPIE MURDERS◆Anthony Horowitz

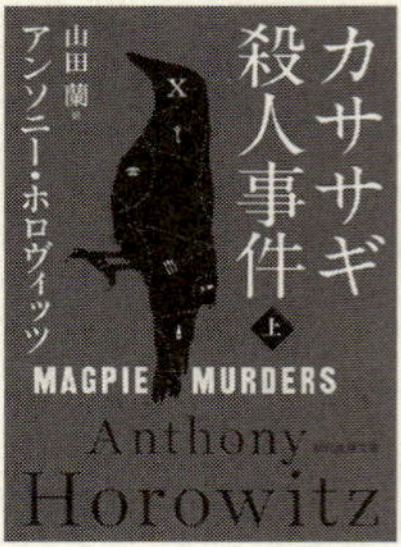


# カササギ殺人事件 上下

アンソニー・ホロヴィッツ
山田 蘭 訳　創元推理文庫

◆

1955年７月、イギリスのサマセット州の小さな村で、
パイ屋敷の家政婦の葬儀がしめやかに執りおこなわれた。
鍵のかかった屋敷の階段の下で倒れていた彼女は、
掃除機のコードに足を引っかけたのか、あるいは……。
彼女の死は、村の人間関係に少しずつひびを入れていく。
余命わずかな名探偵アティカス・ピュントの推理は――。
アガサ・クリスティへの愛に満ちた
完璧なオマージュ作と、
英国出版業界ミステリが交錯し、
とてつもない仕掛けが炸裂する！
ミステリ界のトップランナーによる圧倒的な傑作。